サマー・オブ・ラブ──恋人たちのシエスタ

リンダ・ハワード／ジェニファー・クルージー
リンダ・ラエル・ミラー
沢田由美子／高田映実／内海規子　訳

MIRA®

Published by Harlequin K.K., Tokyo, 2009

目次

サマー・オブ・ラブ

愛していると伝えたい

リンダ・ハワード

■主要登場人物

アンナ・シャープ……………秘書。
サクソン・マローン…………社長。
エミリン・ブラッドリー……サクソンの里親。
ハロルド・ブラッドリー……サクソンの里親。故人。

プロローグ

幕開け

サクソン・マローンは顔も見ずに言った。「このままでいるわけにはいかない。僕の秘書になるか、愛人になるかのどちらかにしてくれ。両方はだめだ。どちらがいいか、決めてくれ」

サクソンの求める契約書をさがして、山のような書類をきびきびとめくっていたアンナ・シャープの指の動きがとまった。あまりにもだしぬけで、息の根をとめられたような気がする。〝どちらがいいか、決めてくれ〟と彼は言った。秘書か愛人かを選べですって？　サクソンの言葉にはどんなときにも裏がない。本気で返事を求めているのだ。

どう答えるかで将来は決まってしまうと、アンナはたちまち気がついた。秘書と答えたら、サクソンは以後ぜったいに誘いをかけてはこないだろう。彼はプライベートと仕事は混同しない。サクソンのことなら、よくわかっていた。鉄のような意志の力で、断固として公私のけじめをつける人だ。ビジネスにはぜったいにプライベートなことを持ちこまないし、プライベートにもビジネスは持ちこまない。もし恋人と答えたら――いいえ、愛人だ――何百年も昔から存在するパトロンという形で、すべての面倒を見てくれるだろう。ただし、サクソンに暇ができ、訪ねてくる気になったら、アンナはいつでもセックスのお相手を務めなくてはならない。なんの見返りも要求できず、ただただ彼に尽くすのみだ。サクソンのほうはアンナだけを相手にする必要はないし、将来を保証することもない。

常識から考えても、自尊心から考えても、秘書と答えて、清廉に仕事に徹するべきだ。愛人では下劣な薄汚い存在になってしまう。なのに、アンナはためらっていた。サクソンの秘書になって一年になる。職についてほどなく、アンナは彼を好きになった。ここで仕事を選んだら、サクソンは今以上に彼女を近づけてくれることはないだろう。愛人と答えれば、少なくとも自分なりのやり方で、堂々と愛を表現することができる。そして、将来サクソンがいなくなるということなど忘れて、彼の腕の中でひとときを過ごせる。ただし、いつの日か彼はいなくなるのだ。サクソンはひとところに落ち着くような男性ではない。落ち着くタイプの男性ならば、女は先のことを考えられる。だが、サクソンはしがらみをいっさい嫌う男性だった。

アンナは小さな声で言った。「愛人を選んだら、どうなるの?」

サクソンはやっと顔を上げた。ダークグリーンの目で射るように見つめる。「そうしたら、新しく秘書を雇うさ」淡々とした言い方だった。「それと、結婚などという期待はしないでくれ。その気はないんだ。まるっきりね」

アンナは深く息をついた。サクソンの言いたいことはいやというほどはっきりしている。昨夜、二人は炎のような勢いで結ばれた。でも、その炎がそれ以上燃えあがることはないのだ。少なくとも、彼のほうは消しとめる気でいる。

足元のこの絨毯《じゅうたん》の上で、二人はあんなに長い間、激しく愛を交わしたのに、サクソンはどうしてこんなに冷然としていられるのかしら？　さっさとすませたセックスなら、つかの間の情事として黙殺することもできるだろう。でも実際は、めくるめく激情にかられて、何度も何度も愛を交わしたではないか。あの激情はぜったいに演技などではなかった。このオフィス中にセックスの記憶が刻まれている。床でも、ソファでも、今は契約書や書類がいっぱいの机でも、二人は愛を交わした。洗面所さえ例外ではなかった。サクソンの愛し方はやさしくはなかった。猛々《たけだけ》しく、激しく、無軌道といえるぐらいだった。ただ、自分に劣らずアンナも満たされているかどうか、彼はしっかり気を配ってくれた。あれほどの情炎に二度とひたることができなくなるかと思うと、アンナは胸がよじれるような苦痛を感じた。

アンナは二十七歳の現在まで、人を愛したことがなかった。十代のころですら、ふつうの女の子のように、いろいろな男の子にうつつを抜かしたり、特定の男の子とデートをしたりするという経験はなかった。このチャンスを逃したら、二度と人を愛することはないかもしれない。そしてなによりも、サクソンと愛を交わすことができなくなってしまう。

アンナはさんざん考えた末、サクソン・マローンの女になることにした。「愛人を選ぶわ」彼女は小声で言った。「ただ、一つ条件があるの」

サクソンの瞳に熱い炎がゆらめいたと思ったが、アンナの最後の言葉で、その炎はたちまち消えた。「条件は認めない」

「どうしても聞いてほしいの」アンナはくいさがった。「私だってそんなに世間知らずではないから、こういう関係が……」

「関係ではない。協定だ」

「この〝協定〟がいつまでも続くとは思わないわ。だから、自活の道を残しておきたいの。働いて稼ぎたいのよ。そうすれば、いきなり住む場所を失うとか、生活のめどが立たないとかいうことは避けられるわ」

「暮らしの面倒は僕が見る。信じてほしい。なにも不自由はさせないよ」サクソンはじっくりとアンナの体を上から下へと眺めた。彼女は突然裸にされたような気がして、肌がたまらなくほてり、張りつめた。「君名義の株を購入する。君には働いてほしくないんだ。わかったね」

アンナは、二人の関係を――サクソンは〝関係〟ではないと言い張るが――お金に基づくものにするのはいやだった。でも、そうしなければ、彼が承知しないのもわかっていた。アンナのほうは、サクソンが望む形がどんなものであれ、彼と関係を続けるつもりだった。「わかったわ」アンナは言い、サクソンにはねつけられそうもない言葉を頭の中でさがした。心情がのぞくような言葉は禁物だった。「契約成立ね」

サクソンはしばらくアンナを黙って見つめた。いつもどおり、表情から心の中は読み取れない。ただ、彼の目には炎が映っている。その炎が欲望の証《あかし》だった。やがてサクソンはゆうゆうと立ちあがり、ドアまで行き、鍵《かぎ》をかけた。もう勤務時間は終わり、会社に残っているのは二人だけだというのに。アンナのほうに引き返してくるとき、彼女の目にもサクソンの体の興奮がはっきり見て取れた。その興奮に、彼女の体も反応して、こわばった。サクソンの手が伸びてくる。もうアンナの息づかいは荒くなっていた。

「では、さっそく始めることにしよう」サクソンはそう言って、アンナを腕に抱き入れた。

1

二年後

鍵穴《かぎ》に鍵を差しこむ音がする。アンナはソファで姿勢を正した。たちまち鼓動が速くなる。サクソンは予定より一日早く戻ってきたのだ。当然それを電話で連絡してくることはなかった。旅に出たあと連絡をよこさないのは、いつものことだった。そんなことをすれば、二人の関係を承認するような気がすると彼は言い張る。住まいは別にしながら、関係を続けて二年もたつというのに。いまだに彼は毎朝、仕事に行く前に自宅に戻って、服を着替えている。

アンナも喜んでサクソンの腕に飛びこんでいくようなまねはしなかった。彼がよく思わないのはわかっていた。二年もたてば、愛する男性のことはかなりわかる。どういうわけか、彼は気づかいに類するものをいやがった。やみくもにアンナに会いたいというそぶりはぜったいに見せないし、愛称で名前を呼ぼうともしない。つかの間でも、たわむれに体に触れることはないし、激しく愛を交わしている真っ最中ですら、愛の言葉をささやくようなことは決してなかった。ベッドで語る言葉といえば、欲望にくぐもった声で、興奮を高めようとする、きわどいものばかり。それでいて、アンナが陶酔するのを見届けるのは忘れない。アンナはサクソンと愛を交わすのがうれしかった。彼から与えられる陶酔感もさることながら、欲望を隠れ蓑《みの》に、思いきり彼への愛を表明することができるからだ。いったんベッドを離れたら、サクソンは決してアンナの愛情を受け入れようとはしないのだ。

ベッドの中でなら、サクソンに触れ、キスを交わし、腕にかき抱いても、拒まれることはなかった。そういうときは、彼のほうも心ゆくまで愛撫《あいぶ》してくれる。夜のとばりの続く限り、サクソンはあくことなくアンナを求めた。行為そのものだけではない。体が触れ合っていなければ、気がすまなかった。毎晩、アンナはサクソンの腕に抱かれて眠る。眠っている間、なんとなく体が離れてしまうと、サクソンは必ず目を覚まし、彼女をきちんと自分の腕に戻す。朝になれば、彼は自分の殻に閉じこもってしまう。しかし夜の間は、サクソンはまさしくアンナのものだった。アンナは夜が待ち遠しくてしかたがなかったが、彼も同じ気持ちでいるような気がすることもあった。夜のとばりの中でしか、サクソンは自分を与えることも、愛を受け入れることもできないのだ。

アンナは座ったまま、読んでいた本を膝に置いた。ドアが開き、スーツケースを床にどすんと置く音がする。やっと彼女は顔を上げて、サクソンにほほえみかけた。この三年間ずっとそうだったように、彼の顔を見ると、たちまち鼓動がはねあがる。でも、これからは会えなくなるのだ。そう思うと、心がよじれるような痛みを感じた。もう一晩だけ、サクソンと過ごすことにしよう。今夜だけ。そうしたら、終わりにしなければ、とアンナは思った。

サクソンは見るからに疲れていた。目の下に隈《くま》ができ、端整な口の両側に深くしわが刻まれている。それでも、彼は信じられないぐらいハンサムで、アンナはあらためて見入った。オリーブ色がかった肌、黒い髪、そしてダークグリーンの澄んだ瞳。彼の両親の話は聞いたことがないが、これほどまでに絶妙な色合いを生み出した親はどんな人たちなのだろう。しかし、こういうこともやはり、アンナは尋ねるわけにはいかなかった。

サクソンはスーツの上着を脱ぎ、そばのクローゼットにていねいにかけた。その間に、アンナはホームバーに行き、スコッチをきっかり二フィンガー分ついだ。彼はありがとうというようにため息をつき、スコッチを受け取った。そしてネクタイをほどきながら、飲みはじめた。彼のすぐそばに立っているようなことはしたくなくて、アンナは一歩退いた。だが、視線はがっしりした広い胸から離れない。アンナの脈拍はいつものことながら速くなっていった。

「出張は順調だった?」アンナは尋ねた。ビジネスの話題なら、彼の機嫌を損ねる心配はない。

「ああ。カールッチは手を広げすぎていたよ。君が言っていたとおりだ」サクソンはスコッチをぐっと飲みほすとグラスをわきに置き、両手をアンナの腰に添えた。アンナはいかにも驚いた目をして、頭をうしろにそらした。彼はどうしてしまったの？　旅から戻ったときの行動は決まっている。まずシャワーを浴び、その間にアンナが簡単な食事を用意する。二人で食事をしたあと、彼は新聞を読んだり、二人で旅のことを語り合ったりする。そして初めてベッドへ向かうのだ。ベッドに入って、ようやくサクソンの情熱がほとばしる。それから長々と愛の行為が続くのだ。この習慣は二年間変わらなかった。なのに、家に落ち着いたとたん、サクソンはアンナに手を伸ばした。これまでのやり方を、彼はなぜ崩しているのだろう？

サクソンのダークグリーンの瞳は、アンナには読み取れなかった。表情は閉ざされているが、いつになく妙に輝いているのはわかった。サクソンの指がアンナのウエストにくいこんだ。

「どうかしたの？」アンナは心配そうに尋ねた。

サクソンはわざとらしく高笑いした。「いや、なんともないよ。旅で疲れたんだ。それだけだよ」そう言いながらも、彼はベッドルームに向かっていた。部屋に入るなり、アンナを自分のほうに向かせ、もどかしげに服をはぎ取りはじめた。アンナはおとなしく、彼の顔をくいいるように見ていた。夢を見ているのかしら？　やっと私を裸にして抱き寄せたとき、彼の顔によぎったのは安堵《あんど》の色？　サクソンはアンナの体がつぶれてしまいそうなほど強く抱きしめた。シャツのボタンが彼女の胸にくいこむ。アンナはわずかに身をすくめたが、従順さは高まる興奮に取って代わられた。彼女はいつものように、すぐさま激しく彼の求めに応じた。

アンナはサクソンのシャツを引っ張った。「こんなものはないほうがいいと思わない？」彼女はささやいた。「それに、これも」そして、二人の体の間に両手をすべらせ、ベルトをはずしだした。

サクソンの息づかいは荒くなった。服を通しても、燃えるような体の熱がアンナに伝わる。サクソンは服を脱ぐこともせず、彼女にきつく腕をまわすと、そのまま抱きあげて、ベッドに連れていった。腕に彼女を抱いたまま、ベッドにあおむけになり、やがてころがるようにして彼女の上になった。筋肉質の腿がアンナの膝を割り、腿の付け根に彼の腰が押しつけられたとき、彼女は小さくうめいた。

「アンナ」サクソンの胸の奥からうめくような声がもれた。彼は両手で彼女の頬をはさみ、唇を重ねた。それから二人の体の間に手を伸ばし、ズボンのジッパーを下ろした。なぜか彼は熱に浮かされていた。やみくもに求めているのが感じられ、アンナは彼のなすがままにまかせた。サクソンが強引に身を沈める。アンナは背中をそらし、ベッドからずり落ちそうになった。まだ体の準備ができていなかったので、痛みを感じたが、彼女はサクソンの髪に指を差し入れ、頭をかき抱いた。勝手が違う理由がわからないままに、彼に安らぎを与えようとした。

いったんアンナの中におさまると、サクソンの目からせっぱつまったような欲望は薄れ、体の緊張もゆるんだ。彼女の中に沈みこみ、かすかに歓喜のうめきを発する。アンナは彼の重い体に押しつぶされそうになっていた。しばらくすると、サクソンは両肘をついて半身を起こした。

「悪かった。君を傷つけるつもりはなかったんだ」彼はささやいた。

アンナはやさしくほほえみ、サクソンの髪を撫《な》でた。「わかっているわ」手に力をこめて、キスができるように彼の顔を引き寄せる。アンナの体はすっかりサクソンに順応し、彼が乱暴に身を沈めたときの痛みも消えていた。今は、彼と愛を交わせたという、えもいわれぬ喜びにひたっていた。口に出して言ったことはないが、アンナの体が声をあげている。そして心の中でも、その言葉が響いていた。〝愛しているわ〟サクソンがまた動きだし、アンナは心の中でその言葉を繰り返した。これが最後になるのかしらと考えながら。

アンナはしばらくうとうとして、シャワーの水音で目を覚ました。起きて、食事の支度をしなくてはと思っても、妙に体がけだるい。これから二人の間に起こることに、今後の私の人生はかかっている。そう思うと、食事のことなどかまってはいられなかった。もう先延ばしにすることはできない。

もしかすると、今夜が最後にはならないかもしれない。そうよ。以前にも奇跡が起こったのだから。

奇跡を願いたいとは思ったが、現実はそんなに甘くはないのだと、アンナは気を引き締めた。サクソンが用意してくれた、この瀟洒《しょうしゃ》で住み心地よいアパートメントも出ていくことになるだろう。次に住むところは、色彩の調和になど気を配られてはいないだろう。でも、しかたがない。絨毯《じゅうたん》とカーテンの色を合わせたからって、それがなんなの？　サクソンにとっては大切なことかもしれないが、私はもう彼といっしょにいることはできないのだ。ただ、泣き崩れて、哀願するようなまねだけはしたくない。そういう修羅場は彼の機嫌を損なうだけだ。

サクソンと会えなくなる。アンナにとって、これほどつらいことはなかった。愛人になることを承諾した二年前に比べて、彼を思う気持ちはずっと強くなっている。思いやりを示すサクソンのやり方は、いつもアンナの胸に響いた。でも、たいしたことをしたわけではないと、彼ははっきりさせている。わざわざ彼女のためになにかをするつもりはなかったのだと。でも、そういう冷たい顔を見せながらも、実は気づかってくれているのだ。口には出さないが、着々とアンナ名義の株を買い集め、彼女の経済的な安定をはかっている。そして、彼女の料理はどんなものでもおおげさにほめてくれた。

サクソンほど愛情を必要としている人間はいないのではないか、とアンナは思う。そして、これほど頑強に人からの愛を拒む人間も。

サクソンは過剰なほど自分を律しようとする。ところが、愛を交わしているうちに、そのブレーキがきかなくなっていくのが、アンナはたまらなく好きだった。それにしても、今夜ほど彼にやみくもに求められたのは初めてだった。サクソンの真の姿がのぞけるのは愛の行為の最中だけだ。いつもは秘めている激しい情熱が、そのときだけは表に出てくる。アンナはサクソンの一挙一動をいとおしく思っているが、愛を交わすときの彼は格別だった。黒い髪は汗で湿り、目は燃えるように輝く。彼の動きがアンナの体の奥深くでスピードを増すにつれ、すべての抑制は跡形もなく燃えつくされていく。

アンナはサクソンの写真を持っていないので、しっかり記憶にとどめておかなければならなかった。そうすれば、孤独感にさいなまれるようなとき、記憶をたぐって眺めることができる。やがては、大好きな彼の顔と、彼女を安らかな気持ちにさせると同時につらい思いにさせる、同じくらいいとしい顔をあきずに比べて、その類似点をさぐることだろう。

アンナはまだ平らなおなかを撫でた。中で子供が育っているようにはとても見えない。もうすぐ四カ月になるのに、アンナにはほとんど妊娠の徴候がなかった。生理がまるっきりなかったのは、今回が初めてだった。受胎して初めての生理はわずかながらあった。次の月はかすかに血痕《けっこん》がつく程度だった。その血痕を見て、アンナは念のため医者に診てもらうことにした。その結果、彼女は健康そのもので、妊娠は間違いないと言われた。つわりはいっさいない。考えてみると、ほんの数回胸がつかえるような感じはあったが、それだけのことだった。胸が心もち敏感になり、昼寝をするようになった。でも、それ以外はほとんど変わりがない。ただ、赤ん坊のことを考えると、胸がいっぱいになる。サクソンの子供なのだ。自分の体の中に彼の分身が宿っている！　なんという喜びだろう。私が守るのだという激しい思い。身ごもっているという強烈な感覚。赤ん坊を早くこの手に抱きたい。だが、喪失感は耐えがたい。子供を産むからには、その父親をあきらめなくてはならない。それが恐ろしくてたまらないのだ。

サクソンは最初から、絆《きずな》を持つ気はないと言いきっていた。子供ができれば、絆どころか、頑丈な鎖でつながれてしまう。そんなことが彼に耐えられるはずはない。アンナの妊娠を知っただけで、逃げ出したくてたまらなくなるだろう。

そんなサクソンに憤慨しようとしたが、アンナにはできなかった。彼女が自分の意思で選んだ道なのだ。サクソンは初めからアンナになにも隠そうとはしなかった。将来の約束はなにもしないし、体の関係以上のものはいっさい期待しないでくれとはっきり言った。そして、彼はその言葉をきっちり実行した。避妊に失敗したのはサクソンのせいではないし、彼を失ったら、アンナが絶望するとしても、彼には関係ないことだった。

シャワーの音がとまった。すぐにサクソンが濡《ぬ》れた髪をタオルでふきながら、裸で入ってきた。まだベッドから出ていないアンナに、彼はわずかに顔を曇らせたが、タオルを首にかけ、ベッドのかたわらに座った。肌掛けの下に手をすべらせ、彼女の温かく、しなやかな体をさぐる。そして、手を彼女のおなかにあてた。「大丈夫かい？」心配そうに尋ねた。「僕が痛い思いをさせたのではないのかい？」

アンナはサクソンの手に自分の手を重ねた。「大丈夫」彼の子供がこの手の下にいるのだ。これ以上うれしいことがあるだろうか。

サクソンはあくびをし、肩をすくめて、凝りをほぐした。さっきまでの緊張は跡形もない。リラックスした表情をして、体が満たされたために、そのまなざしはけだるそうだ。「おなかがすいたな。食事は家でするかい？　それとも食べに行く？」

「家でしましょうよ」彼との最後の夜なのだ。人の多いレストランで過ごしたくはなかった。

サクソンは立ちあがろうとしたが、アンナが手を押さえたので、その場から動けなくなった。彼はちょっと驚いた顔を見せた。アンナは深く息をついた。決心が鈍らないうちに、今言っておかなくてはならない。なのに、口から出た言葉は考えていたものとは違った。「ちょっと考えていたのだけど……もしも子供ができてしまったら、どうする？」

鎧戸《よろいど》が下ろされたかのように、サクソンの顔から表情がうせ、視線が凍りついた。彼はとても低い声で、ゆっくりと話しだした。「最初に言ったはずだ。どんなことがあっても、結婚はしない。だから、結婚させたいから妊娠しようなどと考えても無駄だ。結婚を考えているのなら、僕は相手にはなれないから、協定を反故《ほご》にするしかないだろうな」

緊張が戻った。裸のサクソンは、筋肉という筋肉を引き締めて、アンナの答えを待っている。だが、心配している顔ではなかった。彼の心は決まっていて、今は彼女の答えを待っているだけなのだ。アンナの胸は重く沈み、張り裂けそうだった。サクソンはこう言うだろうと予想していたが、そのとおりになってしまった。

しかし、答えはすぐに言えないとアンナは気がついた。それを言えば、サクソンは今すぐ立ちあがって、服を着て、出ていってしまうだろう。今はまだそうなってほしくない。明日の朝、告げよう。この最後の夜だけは、彼といっしょに過ごしたい。彼の腕に強く抱かれたい。そして、唯一サクソンが許してくれるやり方で、もう一度だけ、愛していると伝えたい。

2

翌朝、サクソンは明け方薄暗いうちに目を覚ました。昨夜アンナにきかれたことが引っかかり、目がさえて、もう眠れない。あのとき、アンナの言葉に、これまで築いてきた人生が音をたてて崩れていくような気がした。だが、彼女はしとやかな笑顔で、穏やかに言った。〝いいえ。強引に結婚を迫ろうなんて、ぜんぜん思っていないわ。ちょっときいてみただけよ〟

アンナはサクソンの左肩を枕《まくら》に、まだ眠っていた。彼は左腕を彼女の体にまわし、右腕を彼女の腰に置いていた。最初のときからアンナがかたわらにいないと、彼は寝つくことができなかった。それまではずっと一人で眠っていたのに、アンナを愛人にしてからは、一人で眠れなくなってしまった。我ながら不思議だった。

しかも、それがひどくなっている。以前は仕事で出張することになっても、なんの問題もなかった。むしろ外に出ると、仕事がはかどった。ところが、最近はいらだつことの連続だ。今回の出張は、中でも最悪だった。いつになく手間取り、交渉は不調に終わり、いらいらさせられた。しかも、これまではあたりまえだったことまで耐えがたく感じられ、神経を逆撫《な》でされた。

飛行機が遅れて気をもんだと思ったら、青写真に誤りがあり、担当者をくびにしたいぐらい腹が立った。荷物に損傷があって、やつあたりし、不眠というおまけまでついた。ホテルはうるさく、慣れないベッドで神経が休まらなかったのだ。もっとも、アンナがいっしょにいれば、そんなことは気にならなかっただろう。そう思うと、いっそう焦燥感はつのった。そして極めつけは、デンバーの我が家に、アンナのもとに帰りたくてたまらないという衝動だった。彼女をベッドに引きずりこみ、そのしなやかで温かな体に包みこまれるのを感じて初めて、彼はくつろぐことができた。

アパートメントに足を踏み入れるとすぐに、サクソンは下半身に痛烈な衝撃を加えられたような欲望を感じた。アンナはいつもの笑顔で彼を見あげた。濃茶色の瞳は、木陰の池のように、穏やかで澄んでいる。すると荒々しい気分は消え去り、純粋な欲望が取って代わった。アンナの家の玄関を入るのは、彼のために特別につくられた女性の待つ聖域に入るようなものだった。アンナは酒をつぎ、サクソンのそばにやってきた。二人のシーツにしみついている彼女の肌の甘いにおいがした。ホテルのシーツには決してないにおいだ。あのときとらわれた、もの狂おしいほどの欲望は、今朝になってもまだサクソンの体の中にさざなみのようにくすぶっていた。

アンナ。秘書として雇った最初の日から、サクソンは彼女の落ち着いた雰囲気、女らしい香りに惹《ひ》かれていた。ほんとうは初めから彼女が欲しかった。でも、仕事に情事はからめたくないので、欲望は抑えた。だが、欲望はじわじわとふくらみ、耐えがたいほどになった。昼となく、夜となく、その欲望に悩まされ、彼の自制心は崩れはじめた。

アンナは蜜《みつ》のようにおいしそうだった。それをどうしても味わってみたくて、サクソンは気が狂いそうになった。金髪のまじった、絹のような薄茶色の髪。濃い蜜色の瞳。肌までがなめらかで、温かく、蜜のような色調をおびている。けばけばしいところはまったくないのに、明るい雰囲気があり、道行く人を振り返らせる。蜜色の目はいつも温かく穏やかで、誘いをかけられているような気がした。そして、サクソンはその誘いに抗しきれなくなったのだ。

初めて結ばれたときのめくるめくような感覚。思い出すだけでも、いまだに体が震えてくる。あのときまで、自分をコントロールできないなどということはなかった。アンナの体の奥深く、熱い蜜の中で、彼は我を忘れてしまった。元に戻ってはいないと感じることもときどきある。

サクソンは人を近くに寄せつけたことはなかった。それが、あの晩初めて肌を合わせて、アンナはほかの女性とは違うと思った。自分は彼女のもとから離れることはできないだろうと。その単純な事実がわかると、むしょうに恐ろしかった。この恐れに対処するには、ビジネスの世界からアンナを完全に切り離すしかないと思った。愛人にすればいい。それ以上の関係は持たない。そうすれば、アンナの存在が必要以上に自分の中で大きくなることはないだろう。それでも、必要以上に彼女を近づけないように、いまだに警戒していなくてはならなかった。

アンナとかかわれば、破滅が待っている。サクソンは心の奥底でなんとなくわかっていた。自分を守ることを、こんなに心もとなく思ったことはなかった。彼女のもとを離れ、二度と戻るまい、顔も見るまいと決意することはあっても、実行できなかった。それほど彼はアンナを必要としていた。そして、そんな気持ちをぜったいに彼女に悟られてはならないと必死だった。

しかし、協定を結んだことで、サクソンは毎晩アンナとベッドをともにできるようになった。彼女の温かく、しなやかな体の中で、何度となく我を忘れることができるのだ。ベッドの上なら、アンナにキスをし、愛撫《あいぶ》し、彼女の香りに包まれ、触れることができる。ベッドの上なら、蜜のようなアンナを味わって、彼女に触れたい、しっかりと腕に抱きたいという荒々しい欲求を満たすことができる。ベッドの上なら、アンナはひたすらサクソンにすがりついてくるし、彼が求めれば、いつでも体を開いてくれる。大胆に彼に触れ、やさしく愛撫し、めくるめくような陶酔に導いてもくれる。いったんベッドにいっしょに入ると、アンナの愛撫はとめどなく続くように思われ、サクソンは不本意ながらも夢中になった。アンナにさすられ、撫でられ、抱きしめられると、奇妙な、完全に肉体的であるとは言いきれないエクスタシーにひたって、うめいたりしないように自分を抑えるのが精いっぱいになるときもあった。

わずかながらでも距離をおくことが必要だと感じて、サクソンは最初、別居すると言い張ったが、日がたつにつれ、その話はなかったことになっていった。そして実質的にともに暮らす生活が二年続いているが、彼がアンナについて知っていることはほとんどなかった。彼女のほうから自分の過去や現在の細かいことを言いだすことはない。サクソンも尋ねなかった。うっかり尋ねたら、アンナも彼の過去をきくだろう。自分の過去を人に語るなど、サクソンは考えたことすらなかった。

アンナの年齢、出生地、出身校、社会保険番号、それに以前ついていた仕事は知っている。履歴書に書いてあったからだ。さらに、彼女は誠実で、家の装飾が上手で、平穏な暮らしを好むのも知っている。アルコールを口にすることはめったにないし、ことに最近はまったく飲まないようだ。彼女はよく本を読み、フィクションであれ、ノンフィクションであれ、興味の幅は広い。淡い色が好きで、スパイスのきいた食べ物は好みでないことも知っている。

ただ、以前にだれかと愛し合ったことがあるのか、家族構成はどうなっているのかなどということは、いっさいわからない。アンナの履歴書の近親者の欄には〝なし〟とあった。

チアリーダーをしていたとか、子供じみたたわむれで面倒に巻きこまれたことがあるとか、そういったこともわからない。なぜデンバーに来たのか、将来なにをしたいと思っているのかも謎《なぞ》だった。ただ、だれにでもわかる表面的な事実しか、サクソンは知らなかった。彼女の思い出や将来の希望はわからないのだ。

ときどきサクソンは不安になることがあった。アンナについては知らないことが多すぎる。彼女はいつかいなくなってしまうかもしれない。アンナの考えていることがわからないのは自分のせいなのだから、これから彼女がどうするつもりでいるかなど予測できるわけがない。アンナに尋ねたこともないし、過去についてしゃべりたくなるように話を持ちかけたこともなかった。この二年間、いつかは彼女を失うかもしれないと内心ではいつも恐れていた。それでいて、どうすることもできないでいる。自分のほうから手を差し伸べて、抱き寄せるすべを知らないのだ。ほんとうは、アンナの前でどれほど自分が無防備でいるかを知られてしまうのが恐ろしく、それを知られることを考えるだけで、サクソンは気がめいった。

アンナのことを考え、しなやかな彼女の体に触れていると、サクソンは欲望がつのり、体が興奮してきた。ほかにはつながりがないとしても、少なくともたがいに体を求める、すさまじいまでの欲望だけはたしかだ。彼はセックス以外のものを女性に求めたことはなかった。ところがアンナを前にすると、セックスを口実にしながらも、そばに寄ることを求めていた。なんという皮肉だろう。彼女の体を愛撫していると、鼓動がどんどん速くなる。アンナを起こし、情熱にひたるのだ。そうすれば、彼女の中でくつろぐことができ、彼女と愛を交わすという信じられないほどの喜びのほか、しばらくすべてを忘れられる。

四月下旬にしては暖かく、空気が澄んでいる。日の光がまばゆく、空は晴れ渡っていた。そんな理想的な好天が、アンナには皮肉に感じられた。彼女の心はひどく沈んでいる。アンナは朝食を作り、天気がいいときにはよくするように、テラスに出てサクソンとともに食べた。彼に食後のコーヒーをつぎ、向かい側の椅子に座った。手が震えないように冷たいオレンジジュースのグラスを両手でつかむ。

「サクソン」アンナは彼に目を向けることができず、ジュースを見つめた。吐き気がしたが、つわりというよりは、心にかかる不安のせいだった。

サクソンは地元デンバーのニュースを読んでいたが、新聞から目を上げ、アンナを見た。彼の視線が自分に注がれているのを彼女は感じた。

「お別れしなくてはならないの」アンナは低い声で告げた。

サクソンは顔色を失った。しばらくの間、まばたきもせず、身じろぎもしなかった。そよ風に新聞がかさかさと音をたてる。ようやく彼は新聞をたたんだ。体を動かすたびに痛みが走るかのように、ゆっくりと、慎重に。来るべきときが来たのだ。サクソンは耐えられるかどうか不安だった。口をきくことさえできるかわからない。うつむいているアンナの頭を、彼は見つめた。淡い色の絹のような髪に太陽が反射している。なにか言わなくては。少なくとも理由だけは聞きたいと彼は思った。

それで、その一言を口にしたが、かすれた声だった。「どうして?」

サクソンのせっぱつまった声の響きに、アンナはたじろいだ。「予定になかったことが起きてしまったの。しかたが……なかったのよ」

きっとだれか好きな男ができたのだ、とサクソンは思った。胸が苦しく、息がつまりそうだ。彼は必死で息をしようとした。僕はアンナを信じきっていた。留守中に別の男性と会っているなどとは疑いもしなかった。でも、どうやら間違っていたようだ。

「男ができたので、別れるんだな?」サクソンは乱暴に尋ねた。

アンナはびくっとして顔を上げた。驚いたようにサクソンを見つめる。彼は彼女を見返した。怒りをたたえた瞳のグリーンがいつになく濃く見える。

「違うわ。そういうことではないのよ」アンナはささやいた。

「じゃあ、どういうことだ?」サクソンはテーブルから勢いよく離れて、立ちあがった。大きな体全体が抑えきれない怒りにこわばっている。

アンナは大きく息をついた。「子供ができたの」

その瞬間、サクソンは表情を変えなかった。だが、いっきに色を失い、けわしい顔になった。「なんだって？」

「子供ができたの。そろそろ四カ月になるわ。予定日は九月の終わりごろよ」

サクソンはくるりと背を向け、テラスの手すりのほうまで行き、町を見渡した。憤慨して、肩をいからせている。「なんということだ。まさか、君にそんなことをされるとは思ってもいなかったよ」きびしいが、怒りを抑えた声だった。「まったく、いいようにあしらわれたものだ。ゆうべ、君に尋ねられたとき、わかってしかるべきだったな。子供の認知を求めて告訴されるぐらいなら、結婚したほうが実害が少ないぐらいだ。まあ、君のほうは、どっちにころんでも、もうかるわけだ」

アンナは席を立ち、静かに部屋に入っていった。手すり際のサクソンは拳《こぶし》を握り締め、はらわたが煮えくり返る思いで、裏切られたという冷たい現実と闘っていた。心の底では苦痛がうごめき、表に出る機会をうかがっていた。表に出てくれば、少なくとも怒りはやわらぐことだろう。

緊張の糸が今にも切れそうで、サクソンは長く立っていることはできなかった。これ以上は耐えられないと思い、彼も部屋に入った。ひどくつらいのはわかっていたが、自分の愚かさをとことん突きとめようと思った。歯が痛むとき、痛みを確かめるように、しょっちゅう舌でその歯を触ってしまうことがあるが、今のサクソンはそんな状態だった。アンナにどれほどずたずたにされるとしても、確かめなければならない。そうすれば、もう傷つけられることはない。二度とだれにも左右されることはないだろう。かつては、自分は人に傷つけられるような人間ではないと思っていた。でも、彼の感情の鎧《よろい》にもわずかなほころびがあった。それを今、アンナに見せつけられている。でも、この試練を克服できれば、なにものにもゆるがされない人間になれるはずだ。

アンナは落ち着きはらって机の前に座り、紙になにか書いていた。今ごろは荷物の整理をしているかと思ったのに、まさかなにか書いているとは思いもよらなかった。

「なにをしているんだ?」

サクソンのけわしい声に、アンナは一瞬びくっとしたが、手は休めなかった。外より中は暗いので、彼の目が慣れていないのだろうか。アンナの顔は蒼白《そうはく》で、やつれて見える。今の僕の苦しみの片鱗《へんりん》ぐらい、アンナも感じればいいんだ。サクソンは粗暴な気持ちになっていた。

「なにをしているかときいているんだ」

アンナは最後の段に署名し、日付を入れた。そして紙をサクソンに渡す。「はい」声が震えないように必死だった。「これで、認知の訴訟を心配することはないわ」

サクソンは紙を受け取り、ちゃんと読めるように向きを変えた。一度ざっと目を通し、次にもっと丹念に読み直した。まさかという気持ちがどんどん強くなっていく。

短いが、要点をついている。〈以下のことを私はみずからの意思により保証いたします。

私のおなかにいる子供の父親は、サクソン・マローンではありません。私に対しても、おなかの子供に対しても、同氏にはなんら法的責任はありません〉

アンナは立ちあがり、サクソンの目の前を通り過ぎた。「荷物を整理して、今夜までには出ていくわ」

サクソンは手の中の紙を見つめた。相反する気持ちがせめぎ合い、どうしていいかわからない。アンナがこんな書類を作ったなんて信じられない。それもあんなに平然として。たったこれだけの文章で、アンナは大金をもらうことができなくなる。サクソンとしては、必要とあれば破産してでも、金は払うつもりだった。赤ん坊がなに不自由なく育つようにするつもりだった。彼と違って……。

サクソンの体は震えはじめ、顔から汗が噴き出した。あらためて憤りがこみあげる。彼は紙をつかんで、ベッドルームに向かった。アンナはクローゼットからスーツケースを出しているところだった。

「真っ赤な嘘《うそ》じゃないか！」サクソンは叫んで、紙をまるめ、アンナに投げつけた。

アンナはひるんだが、落ち着いた表情は崩さなかった。くずおれて泣きだす前に、自分はどれだけ耐えられるだろうかと内心考えていた。「もちろん嘘に決まっているわ」彼女はやっとのことで言い、ベッドにスーツケースを上げた。

「その赤ん坊は僕の子供だ」

アンナは妙なまなざしでサクソンを見た。「疑ってたの？　ほかの男性と付き合ったなんて言っていないのよ。少しは安心してもらえるかと思って、書いただけ」

「安心だって！」

サクソンは自制心がすべて崩壊したような気がした。今や彼はどなっていた。アンナと知り合って三年間、一度も声を荒らげることなどなかったのに。

「いったいどうして僕が安心できると思うんだ？　僕の子供……僕の子供が……」その先を続けることができなかった。

アンナはたんすの引き出しから中身を出し、きちんとたたんで、スーツケースにつめていく。「あなたの子供が……なんなの？」先をうながした。

サクソンはポケットに手を突っこみ、中で拳を作った。「産む気はあるのか？」声がかすれた。

アンナは体を硬くして、背筋を伸ばし、サクソンを見つめた。

「どういうこと？」

「中絶することに決めたのか、ということだ」

アンナの濃茶色の瞳から温かみも穏やかさもかき消えた。「どうしてそんなことをきくの？」抑揚のない言い方だった。

「当然の質問だろう」

サクソンはなにもわかっていないんだわ。アンナは神経が麻痺《まひ》したような気がした。私の気持ちがうすうすでもわかっていれば、彼の子供を中絶するなんて考えられるはずはないのに。長々と夜の闇《やみ》の中で見せたつもりの愛も、サクソンにはまったく通じていなかったのだ。いくら情熱をこめても、囲われた女がパトロンを喜ばせるためのテクニックぐらいにしか感じなかったのかもしれない。

しかし、アンナはなにも言わなかった。しばらくサクソンを見つめ、唐突に言った。

「いいえ。中絶はしないわ」そして彼に背を向けて、また荷物の整理を続けた。

サクソンはあわてて手で制した。「だったら、どうするんだ？　産んだとして、そのあとはどうするんだ？」

アンナは信じられないという気持ちでサクソンの言葉を聞いていた。私の気がおかしくなったのかしら？　それとも、おかしいのは彼のほう？　私になにを求めているのかしら？　心の中にいろいろな答えが浮かんできた。わかりきったことや、そうでもないことが。赤ん坊を育てる際のこまごました手順を彼は聞きたいというのかしら？　それとも、私自身がどうするかを聞きたいの？　平素からサクソンはもってまわった言い方はせず、核心をずばりと突く。そうだとすると、ますますどう答えたらいいのかわからなかった。

「どういうことかしら？　そのあとはどうするのかって？　ふつうの母親がするようなことをするつもりだけど」

サクソンの顔は血の気がうせ、汗が光っていた。「僕の子供なんだよ」一歩前に出て、がっしりした手でアンナの肩をつかんだ。「ごみみたいに捨てられたりしないように、僕はなんでもするつもりだ」

3

背筋が恐怖にぞくっとして、アンナは一瞬、口がきけなくなった。サクソンに肩をきつくつかまれるのをなんとかこらえる。目を見開いて彼を見すえ、驚きのあまり、口をわずかに開いた。何度か口をぱくぱくして、やっと声は出たが、かすれていた。「捨てるですって？　なんてことを言うの。ひどいわ。よくもそんなことが言えるわね」

サクソンは震えていた。肩に置かれた手を通して、アンナにもそれが伝わった。大きな体がぶるぶる震えている。それほどまでにこの人は動揺しているのかと思うと、アンナはふいに自分の苦悩を忘れた。どういうわけか、サクソンは狼狽《ろうばい》していて、慰めを必要としている。その動揺はアンナよりひどいようだ。彼女はとっさに彼の胸に手をあてた。

「あなたの赤ちゃんを傷つけるようなことはぜったいにしないわ。安心して」アンナはやさしく言った。

サクソンはますます体を震わせた。グリーンの瞳に粗暴な光がのぞいたが、心までは読めない。彼は抑制力を取り戻そうと深く息をつき、顎を引き締めた。その気迫がアンナにも伝わった。サクソンは苦闘しているのだ。だが、すぐに彼の震えはとまり、顔色は真っ青だが、表情が岩のように硬くなった。彼はゆっくりとアンナの肩に置いた手を離し、わきに下ろした。

「ここを出ていく必要はないよ」今までの話の続きででもあるかのようにサクソンは言った。「このアパートメントは住み心地がいい。君が引き続き借りられるように……」

アンナは身をひるがえして、胸を刺す苦痛を見せまいとした。ほんの一瞬だが、今のままでいいとサクソンは言ってくれそうな気がした。でも、そうではなかった。彼はやはり手を切るつもりなのだ。「やめて」サクソンの言葉をさえぎるように、アンナは手を差し出した。「お願い。やめて」

「やめるって、なにを?」サクソンは挑むように言った。「君の便宜ははかるなということ?」

アンナは肩で息をして、顔を伏せた。なんとか落ち着きを取り戻したかった。でも、不安でたまらない。サクソンの本心をきかなくては、と思った。これで終わりなのか、と。なのに、どうして言葉が出てこないのだろう? プライドのせい? プライドなんかで一生をだいなしにするのはばかげている。

アンナはもう一度大きく息をついた。「あなたがいないのに、ここに住みつづけるようにと言うのはやめてほしいの。私がここにいるのは、あなたがいるからなのよ。あなたがいなければ、こんなところにいても、しかたがないわ」彼女はサクソンのほうを向いた。顔を上げ、目を見て、はっきり慎重に言った。「あなたを愛しているの。愛していなかったら、初めからここには来なかったわ」

サクソンの顔に衝撃が走り、ますます血の気が引いた。唇を動かすが、声にはならない。

「別れることにしたのは、それがあなたの望みだと思ったからよ」アンナはゆっくりと続けた。「最初からあなたははっきりさせていたでしょう。しがらみは持ちたくないって。だから、そんな期待はしていなかったわ。もしも二人の……二人の協定を続けたいと言われても、それは無理だと思うの。母親と、どんなときにもあなたの相手を務めなければならない愛人とは、両立しないわ。赤ん坊には待ったなしのこともあるでしょう。だから、このままでは出ていかなくてはならないわ。だからといって、あなたへの愛がなくなるということではないのよ」

なくなるなんて決してないわ、とアンナは心の中でつぶやいた。

サクソンはアンナの言葉が信じられないのか、彼女の言葉を否定したいのか、首を横に振って、ベッドに腰を下ろした。蓋《ふた》の開いたスーツケースを呆然《ぼうぜん》と見つめている。

そんなサクソンが、アンナは心配になった。彼は怒るか、冷たく出ていくかのどちらかだろうと思っていた。ところが、まるで恐ろしいことでも起きたかのように、ひどく動揺している。アンナはサクソンのわきに座った。彼の表情から少しでも心情を読み取ろうと、目をこらした。リラックスしているときでも、表情を読むのはむずかしいのに、今の彼は大理石のように表情が硬い。

アンナは手を握り締めてつぶやいた。「あなたがこんなふうに出るなんて考えてもいなかったの……なんとも思わないだろうと思っていたわ」

サクソンは勢いよく顔を上げた。剣の刃のように鋭く、人を刺し通すような目でアンナを見つめる。「僕はただ出ていって、君や赤ん坊がどうなっても、なんとも思わないと考えたのか?」アンナをとがめるような、きびしい口調だった。

アンナは退かなかった。「そうよ。そう思ったわ。ほかにどう考えられるというの? あなたから見たら、私は便利な欲望のはけ口でしかなかったわけでしょう。それ以上の気持ちは見せてくれたことがないじゃないの」

サクソンの心はよじれるように痛んだ。思わず視線をそらす。僕にとっては、アンナといっしょのときだけが生きていてよかったと実感できるときだったのに、彼女のほうは自分が便利な女にすぎないと考えていたのか。たしかに僕は心の内を見せなかった。その点ではアンナの言うとおりだ。むしろ、そんな気持ちを知られまいと必死だった。それが原因で、彼女を失うことになるのか? サクソンはずたずたにされたような気がした。あまりにも苦しくて、彼女を失うのがつらいのか、せっかくできた赤ん坊を失うのがつらいのか、自分でもわからなかった。

「行くところはあるのかい?」サクソンは感覚が麻痺《まひ》したように尋ねた。

アンナは声にならない、ため息をついた。最後の希望の糸は切れてしまったのだ。「いいえ。でも、大丈夫よ。少しは見てまわったの。ただ、あなたにお話しするまでは、どこにも決めたくなかったのよ。ひとまずホテルに行くわ。すぐに別のアパートメントをさがせると思うの。それに、経済的に困窮する心配がないように配慮してくれたでしょう。感謝しているのよ。それと、赤ちゃんを授けてくれたことにもお礼を言いたいわ」アンナは無理にほほえんでみせた。でも、彼女のほうを見ていないサクソンには、その笑顔は届かなかった。

サクソンは身を乗り出し、膝に両肘をついて、片手で額をこすった。顔には疲労がしわになって現れている。「ホテルなんかに行くことはないよ。アパートメントはここからさがしに行けばいいんだ。二回も引っ越すことはないじゃないか。それに、法的にも片づけることがたくさんあるから」

「その必要はないわ」アンナは言った。サクソンは首を傾け、彼女の心をつらぬくような視線を向けた。「必要ないのよ」彼女は言い張った。「経済的にじゅうぶんやっていけるように、あなたは配慮してくれたわ。赤ちゃんを育てるにはじゅうぶんすぎるぐらいよ。あなたからお金を絞り取れるだけ絞り取ろうとしているなんて、思わないでほしいの」

サクソンは体を起こした。「でも、僕の気持ちとして、養育費を出したいと言ったら？　僕の子供でもあるんだ。それとも、僕には子供の顔も見せないつもりだったのかい？」

アンナはほんとうにどう答えたらいいのかわからなかった。「養育費を出したいというのは本気なの?」予想もしていないことだった。二人の関係が終わってしまうという、身を切られるような現実しか、頭になかったのだ。

なんてことを言ってしまったのかというように、サクソンはまたまた顔色を変えた。ショックを受けているのだ。唾《つば》をのみ、立ちあがって、いらいらと部屋を歩きまわった。まるで罠《わな》にかかった動物さながらだった。

アンナはかわいそうになり、やさしく言った。「心配しないで」

安心するどころか、アンナのその言葉で、サクソンはかえって落ち着かなくなったようだ。髪を両手でかきむしり、いきなり玄関に向かった。「だめだ。ゆっくり考えてみなければ。君は必要なだけ、ここにいてくれ」

アンナが呼びとめる間もなく、サクソンは出ていってしまった。ほんとうにいなくなってしまったのだ。玄関のドアが音をたてて閉まる。ようやくアンナはベッドから立ちあがった。今まで彼のいた場所ががらんとして見える。サクソンは苦しそうな目をしていた。彼があんなに動揺を見せるとは予想もしていなかった。なぜなのか、さっぱりわからない。

過去についてはなにも話してくれなかったので、サクソンの子供のころのことは、親のことさえ、アンナはなに一つ知らなかった。彼に家族がいるとしても、彼女にわからないのは当然だった。今でもサクソンは自分のアパートメントを所有していて、郵便物はすべてそちらに届けられている。自宅の電話に出ないときに連絡ができるように、家族に愛人の家の電話番号を教えるとは考えられなかった。

この二年間、我が家として住んだアパートメントをアンナは見まわした。次のアパートメントが見つかるまで、ここに住んでいればいいと、いくら親切に言われても、このままいられるかどうかわからない。サクソンがいないのなら、ここにいたくないと言った彼女の言葉に偽りはなかった。このアパートメントにはサクソンのにおいがしみついている。物理的なことを言っているのではない。むしろ記憶に刻まれた一つ一つの出来事のほうが簡単には忘れられないだろう。今座っているこのベッドで、おなかの子供を授かったのだ。アンナは一瞬そのことを思った。すると唇がゆがんで、苦笑いになった。

このベッドだったとは限らないのだわ。快適な点では一番なので、ふつうはベッドで愛を交わしていた。だが、サクソンはセックスはベッドでするものだとは思っていなかった。シャワーも、ソファも、キッチンカウンターですら可能性はある。それは、ある寒い日の夕方、アンナが夕食をキッチンで用意していたときのことだった。サクソンは帰ってくるなり、寝る時間まで待てないと言ったのだ。

いつかは終わるとわかっていたが、そういう情熱にあふれたすばらしい日々は終わってしまった。サクソンの見せた動揺までは予想がつかなかったが、終わったという事実に変わりはなかった。

サクソンは歩いた。行くあてもなく、なにも気にせず、ただ歩いた。アンナから受けた二重の衝撃からまだ立ち直れないでいる。考えをまとめることも、感情を律することもできなかった。これまでずっと、彼は自在に感情をコントロールしてきた。何年も前に起きたことは、心の底に封じこめて鍵《かぎ》をかけた。そのうちに心の中の怪物はおとなしく馴《な》らされ、恐ろしい悪夢も薄らぐと思っていた。ところが、アンナに妊娠を知らされて、自分をだましだまし保ってきたガラスのような平安は音をたてて崩れてしまった。しかも彼女は出ていってしまう。ああ、なんてことだ！　僕と別れるというのだ。

空中に拳《こぶし》を振りあげて、この残酷な運命を呪《のろ》えるだけ呪えたらと思う。だが、苦痛のあまりの激しさに、それもできない。心にあふれる苦しみのほんの一端でも表に出してしまったら、歩道にうずくまり、狂った動物のようにうめき声をあげるしかないだろう。だから、封じこめるのだ。唯一苦痛を考えずにすむ場所は、いつもそうだったように、アンナのところだ。

これからのことは考えることもできない。サクソンにとって、将来はないも同然だった。よりどころもない。なんの目的もない日々が待っている。そういう将来は考えたくもなかった。明日一日だけでも耐えられないし、そんな日をえんえんと続けるわけにはいかない。アンナのいない一日？　どうしてそれがこんなにつらいのだろう？

アンナの存在がどんなに大切かを口に出す勇気はなかった。自分のそんな気持ちを認めるのさえ、サクソンは耐えがたかった。彼の経験では、愛のあとには裏切りや拒絶が待っている。自分の心に愛という感情を芽生えさせてしまったら、身も心もずたずたにされるのがおちなのだ。それに、彼を愛してくれた人などいなかった。一人も。物心ついたころから、サクソンにはそれがわかっていた。そのため、対処のしかたも身につけていた。無関心を決めこんで、固い殻に閉じこもるしかないのだ。そうやって、鎧《よろい》の上に鎧を重ねて、自分を守ってきた。

その守りが束縛に感じられるようになったのは、いつのころからだろうか？　亀《かめ》というものは、頑丈な甲羅から自由になって、思いのまま走りまわりたいと思うことはあるのだろうか？　おそらくそんなことはないだろう。だが、あいにく僕は違う、とサクソンは思った。アンナは僕を愛していると言った。たとえそれがほんとうでないとしても、そう言ってくれたからには、僕のほうで思いきって応じさえすれば、もう少しそばにいてくれることになっただろう。なのに、僕はそうしなかった。応じてしまえば、ほんの少しでも鎧を脱ぐことになる。鎧を脱ぐなどと考えるだけで、心が幼いころに植えつけられた恐れに支配されてしまう。長い間受けた虐待のせいで、その恐れは心に深く根を張っていた。

サクソンは自分のアパートメントの前に来た。一瞬、どこなのかのみこめずに眺めていた。そして、やっと気がついた。僕のアパートメントじゃないか。ここまで何キロも歩いてしまったのだ。彼はポケットの鍵をさぐった。

中は物音一つなく、かびくさかった。やさしく出迎えてくれる人もない。アンナがこのアパートメントに足を踏み入れたことがないので、索漠としている。こんなところで少しでも過ごすのかと、考えるのもいやだった。墓場のように暗く、寒々としている。明かりをつける気もしなかった。サクソンにとって、明かりといえるのはアンナだけだった。そのつかの間の明かりも今はない。欲望を制御できなかった自分がいけないのだ。出ていくようにアンナを追いこんでしまった。

これまでサクソンは片時もアンナから離れていられなかった。人間はこんなに頻繁に愛を交わすことができるのかと驚くほど、何度も体を重ねた。彼女の中に身を沈め、二人の体が結びつくと、その信じられないほどの陶酔感に、何度となく彼は燃えあがった。あげくにアンナを妊娠させ、それが原因で、彼女をも失ってしまったのだ。

アンナがいない今、僕はどうしたらいいのだろう？　サクソンは頭が働かなかった。片づけなくてはならない契約や仕事があるのに、そんなことは考えることもできない。今までは仕事がたてこんでいたときでも、アンナが待っているとわかっていれば、片づけることができた。仕事で遠くに行かなくてはならないとしても、懸命に働けたのは、彼女がなに不自由なく暮らしていけるようにと思えばこそだった。アンナのために株を買いたすたびに、なんとも言えない満足感があった。かいがいしく働けば、ずっと彼女といられると考えていたのかもしれない。ほかのだれといっしょにいるより、あるいは自活するより、僕といたほうが生活は安定するのだと彼女にわからせられると思っていたのかもしれない。

アンナが愛人になったのは、単に経済的な安定を保証してもらえるからだとは一瞬たりとも考えられなかった。そんなふうに考えたら、まったく生きがいがなくなってしまう。違う。アンナはほんとうはお金と引き換えの関係を望んではいなかったのだ。僕にはそれがわかっていた。

つまり、アンナが僕のもとにいたのは……ただただ僕を愛していたからなのだ。

そのとき初めて、サクソンは先刻アンナに言われたことを考えてみた。あのときの彼には受けとめる余裕がなかった。でも今、彼の意識の中に、その言葉は弱った鳥が光をこわがるように、おずおずとよみがえっていた。

アンナは僕を愛している。

サクソンは静まり返ったアパートメントに夜になっても座りこんでいた。明かりをつけたいという気にも、音を聞きたいという気にもならず、ひたすら殻に閉じこもっていた。その暗い中で、いつしか心の殻をくぐり抜けていた。ほんの少しの可能性にすがって、なんとか打開できないものかという気分になっていた。成功の見込みはなさそうでも、打って出ることはできないものかと。だが、非情にも残された道はそれしかなかった。

アンナの愛がほんとうなら、このまま彼女の言うままに別れることはできない。

4

アンナにとっても、夜は苦しかった。眠れなかった。もともとぐっすり眠れるとは思っていなかったが、まさか何時間も寝つけないとは思わなかった。暗い天井を見つめていると、隣にだれもいない悲しみがひしひしと胸を刺す。サクソンは仕事で出張が多く、これまで何日も彼女のもとを離れたことはあった。そんなときもアンナは眠るのに苦労した。しかし、今は彼がかたわらにいないだけでなく、彼女の心の中に空洞ができていた。わかっていたつもりだったが、胃がよじれるほどの苦痛までは考えていなかった。こらえようとしても、涙がとめどなくあふれ、ついには頭がずきずき痛みだしたが、涙はとまらなかった。

ようやく涙がかれたのは疲れきったからだった。でも、胸の痛みは変わらない。長く暗い夜の間、やわらぐことなく苦痛は続いた。

これからずっとこんなことが続くとしたら、たとえ赤ん坊がいっしょでも、耐えていけるかどうかわからない。なにより大切なサクソンの子供がいっしょなら、彼のいない心のすき間をうめてくれるとは思っていた。でも、生まれるのはまだ先のことで、今はぽっかり心に穴があいている。今すぐこの腕に赤ん坊を抱くことはできない。抱けるようになるまで、あと五カ月も待たなくてはならないのだ。

一睡もしないまま、明け方、アンナは起きあがった。ポットにカフェイン抜きのコーヒーをいれる。今日のような日こそ、ほんとうはカフェインで元気をつけたかった。でも、おなかの赤ん坊には禁物だ。ともかくコーヒーをいれ、いつもと同じように過ごせば、頭がしゃんとするのではないかと思った。そこで分厚いローブにくるまり、キッチンのテーブルについて、彼女は熱いコーヒーをすすった。

ベランダに続くガラスのドアを、雨が音もなくつたう。それが下に落ちて、濡《ぬ》れた石にしたたった。昨日はまたとない晴天だったのに、四月の天気は変わりやすい。寒冷前線が到来して、今日は冷たい雨になった。もしサクソンがいれば、二人とも今ごろベッドの中で暖かな上掛けにくるまり、えもいわれぬ快楽を気だるくむさぼっていただろう。

苦痛を抑えようとしたが、またいたたまれなくなり、アンナはテーブルに突っ伏した。泣き疲れて、まぶたは重く、目はひりひりするのに、まだ涙も、際限ない心の痛みも残っているようだった。

アンナはドアの開く音に気づかなかった。だが、板石の床に足音がする。あわてて身を起こし、手の付け根のあたりでさっと涙をぬぐった。目の前にサクソンが立った。浅黒い顔は寂しそうで、疲労をたたえている。昨日と同じ服のままなのがわかったが、その上に雨よけの革のボマージャケットを着ている。雨の中を歩いてきたのは歴然としていた。黒い髪が地肌に張りつき、しずくが顔に垂れていた。

「泣かないでくれ」サクソンはかすれて、うわずった声で言った。

泣いているところを見られてしまい、アンナはきまりが悪かった。サクソンにはどんな心情も押し隠してきたのだ。喜怒哀楽を見せられると、彼の機嫌は悪くなるのがわかっている。しかも、今のアンナの格好は最悪だった。目は腫《は》れ、涙に濡れ、眠れずに落ち着かない夜を過ごしたせいで、髪は乱れきっていた。そのうえ、首から足まで分厚いローブを着こんでいる。愛人なら、いつも身ぎれいにしていなくてはならないのにと思うといたたまれず、アンナはまた泣きたくなった。

サクソンはアンナを見つめたまま、ジャケットを脱ぎ、椅子の背にかけた。「まだここにいるのかわからなかった」声はまだ硬い。「いてくれればいいとは思っていたんだが……」そこまで言うと、いきなり電光石火の速さで、彼女を腕に抱き、すばやくベッドルームに向かった。

アンナは驚いて声をあげたが、すぐにサクソンの肩にすがりついた。初めてのときも彼はこんなふうに行動した。ダムの水位がぐんぐん上がり、ついには決壊してしまったかのように、情熱がほとばしったのだ。アンナは足をすくわれたと思ったら、もうオフィスの床に寝かされていた。そして驚く間もなく、彼がのしかかってきたのだった。あのとき、驚きは喜びに変わった。すぐさまアンナは彼に劣らず激しい欲望を感じて、自分から手足をからめた。やっとサクソンが体を離したのは、それから何時間もたったあとだった。

そのときに勝るとも劣らない激しさで、サクソンはアンナを抱きあげ、ベッドに寝かせた。身をかがめて、彼女のローブをゆるめ、前を大きく広げる。ローブの下は薄地の絹のネグリジェだったが、まだ着すぎている。彼はローブを脱がせ、ネグリジェも頭から脱がせた。そのサクソンの必死の形相をアンナは声もなく見あげていた。一糸まとわぬ姿で彼の前に横たわり、息は荒くなった。彼に見つめられて、まるで熱い愛撫《あいぶ》を受けたかのように、アンナの胸はこわばった。体の奥から、なま温かく、熱い欲望がふつふつとわきあがる。

サクソンはアンナの腿を割り、その間にひざまずいた。彼女の体を目でむさぼりながら、自分のベルトをさぐり、ジッパーを下ろして、ズボンを下げた。それから、彼女の顔に目を移す。茶色のベルベットのような瞳に迎えられて、サクソンのグリーンの瞳は輝いた。

「いやだったら、今、そう言ってくれ」

自分から呼吸をとめようとすることはできないが、それ以上にアンナはサクソンを拒絶できなかった。ほっそりした腕を上げて、彼をいざなう。彼はそれに応じて、身を乗り出した。いっきにアンナの中に入り、その腕に包まれた。サクソンはうめいた。信じられないほどの喜びもさることながら、苦痛が消えたのがうれしかった。自分の下にほっそりした彼女の体を感じ、彼女の中にすっぽり包まれた今、二人を隔てるものはなにもなかった。猛々《たけだけ》しく強烈な喜びに翻弄《ほんろう》されて、アンナは身をよじった。サクソンの濡れて冷たい服が裸の体に触れる。その衝撃で、自分が全裸でいることを彼女は今までになく意識した。腿の間にだけ唯一彼の素肌を感じるのが、かえって官能を刺激する。アンナの体の上で、中で、サクソンが動く。彼女は痛いほど彼の男らしさを意識していた。あまりにも強烈な刺激に、アンナは早々とクライマックスに達し、体をそらした。ほんとうはゆっくりと味わいたかったのに、ひどくあっけない気がした。

アンナの喜びを高めたい。彼女の体に深く身を沈めたまま、サクソンはじっと待った。彼女の顔を両手で包んで、ゆっくりとキスを浴びせる。「泣くんじゃない」彼はつぶやいた。そのときになって初めて、アンナは自分の目に涙がにじんでいるのを知った。「泣くんじゃない。まだ終わりにはしないよ」

アンナは声を出して泣いていたのだ。言うに言われぬ絶望が泣き声になっていたことに、彼女は気づいた。

サクソンはアンナとの二年間で身につけた、あらゆる愛の技巧を駆使した。速いリズムで、ふたたび欲望を引き出し、すぐにのぼりつめたりしないようにリズムを抑える。ゆっくりと愛撫されるときの喜び。体が一つになるときの喜び。その喜びの違いを二人は味わった。二人とも終わらせたくなかった。このようにいっしょにいる間は、別離という恐ろしい現実を考えないでいられるからだ。でも、これで体が離れてしまったら、もう愛を交わすことはなくなり、別れが待っているのだ。二人には耐えがたいことだった。

官能を刺激していたはずのサクソンの服が、かえってじゃまになってきた。アンナはシャツからボタンをもぎ取り、濡れた服を脱がせようとした。彼と肌を合わせたい。サクソンは体を起こし、広い肩をゆすってシャツを脱ぎ、わきへほうった。そしてあらためて胸板をアンナにつける。敏感な胸の先を胸毛に刺激され、彼女はかすかな歓喜の声をあげた。サクソンは両手でアンナの胸を包み、両方のふくらみを真ん中に寄せた。硬くなったその先端に、そっとキスを浴びせる。胸の先端は少し色が濃くなり、胸自体も心もち大きくなっているのがわかった。彼女のまだ平らなおなかの中で、着実に赤ん坊は育っているのだ。そう思うと、サクソンは思いもよらぬ興奮を感じ、体が震えた。今の僕がしているのと同じ行為で、小さな命が芽生えたのだ。

まだクライマックスには早すぎる。サクソンは歯をくいしばってこらえた。僕の赤ん坊！　聞かされることと実感することには、大きな違いがある。このとき初めてサクソンは、この赤ん坊は僕のものだ、僕の分身で僕の遺伝子を受け継いでいる、とまさに実感した。僕の血液、僕の骨が、アンナの血や骨と複雑にまじって、二人の分身になったのだ。サクソンは、物理的になにかを所有しているという、それまで味わったことのない感動を味わった。こんな感動があるとは夢にも思っていなかった。僕の赤ん坊！　そしてアンナは僕のものなのだ。蜜《みつ》のようにうるわしいアンナ。なめらかで温かな肌。穏やかでやさしい濃茶色の瞳。

クライマックスまで、それ以上こらえることはできなかった。まずアンナを、続いてサクソンを快感の波が襲った。自分を包む彼女の体の激しい振動に、サクソンの体も限界に達した。二人は同時に歓喜の高みに突きあげられ、大きく叫び、我を忘れた。そして、その余韻にひたった。

二人は手足をからめてじっとしていた。どちらも自分から体を離したくはなかった。アンナはサクソンの湿った髪に指を差し入れた。指先に触れる頭皮の感覚がいとおしい。

「どうして戻ってきたの？」彼女はささやいた。「あのとき、あなたが出ていくのを見ているのはとてもつらかったわ。もう一度あの気持ちを私に味わわせるつもり？」

サクソンの体が緊張するのをアンナは感じた。これまで彼女は自分の心情を彼に見せたことはなかった。いっさい求めることをせず、笑顔だけを見せ、愛人としての役割に徹していた。でも、もうその立場は捨てたのだ。愛していると口に出してしまった以上、あと戻りすることはできない。愛の言葉は嘘《うそ》だったなどと言う気はなかった。

サクソンはアンナを抱いたまま、横向きになった。その場から動けないように、腕を彼女の腰にまわしている。アンナは体を楽にしようと、片脚を彼の腰の上に上げた。サクソンはその間に入りこむように体を動かす。サクソンがおさまって、二人はほっと安堵《あんど》のため息をもらした。

「どうしても行かなくてはいけないのかい?」ようやくサクソンが尋ねた。「なぜこのままここにいられないんだ?」

アンナは悲しそうな暗い目で、サクソンの肩に顔をこすりつけた。「あなたがいっしょでなければ、いやなの。耐えられないわ」

サクソンが必死に言葉を出そうとしているのが、アンナにはわかった。「その……もしも僕も出ていかなければ? 今までと同じように、ここでいっしょに暮らせるかい?」

アンナは顔を上げ、雨で薄暗い中、大好きなサクソンの顔を見つめた。今の言葉を口にするのが、彼にとってどんなに大変なことだったか、彼女にはわかる。これまでサクソンは、気をつかっていると見られるのがいやで、必死に気持ちを押し隠してきた。ところが今、心のつながりを求めて、手を差し伸べているのだ。サクソンは人一倍愛を必要としているとアンナは思う。ただ、彼が愛の重さに耐えられるかどうかはわからない。愛情には責任や義務が伴う。つまり、歩み寄りが必要で、犠牲が求められるのだ。

「そんなことができるの?」アンナは尋ねた。声にも瞳にも悲しみがこもっている。「あなたの努力をする気持ちはわかるのよ。でも、ほんとうにここにいられる? あと戻りはできなくなるわ。状況は変わってしまったのよ。前と同じというわけにはいかないわ」

「わかっている」サクソンのけわしい表情に、アンナの心は傷ついた。うまくいくわけはないと彼が思っているのがわかったからだ。

アンナはサクソンを愛していると口にしたことはなかったし、彼の過去も詮索《せんさく》したことはなかった。ところが、二人だけの小さな世界はあれよあれよという間にほぐれて、すべてを引っくり返してしまった。なにかを得ようと思えば、ときには危険を冒すことも必要なのだ。

「赤ちゃんを捨てるのかなんて、どうして私に尋ねたの?」

アンナの質問が刃《やいば》のようにサクソンの心に振りかざされた。彼はたじろぎ、ショックで瞳孔《どうこう》が小さくなったのがアンナにはわかった。そのとき、彼が離れていきそうになった。アンナは脚に力を入れて彼の体を押さえ、手で肩をつかんだ。本気で離れたければ、そんな力など簡単にはねつけられただろうが、サクソンは動くのをやめた。ただただ彼女と触れていたくて、その場を離れなかった。アンナの力など、どうということはないが、やさしさにあらがうことはできなかった。

サクソンは記憶を締め出そうと、とっさに目をつぶった。だが、記憶は退こうとしない。アンナの質問に答えなかったら、いつまでもとどまっているだろう。その記憶について、これまで口に出したことはなかったし、出したくもなかった。心の奥底になまなましく刻まれた傷は、話したところで、癒《い》えるものではない。これまで彼はずっとそう思ってきた。

そして、その傷を乗り越えるために、できるだけのことはしてきた。人生のその部分はなかったことにして、封印してきた。今、アンナの質問に答えれば、生傷をえぐるようなことになりそうだ。だが、彼女にだけはほんとうのことを知らせるべきだろう。

「僕は母に捨てられたんだ」ついにサクソンは喉から声を振り絞った。だが、そこまで言うと、喉は閉ざされ、それ以上言葉は出てこなかった。どうしようもないというように、彼は首を横に振った。目もつぶったままだったので、アンナの顔が一瞬恐ろしさに引きつり、たちまち同情に変わったのは見えなかった。アンナは涙に曇った目で、サクソンを見つめた。しかし、わっと泣きだして、彼の気をそらすようなことはしなかった。ただ、彼の胸をやさしく撫《な》で、言葉ではない形で慰めようとした。この場に言葉はふさわしくないような気がする。それに、言葉を出そうとしても、涙にかき消されてしまうだろう。

ずっと沈黙が続いた。これ以上サクソンは言いたくないのかもしれない。もっとも、話を続けるよううながせば、なにか言ってくれるかもしれない。アンナは大きく息を吸って、平静を取り戻そうとした。かなりの努力を要して、ようやくふつうの声とはいかないまでも、愛情のこもった、やさしい声を出すことができた。

「どういうふうに捨てられたの？　置き去りにされたとか、養子に出されたとか？」

「どっちでもない」そう言うと、サクソンはアンナから身をよじるようにして離れ、あおむけになり、腕を上げて目をおおった。サクソンが離れたのはつらいが、今は彼が望む距離をおくしかないとアンナは思った。人生には一人で対処しなくてはならないことがある。これも、その一つなのだろう。「生まれたあと、僕はごみの中に捨てられたんだ。教会の階段に置き去りにされたり、児童福祉施設にでも預けられたりしていれば、母はほんとうは僕を愛していたけれど、重い病気にかかって、だれかに僕の世話をしてもらいたくて、泣く泣く捨てたのだとでも、話を作れただろう。ほかの子供たちはそろいもそろって、そういう話をでっちあげて、自分でもそう信じていたよ。ところが、僕の母ときたら、そんなふうに自分をだます余地さえ残してくれなかった。生まれて何時間もしないうちに、ごみ捨ての缶に捨てられたんだよ。そんなことをされれば、少しでも母に愛情があったかもしれないなんて、間違っても考えることはできないだろう」

アンナはボールのように小さく体をまるめた。しゃくりあげそうになる声を押し殺そうと、口を拳《こぶし》で押さえる。涙に曇る目で、サクソンの顔を見つめた。サクソンは話をしてくれている。聞きたいと思ってきたことだが、今アンナは彼の口を手で封じてしまいたいという衝動と闘っていた。そんな残酷な生い立ちを知ったら、だれだってまともな大人になれるはずはない。

「ただ、僕をじゃまに思っただけではないんだ」サクソンは感情を殺した声で続けた。「母は僕を死なせようとした。捨てたのは冬だったのに、なにかにくるもうともしなかった。実際、僕のほんとうの誕生日はわからないんだ。一月の三日か四日ということしかね。

発見されたのは明け方の三時半だった。だから、生まれたのは三日の深夜か四日の早朝だろう。いずれにしろ仮死状態だったんだ。その後一年あまり、慈善病院に収容されたが、ずっと具合が悪かった。そして児童福祉施設に送られたんだが、それまで知らない人が僕の前に現れてはいなくなっていたので、どんな人が来ても、いい顔なんかできなくなっていた。そのためだろう、養子に引き取ってくれる人もいなかったよ。養子に望まれるのは、まだ毛布にくるまった赤ん坊なんだ。やせっぽちで病気がちの幼児、しかも人に手を出されると、ひいひい泣くような子なんか相手にもされなかったよ」

サクソンは唾《つば》をのみ、目から手を離して、ただ上を見あげていた。

「だから、父も母もどんな人なのか見当もつかない。母親の手がかりは結局見つからなかったんだ。僕の名前は、見つけられた場所の郡と町の名前だ。マローン郡サクソンだよ。孤児の名前のつけ方なんて、昔からそんなものだな。それから、いろいろな里親のところをたらいまわしにされた。たいていたいしたところではなかったよ。迷子の子犬みたいに足蹴《あしげ》にされた。ソーシャルサービスの連中は、なんとか僕をどこかに押しつけたくて、ある家に預けたんだ。ケースワーカーが来るたびに、僕の体は傷だらけだったが、無視された。そのうち、その家の男に蹴られて、あばら骨が何本か折れたんだ。それで初めてその家から出してもらえた。十歳ごろだったな。それからようやく、次のまあまあ親切な里親が見つかった。我が子を亡くした夫婦だったよ。きっと僕がその息子の代わりになると思ったのかもしれないね。でも、思いどおりにはならなかった。僕にとっても、その夫婦にとってもだ。いい人たちだったんだが、どうしても息子のケニーとは違うという目で見られた。まあ、人並の暮らしはできたから、僕にとってはそれでじゅうぶんだった。学校を終えて、その家を出たあとは、二度と足を向けていないよ」

5

その打ち明け話で、アンナはサクソンの不可解な部分が氷解したような気がした。少しでも愛に類することを、なぜ彼はうまく受け入れられないかが。人生の最初の十八年間でサクソンがなにかを学んだとすれば、人が愛と呼ぶものに頼ることなどできないということだ。そんなものに彼はこれまで触れたことがなかった。

サクソンは、自分でも言っていたように、ほんとうは母親にも愛情はあったのだと人情話をでっちあげて、自分の心をごまかすことすらできなかった。母親は息子をかえりみるどころか、わざわざ捨てて死なせようとしたという事実はあまりにも歴然としていた。慈善病院のスタッフも仕事が過密で、サクソンにほんとうの愛情をかける暇はなかった。子供は早く学ぶものだ。児童福祉施設に送られたころには、だれが面倒を見てくれても、その人を信じることはできないとサクソンはわかっていた。そこで自分を守るために、殻に閉じこもってしまった。自分以外のだれにも頼らないようにしてきたのだ。

里親の家をたらいまわしにされ、虐待を受けたり、どの里親ともしっくりいかなかったりしたため、サクソンの確信はさらに強まっていった。のけ者にされて、どこで愛を学べるというのだろう？　答えは決まっている。やりきれないことだが、サクソンは愛を学べなかった。ただただ窮乏生活から抜け出さなければならなかった。人に愛されるという、ごく基本的なことを経験せずに生きてこなければならなかった。そんな中で、彼がなしとげたことを思うと、アンナは畏怖《いふ》の念に打たれた。彼はよくよく意志が強いのだ。大学を卒業するため、懸命に働き、工学の学位を取得したばかりか、クラスでも抜群の成績をおさめ、求人は引く手あまただった。そこから始めて、自分で会社をおこすなんて、どれほどの努力をしたのだろう。

サクソンの子供のころの胸が張り裂けるような話に、二人ともそれ以上心の奥をさぐる気力はなくなった。二人は暗黙のうちに起きあがって、いつもどおりにふるまうことにした。もちろん心の中は平静ではいられなかったが。この二十四時間で、二人とも心身ともに参ってしまった。長いこと言葉を交わす気力もなかった。ただ、昼食はなににするかといったありきたりの会話だけで、時間は過ぎていった。

サクソンはとどまっている。出ていこうというそぶりは見せなかった。アンナは願いが通じたような気がして、自分の荷物はまとめないことにした。今はただ彼がいてくれさえすればよかった。

雨は一日中そぼ降っていた。夕方近くになって、サクソンは感情を見せずに言った。

「今朝の僕の質問に君はまだ答えてくれていないよ。前と同じように、僕たちはこのままやっていかれるのかい？」

アンナはサクソンをちらりと見た。その顔からまだ緊張は解けないが、なんとか自分をなだめているという感じだった。アンナはどう応じたらいいのかわからなかった。でも、返事を先延ばしにしたら、彼はまた出ていってしまうだろう。それよりは、無理にでも答えておいたほうがいいと思った。

アンナはサクソンの正面に座った。考えをまとめて、ようやく口を開く。「私としては、ここにいるに越したことはないの。あなたがいない暮らしは、考えるだけでもつらいわ。もう一度あなたに出ていかれたら、耐えられるかどうか自信がないくらいよ。でも、私は自分のことだけを考えるわけにはいかないの。二人の協定を考えるだけではすまないのよ。赤ちゃんはどうするの？　最初は、ママとパパさえいれば、なんとも思わないでしょう。でも、私たち二人がずっといっしょにいるとして、子供が学校に行くようになったら、どうなると思う？　ほかの子供たちのママとパパは結婚しているのだとわかってしまうわ。ここはデンバーよ。ハリウッドとは違う。同棲《どうせい》しているだけならとやかく言う人はいないでしょうけれど、赤ちゃんができたら、話は違ってくるわ」

サクソンはうつむいて、自分の手を見ながら慎重に言った。「君がここを出ていったとして、状況はどう変わるのかな？　両親が結婚していないことに変わりはないだろう。だが、君は一人で子供を育てることになるんだ。それが子供にとっていいと言えるだろうか？ 僕自身、どんな父親になれるか自信はないが、いないよりはましだと思うがな」

アンナは唇を震わせた。必死になって、唇を嚙《か》み締めた。なんてことかしら。サクソンのほうから子供を取りあげないでくれと頼んでいる。私がそう仕向けたのかしら？ 決してそんなつもりはなかったけれど。とりわけ今朝、彼からあんな話を聞いているのだ。

「あなたはすばらしい父親になると思うわ。あなたを赤ちゃんに会わせないつもりなんて、初めからなかったのよ。問題は、私たちの住まいをどうするかなの。その点について、私はまだよくわからないのよ」

「僕はわかっている。君が欲しいんだ。それに君だって……僕を求めているじゃないか」

サクソンはやはり、君は僕を愛しているんだろう、とは言えなかった。「今すぐ、どうこうする必要はないよ。君も言ったように、赤ん坊が僕たちをほかの親と比べるようになるのは、まだずっと先のことなんだから。だいいち、まだ生まれるまで間がある。その間、君がすこやかでいるかどうかわからなかったら、僕は夜も眠れないよ。少なくとも、赤ん坊が生まれるまではいてほしい。できるだけのことはしたいんだ。出産を控えた親たちのための講座にだってついていくし、出産のときも立ち会うよ」口調はいかにも自信ありげだが、瞳にはすがるような心情が映っていた。その瞳にアンナの決意はゆらいだ。ここではねつけてしまったら、彼は一生立ち直れないかもしれない。

「ここにいるに越したことはないわ」アンナは低い声で言った。サクソンはほっとしたように目を光らせたが、あわててそれを隠した。

「明日、僕の服をこっちに持ってくるよ」

アンナはあっけにとられて、ただ目をしばたたいた。サクソンは以前と同じ生活を続けたいのだと思っていた。毎晩ここでアンナと過ごし、朝になったら自分のアパートメントに戻って、着替えてから仕事に行くという暮らしを。この家のクローゼットの中はアンナの服だけで、がらんとしている。そこに彼の服もおさまるのかと思うと、彼女の心はときめいたが、少し心配でもあった。

でも、心配するなんて、どうかしているわ。もともと彼とほんとうにいっしょに暮らすことが、私のなによりの希望だったじゃないの。すべてがあっという間に変化している。ただでさえ妊娠で、私の日常は一変してしまった。おなかの赤ん坊が成長し、負担がかかってくるので、日を追うごとに体のコントロールはきかなくなっている。初めのうち妊娠の徴候はほとんどなかったが、今でははっきりと体の変化がわかる。

今日一日で、あまりにもいろいろなことが変化し、それに対処しているうちに、ふいにこらえきれなくなった。サクソンを見つめるアンナの目にみるみる涙があふれ、頬をつたう。彼はとっさにアンナのかたわらに寄り添い、腕をまわして、自分の肩に彼女の頭をもたせかけた。「どうしたんだい？」狼狽《ろうばい》したように尋ねた。「僕がここに引っ越してきたら困るのかい？　そのほうが君の面倒をきちんと見られると思ったんだが」

「そうじゃないの」アンナはすすり泣いた。「ほんとうはうれしくてたまらないの。ここにあなたが引っ越してきてくれないかとずっと願っていたのよ。あるいは、あなたのアパートメントに私を呼び寄せてくれないかしらって。とはいっても、引っ越しは私のためではないのよね。赤ちゃんのためなんだわ」

サクソンはアンナの顔を上に向けさせ、親指で涙をぬぐった。顔をしかめて、黒い眉を寄せる。「君のためだよ。あたりまえじゃないか」彼はもどかしそうに言った。「僕には赤ん坊のことはわからない。だって、まだろくに気配すらないじゃないか。どうしても君を一人にしたくはないんだ」彼の顔がますますけわしくなった。「医者には診せたのかい？」

アンナははなをすすって、目をふいた。「ええ。お医者様に言われて初めて、妊娠しているのがわかったのよ。ただ、最後の生理がほんのわずかだったし、その前もとても軽かったので、診てもらったの。それ以外はなんの徴候もなかったわ」

「それで、大丈夫なのかい？」

「なんの心配もいらないわ。すべて順調だって、お医者様にも言われたの。妊娠初期はほんの少し出血がある人もいるし、そうでない人もいるんですって。つわりも人によるのよ。私が気づいたことといえば、疲れやすくて、眠くなったこと。それに、とても涙もろくなったことぐらいかしら」

サクソンは安堵《あんど》した。「すると、君が今泣いているのも、赤ん坊のせいなのかな?」

「違うわ。これはあなたのせいよ!」

「だったら、もう泣かないで」サクソンはアンナを抱き寄せ、額に唇を押しあてた。「君に泣かれるのはいやなんだ」

こんなふうにやさしく抱き寄せられるとどんな気持ちになるか、サクソンにはわからないだろう。こうされることを、私はどれほど待ち望んでいたことか。サクソンのように虐待を直接受けたことはないけれど、彼女も愛情の薄い家庭で育った。

サクソンと家庭を築くことが、アンナの長年の夢だった。同じことの繰り返しだが、毎日確実に彼が帰ってくるとわかっている、ごくありふれた家庭。夢の中のサクソンは、いつも彼女を腕に抱き寄せて、どんなに愛しているか教えてくれた。だが現実のサクソンは、体の関係がいかに親密でも、心情を見せてくれたことはなかった。ところが突然、その態度が変わったのだ。夢が現実になったようで、アンナは信じられない気がした。いずれにしろ、はかなくこの夢を終わらせたくはない。サクソンがここにいてくれる限り、一瞬一瞬を大切にしていきたい、とアンナは思った。

サクソンは言葉どおり、翌日自分のアパートメントを引き払った。そのことをアンナは直接聞いたわけではないが、電話が二本あった。一本は彼のアパートメントを借りたいという人から、もう一本は公益事業の会社からで、請求書の宛先《あてさき》を確認するものだった。それらの電話から、彼が公の住まいとしてきたところをきっぱりと引き払ったことがわかった。アンナとの関係を守ろうと、彼が真剣に考えているなによりの証拠だった。

アンナはサクソンの顔をまじまじと見て、いらだっていないかどうかさぐった。彼が二箇所にあった住まいをまとめたという表面的なことだけではなく、二人の関係が根本から変わったからだ。アンナは彼を愛していると告白した。その言葉はもはや消すことも、水に流すこともできない。二人の間にちょっとした摩擦があったあと、サクソンはそれまで以上にアンナへの心づかいを見せてくれるようになった。

この二年間、肉体的には親密にかかわってきたが、これほどの心のつながりを持つのは、サクソンにとって初めてのことなのだ。ときとして、どういうふうにふるまえばいいのかとまどっているのが、アンナにも伝わった。まるで言葉を知らない外国に来て、道路標識も読めないところを、そろそろと手さぐりで進んでいるかのようだった。

赤ん坊に対するサクソンの関心は日増しに強まり、彼が自宅を引き払ってわずか数日後に予定されていたアンナの検診日には、自分も同行すると言い張った。そして、妊娠後期になったら、超音波検査で赤ん坊の性がわかると聞かされると、いつになったらその検査はできるのかと即座に尋ねた。それから、男の子か女の子かの診断には、どのくらいの率で間違いが起こるのかということも。

子供の性にサクソンが興味を示したのは初めてで、彼は男の子を望んでいるのかしら、とアンナは思った。どちらが欲しいとは、サクソンは口にしなかったし、アンナもどちらでもよかった。そのため、これまで〝赤ちゃん〟としか言わず〝坊や〟などと性を区別するような呼び方は使わなかった。

男の子が生まれたら、サクソンはどう接するかしら？　男の子のほうが自分の分身という感覚は強いだろうから、息子にたっぷり愛情を注ぐことで、自分の子供時代の心の傷を消していくことができるかもしれない。泥だらけになりながら、歯をくいしばっている幼い息子に、どうやってバットを振るのか、内野に上がったフライはどうやってキャッチするのか、辛抱強く教えているサクソンの姿が目に浮かぶ。何年も野球の試合に行きつづけ、息子のあらゆる動きを鼻高々で見守ることだろう。ヒットを飛ばせば、こんなすごいヒットは見たことがないと言い、上手にボールをとらえれば、最高だねとほめるだろう。息子の成功は、父親の手ほどきの成果でもあるからだ。

良識を働かせれば、そんなことはありえないとわかっていても、アンナはサクソンとの将来を夢見ずにはいられなかった。すでに一度奇跡は起きたではないか。妊娠を知っても、サクソンは離れていかなかった。もう一度奇跡が起こるのを、彼女は期待しつづけるつもりだった。

その晩ベッドの上で、アンナはサクソンの胸板に顔を寄せ、彼の心臓が力強く、規則正しく、どきどきと打つのを聞いていた。アンナは手を下ろし、自分のおなかに触れた。ここにいる赤ちゃんも、私の心臓が同じリズムで規則正しく音をたてているのを聞いているだろう。そして、サクソンの鼓動で私の心が安らぐように、赤ちゃんも安心しているに違いない。すばらしく心地よい音だ。

「超音波のこと、ずいぶん興味があったみたいね」アンナは眠たそうに言った。

「うーん」サクソンは答えるかわりにうなった。アンナは頭を動かして、彼の顔を見あげた。しかし、顎しか見えず、それも暗い部屋ではぼんやりしていた。

「男の子か女の子か、そんなに知りたい？」

サクソンはもぞもぞ体を動かした。「そうだ、知りたいね。君はどうなんだい？　女の子が欲しいと思っているのかな？」

「そうでもないわ」アンナはあくびをした。「丈夫な赤ちゃんならいいの。男の子でも女の子でも。もっとも、前もってわかれば、名前も考えられるし、子供部屋の内装にも困らないわね。わからなければ、緑か黄色に限定されてしまうでしょう」

「子供部屋か」サクソンの口調にはかすかな驚きがこもっていた。「そんな先のことなんか考えたこともなかったよ。僕に想像できるのは、毛をむしられたうさぎほどの大きさの赤ん坊が毛布にすっぽりくるまれている姿ぐらいだ。まだ動くことはできないから、たいしてスペースはいらないだろう。そんな小さな子供のために、なぜ一部屋も使うんだ？」

アンナは暗い中でにっこりした。「だって、部屋がなかったら、アパートメント中に赤ちゃん用の小物が散らかることになってしまうのよ。それに、赤ちゃんはどこで眠ればいいの？」

その質問にサクソンは不意をつかれ、声をあげて笑いだした。彼が笑うのは珍しく、アンナの耳の下にその息づかいが響いた。「僕たちといっしょでいいんじゃないかな。空いているほうの腕に抱くんだよ。僕の胸の上だっていいよ。でも、寝心地がよくはないだろうね」

アンナはくすくす笑い、サクソンはまた声をあげて笑った。こんなに満ちたりた気分になったのは初めてだと思いながら、彼女はさらに身を寄せた。「どうやらあなたは男の子が欲しいみたいね。今日一日、あなたが息子に野球のしかたを教えているところを想像していたのよ」

アンナのかたわらでサクソンが体をこわばらせた。「別に男の子がいいとは思っていないよ」そして緊張した声で言い添えた。「ほんとうは女の子が欲しいんだ」

アンナは驚いて黙りこんだ。私がなにを言ったから、サクソンは緊張したのかしら？

彼はしばらくなにも言わなかった。アンナはうつらうつらしてきたが、サクソンがそっと言った次の一言で、眠気は吹き飛んだ。

「女の子だったら、君はもっとかわいがってくれるんじゃないかな」

6

「君の家族のことを聞かせてくれないか？」翌朝、サクソンは足をとられそうな道をこわごわと踏み進むかのように、アンナに尋ねた。サクソンの経験では、家族とはほかの人々が持っているものだ。でも、里親の家で見た限りでは、家族などいないほうがましだった。ただ、アンナのことはもっと知っておきたいと思う。将来、帰宅してみたら、家がもぬけの殻になっているということもありうる。そのときに彼女をさがす手がかりはできるだけ蓄えておきたかった。「君の家族には、赤ん坊が生まれること、あるいは僕のことなんか、話してあるのかい？」

「家族はいないわ」アンナはシリアルにスキムミルクをつぎながら答えた。どうということはないという顔だが、サクソンはたちまち興味を引かれた。

「ぜんぜん？　お父さんもお母さんも亡くなったのかい？」サクソンのまわりには、両親を失った子供たちがたくさんいた。みんな悲しげで、おびえていた。よりどころにしていた世界をなくして、どうしていいのかわからないでいた。サクソンの生い立ちもきびしかったが、あとで親を失った子供たちよりはましだったかもしれない。愛していた人を失うという経験は、少なくともしないですんだ。彼は母親に死なれたのではなく、母親に捨てられたのだ。おそらく、その母親も、父親も、どこかで生きているだろう。もっとも、両親がいっしょに暮らしているとは思えない。きっとつかの間の情事の果てに、彼は生まれたのだ。悪くすると、たった一晩の火遊びの結果だったかもしれない。

「ええ。でも、施設に入ったことはないの。私が九歳のとき、母は亡くなったわ。父は私の面倒をじゅうぶんに見ることはできないからって、自分の異母妹に私を預けたの。ほんとうのところ、父は責任を回避したのよ。おばが言っていたわ。父はいつも無責任で、一つの仕事に長くついたことはないし、お金が入れば、お酒や女に使ってしまうって。その父も、私が十四歳のとき、交通事故で亡くなったわ」

「そのおばさんは？」近親者は〝なし〟とアンナが履歴書に書いていたことを思い出して、サクソンは尋ねた。「今でも会いに行くことはあるのかい？」

「いいえ。あなたのところで働くようになる一年ほど前に亡くなったわ。でも、そうでなくても、おばとは会うこともなかったと思うの。それほどかわいがってはもらわなかったのよ。おばとシドおじさんの間には七人も子供がいたわ。だから、私を押しつけられて迷惑していたのよ。食いぶちが増えるんですもの。それに、父とおばの仲もよくなかったの。おばの名前はコーラというのだけど《アメリカン・ゴシック》に描かれているような人だったわ。あの絵の中の人たちは人生にうんざりして、退屈したような、不機嫌な顔をしているでしょう。いつもお金に困っていたのだから、なにを買うのでも、実の子を優先しようとするのは当然だったわ」

アンナの話を聞いているうちに、サクソンは憤りを感じた。大きな蜜《みつ》色の瞳の、やせた、いたいけなみなしごが、家族の中でのけ者にされていたのだ。里親の家でのサクソンの境遇とそっくりだ。もっとも、彼にとっては、そんな暮らしでも、ましなほうではあった。だが、アンナがそんな扱いを受けていたなんて許せない。

「いとこたちは？　会ったり、連絡が入ったりということはないのかい？」

「いいえ。もともと親しくなかったの。しかたなくいっしょに育てられただけで、共通するものなんてほとんどなかったわ。そのうち、いとこたちも農場から出ていって、居所もわからないの。その気になればさがせるでしょうけれど、そんなことをしてもしょうがないわ」

どういうわけかサクソンはこれまで、アンナがこの世で一人ぼっちだとか、自分と同じような生い立ちだったとは考えたこともなかった。今それがわかって、あらためて衝撃を受けた。家族の愛情を知らないのは僕だけではなかった。たしかにアンナは暴力を振るわれたことはない。だから、人に手を差し伸べる余裕もあるし、愛を口にすることもできるのだろう。僕の場合は、物心ついたころから、人になにかを期待しても無駄だし、自分から人になにかをするべきではないと思いこんできた。そんなことをすれば、結局、傷つくのは自分なのだから。アンナの境遇はそこまでひどくなかった。それだけは、ひとまず胸を撫《な》でおろせることだ。

それでも、やはりアンナにとって、僕を愛していると口にするのは容易ではなかったはずだ。拒絶されるかもしれないと、気が気ではなかったことだろう。それを僕は拒絶したのだ。せっかく愛の告白をしてくれたのに、うろたえて、はねつけてしまった。僕がやみくもに逃げ出し、翌朝戻ったとき、アンナは僕の顔を見るのも耐えられなかっただろう。思い出しても、ぞっとする。しかし、アンナはもう一度僕を受け入れてくれた。僕を愛してくれるばかりか、僕の赤ん坊の誕生まで楽しみにしているみたいだ。なんだか夢のような気がする。

「あなたの里親だった人たちについて話してくれる？」アンナは尋ねた。「電話をしたり、会いに行ったりしているの？」

「していない。高校卒業以来、まったく会っていないよ。卒業式が終わるとすぐに荷物をまとめて、家を出たんだ。向こうも、僕から連絡があるなんて思っていないよ。出るとき、さようならと言って、それまでの礼は言っておいた。それでじゅうぶんだろう」

「名前はなんというの？」

「奥さんはエミリン。ご主人はハロルドだ。姓はブラッドリー。いい人たちだったよ。いろいろ努力をしてくれた。ことにハロルドのほうがね。でも、僕はどうしても彼らの息子の代わりにはなれなかった。二人の目はいつも僕を息子代わりにしようという思いにあふれていた。僕はケニーではないんだ。エミリンは我が子が死んで、僕が生きているなんて、悔しくてたまらないようだった。どうしてもというとき以外は、二人とも僕の体に触れようともしなかったよ。たしかに面倒は見てくれた。住む場所にも、着る物にも、食べ物にも不自由はしなかった。でも、愛情はなかった。僕が家を出ることになって、二人はほっとしていたよ」

「その人たちがまだ元気でいるのかとか、引っ越したのかとか、気にはならないの？」

「気にしてもしかたないよ。あの家に僕の居場所はないんだ。僕が会いに行っても、ちっとも喜んではもらえないよ」

「家はどこだったの？」

「ここからおよそ百三十キロ離れた、フォートモーガンだ」

「それなら、ずいぶん近いじゃないの。私のいとこはメリーランド州にいたのよ。連絡をとっていなくても、まあ無理もないでしょう」

サクソンは肩をすくめた。「大学進学を機にコロラド州を出たから、やっぱり会いに行くのは面倒だったんだ。授業料をまかなうために仕事を二つ掛け持ちしていて、時間もあまりなかった」

「でも、コロラドに戻ってきて、デンバーに落ち着いたんでしょう」

「大都会のほうが、技師としての働き口は多いからね」

「大都会なら、アメリカ中たくさんあるわ。問題は、里親だったご夫婦のこんなに近くにいるのに、大学のことを報告もしていなければ、コロラドに帰ってきたと電話もしていないことよ」

サクソンの声に怒りがこもった。「そうだ。なにも連絡していない。する気もないよ。だって、アンナ、大学を卒業してもう十五年もたつんだ。その間ずっと、僕が行くのを待ちわびているはずはないよ。僕が来ることはないだろうと、向こうでもわかっているさ」

アンナはその話を打ち切ることにした。でも、二人のことが頭から離れない。ハロルド・ブラッドリーとエミリン・ブラッドリー。この名前は覚えておこう。サクソンがどう考えようと、二人は長い間、彼を育ててくれたのだ。きっと、彼のその後を知りたいと思っているに違いない。

サクソンは口もきかずに仕事に出かけた。午後に帰宅したときも、相変わらず不機嫌だった。アンナは彼をほうっておいたが、黙っていられると、心は騒いだ。いろいろ尋ねたせいで、きっと彼は気分を害したのだ。二人の関係を終わりにしようと考えているのではないだろうか？　でも、家族の話を持ち出したのはサクソンのほうだ。彼が私に家族のことをきいてきたのだから、彼がいけないのだ。妊娠を知らせてから数日は、サクソンに近づきやすくなったようにアンナは感じた。彼が自分のものになってくれたようにも。なのに、いきなり壁にはばまれてしまった。彼はその中に閉じこもっている。なんとかして亀《き》裂《れつ》を作り、壊そうとしても、その壁はとうてい崩れそうもなかった。

サクソンには、里親の話は不愉快だった。しかし、考えるきっかけにはなった。彼とアンナが手をこまねいていたら、生まれてくる赤ん坊もまた、家族に恵まれずに成長するところだった。今のところ、次の子供のことまでは想像がつかない。でも、意外なことに、そのときサクソンは、もっと子供がいてもいいような気がした。同棲《どうせい》する恋人どうしにたまたま子供ができてしまったというのではなく、家族をつくりたいと彼は思った。

実の母親のことで、サクソンが好ましい幻想を抱いたことはなかった。ただ、子供のころ、つらい気持ちで途方に暮れたとき、ほんとうの家族とはどういうものなのだろうと考えたことはあった。落ち着ける家があって、愛してくれる人がいたら、どんな感じなのだろうと。現実はつらく、その重さに耐えかねて、幻想はすぐにかき消えた。ただ、そのころ想像した家族像はまだ心に残っている。安心感が中心にあり、すべてが一つにつながっているような家庭。両親については想像がつかなかった。ただ、背の高い大人たちが自分を危険から守ろうとしてくれるという構図だけが浮かんだ。自分の子供にそんな幻想を持ってほしくはない。ほんとうの落ち着いた家庭で育ってほしかった。

一週間前なら、今考えているようなことが脳裏に浮かぶだけで、身の毛もよだつような気がしたことだろう。でも、アンナを失えばどんなに恐ろしいことになるか、今はわかっている。あのときのつらさは二度と味わいたくない。一日たりとも、一晩たりとも、同じ経験をしたら、正気を失ってしまうかもしれない。それに比べたら、今考えていることなど、簡単なはずだ。

そうは思うのだが、それを言葉にすることはなかなかできなかった。サクソンは不安そうなまなざしでアンナを見守った。彼女はどんな返事をしてくれるのだろう？　そんなことを予想しようとしても無駄だとわかっていたが。いつものように落ち着きはらっているアンナの心は複雑で読めない。きっと僕が考えてほしくないこと、あまりうれしくないことを考えているのだ。ともかくアンナがなにを考えているのか、ほとんどわからないので、彼女がどんな返事をくれるか、どうしてそうなるのかの予測もつかない。彼女が僕を愛してくれているのなら、問題はないともいえるが、そうともいえない。赤ん坊のためだと思えば、アンナは自分の幸せを犠牲にすることも辞さないからだ——僕は幸せにできるつもりでいるが。

生まれもしないうちから、赤ん坊は二人の生活をどれほど変えてしまったことだろう。でも、サクソンはその変化を後悔してはいなかった。たしかにこわい気はする。崖《がけ》っぷちに立たされているようで、一歩間違えば、谷底に落ちてしまいそうだ。だが同時に、アンナとはこれまでより心が通い合うようになったし、親しみも増した。彼女のために気をつかうことは、なんといってもかけがえのない行為に思われる。以前は一人ぼっちがあたりまえだったたし、それを喜んでさえいたが、今さらそんな過去に戻れるとは思えない。

それでもサクソンは、決意を言葉にしようとすると、気おくれして神経がぴりぴりした。結局、彼は自分を捧《ささ》げたり、気持ちや弱さを見せたりする言葉を口にすることはできなかった。そのかわり、やっとのことで言えたのは、この言葉だった。「僕たちは結婚するべきじゃないかな」

この言葉は、ほかのどんな言葉よりアンナを驚かせた。脚から力が抜け、どさりと座りこんだ。「結婚!」信じられない思いと驚きが入りまじった声で彼女は言った。

アンナは結婚のことなど考えてもいなかったのか。それを知って、サクソンはおもしろくなかった。「そう、結婚だよ。道理にかなっているだろう。二人はもういっしょに住んでいるし、子供も生まれる。次のステップとして当然のことじゃないか」

アンナは首を横に振った。拒絶のつもりではない。頭をすっきりさせたかったのだが、無駄だった。〝次のステップとして当然のこと〟などという言葉でプロポーズされるとは考えたこともなかった。そもそもサクソンがプロポーズしてくれるとも予想していなかった。もちろん、内心では強く望んでいたが。しかし、プロポーズをしてくれるのなら、別の理由からしてほしかった。愛している、君がいなくては生きていけないからと。サクソンの気持ちは、たぶんそのとおりだとは思う。でも、口で言ってくれなければ、確信は持てない。

簡単に決めるわけにはいかない。アンナはすぐには口を開かなかった。返事を待つサクソンの顔は冷静だった。濃さを増したグリーンの瞳でアンナを見守っている。私の答えは彼にとって重大な意味を持つんだわ、とアンナは気づいた。イエスという返事を彼は待っている。私だってイエスと言いたい。問題は、ただ彼の愛をがむしゃらに信じて、結婚するつもりなのかということだ。二人の人生ばかりか、子供がかかわることなのだ。慎重な女性なら、ぜったいにうかつな返事はしないだろう。結婚生活が破綻《はたん》するようなことになれば、三人の心に大きな傷が残る。

サクソンの愛人になるときは、仕事までやめて、ひたすら飛びこんでいった。後悔はしていない。二年間の愛人生活は、これまでの人生で最高に楽しかった。その関係を断ち切りたいなどとは夢にも思わない。ただ、妊娠で状況は変わってしまった。アンナは唇をわずかにゆがめて考えた。今は自分のことだけでなく、赤ちゃんのことを考える必要がある。当然のステップが必ずしも最善の策とはいえない。たとえ、すぐにも承諾したいと心ははやっていても。

アンナはサクソンを見た。濃茶色の瞳を真剣に光らせている。「あなたのことは愛しているわ。わかっているでしょう」

以前なら、そんなふうに言われると、聞く耳を持たず、サクソンは蒼白《そうはく》になっていたことだろう。でも今、彼はしっかりとアンナの視線を受けとめた。「わかっている」彼はアンナの愛の言葉を聞いても、こわくはなかった。むしろうれしかった。人生最高のプレゼントをもらったような気がした。

「ほんとうはイエスと返事をしたいのよ。ただ、不安なの。いっしょに暮らそうと言いだしたのは、あなただったわ。あなたはこれまでずっとすばらしかった。でも、赤ちゃんが生まれたあとも、同じ気持ちでいられるかしら。昔から言うように、すべては変わってしまうのよ。罠《わな》にとらえられたとか、不幸せだとかと、あなたに思ってほしくないの」

アンナが口にしようとする返事をくじくかのように、サクソンは首を横に振った。「将来のことはわからない。実際、僕が赤ん坊をどう感じるか、君が不安に思うのは無理もないと思う。実を言うと、僕自身、少しこわいんだ。でも、舞いあがるほどうれしいのもたしかだよ。赤ん坊が待ち遠しいし、君を求めているんだ。結婚して、二人の関係を公にしよう」彼は皮肉っぽくほほえんでみせた。「そうすれば、赤ん坊の姓はマローンになる。新たな家系の二世誕生になるんだ」

アンナは大きく息をつき、こんなにうれしいことはないと思う気持ちを振り払った。「この場で返事をすることはできないわ」彼女はささやいた。サクソンの顔が引きつる。「なんだか、これではいけないような気がするの。イエスと答えたいのよ、サクソン。そう答えたいのはやまやまなの。ただ、それでいいのかどうか、確信が持てないのよ」

「それでいいんだよ」サクソンの声はかすれた。

「だったら、今はいいとして、ひと月たっても、あるいはふた月たっても、いいと言えなくてはだめなのよ。いろいろなことが矢継ぎ早に起きているでしょう。赤ちゃんのこと……あなたのこと。間違った決断はしたくないの。それに、今の私は感情が先走っていて、頭がうまく働いていないのよ」

サクソンは強烈な意志を目に宿した。グリーンの瞳が濃さを増し、ひたと見すえる。

「無理やり承諾させるわけにはいかないな」ゆっくりと深みのある声で彼は言った。「でも、プロポーズはあきらめないよ。今までどおり愛も交わすし、面倒も見る。そのうちに、君だって、僕がいなくては生きていけないと思うはずだ」

アンナは唇を震わせた。「今だって、そう思っているのよ」

「とにかく、あきらめないよ、アンナ。いったんこうと決めたことは、実現するまで手をゆるめない主義なんだ。君が欲しい。ぜったいに手に入れるよ」

アンナにはサクソンの言葉がいやというほどわかった。彼が腹をすえてかかったら、まっしぐらに突進し、目的のものを手に入れるまで、ほかのものには目もくれない。そういう意志の強い人に、これから追いかけられると思うと、アンナはいささかおじけづいた。

するとと、サクソンはにっこりした。まるで獲物を前にした動物のように。「覚悟するんだね、ベイビー」

7

結婚。アンナの意識の中にこの言葉がさまよう。昼間はもとより、夜の夢にまで出てきた。ともすると、あと先かまわず、イエスと答えてしまおうかという衝動にかられるのは毎日のことだった。そんなとき必ず、アンナの心のどこかで、まだそれだけの覚悟はできていないでしょうと押しとどめるものがあった。以前はずっとサクソンの愛人でいいと我慢していた。なのに今は、彼の妻におさまることができないでいる。彼に愛してほしい、その気持ちを自分に対しても私に対しても認めてほしい。サクソンが私を愛しているのはたしかなことのように思われる。でも、彼自身がその気持ちをはっきり意識できない限り、私の思いこみということもある。サクソンは〝君が欲しい〟とは言ったが〝君を愛している〟とは言ってくれなかったのだ。

サクソンが自分の感情をきちんと認められないのは、無理もないことだった。ときとして一人になると、アンナは彼の心情を思って泣き濡《ぬ》れた。赤ん坊のときに捨てられ、よちよち歩きのころには、一人ぼっちで、おびえていなければならなかった。そしてもう少し大きくなると、暴力を振るわれ、だれも助けてくれる人はいなかった。そんな子供時代を過ごせば、どんな人でも心に傷を受け、人に愛を与えるどころか、愛を受け入れることもできなくなるだろう。よく考えてみると、サクソンがアンナにあれだけ近づいてくるには、想像を絶する努力が必要だったのだとわかる。

ほんとうはそれ以上を望むのは無理なのだ。それがわかっていて、アンナは求めていた。

ブラッドリー夫妻のことも、アンナの頭から離れなかった。サクソンの話からすると、彼は十二歳から十八歳までの六年間、この夫妻の世話になっていた。六年といえば、かなり長い年月ではないか。夫妻にしても、なんの感情もなかったとは考えられない。ほんとうは心づかいを見せてくれていたのに、そのころのサクソンには、それがわからなかっただけではないだろうか？　そうだとすれば、その後なんの便りもしないサクソンのことを、二人はどう感じているだろう？

少しでも人間としての温かみがあれば、きっと心配していたに違いない。学童のころから一人前になるまで、サクソンを育てた夫妻なのだ。二人のおかげで、それまで知らなかった落ち着いた生活を彼は送ることができた。アンナが愛人となり、アパートメントを安らげる場所にするまで、この夫妻の家庭だけが、彼にとって唯一、家と呼べるものだったのだ。たしかに実の息子を失ったことで感情のバランスを崩し、サクソンが感じたように、哀れみと義務感だけで彼を育てたということもありうる。哀れみ！　サクソンにしてみれば、哀れまれるのは耐えがたいことだったろう。夫妻の哀れみを感じ取ったとしたら、彼が会いに行かないのも無理はなかった。

でも、そんなことをいくらくよくよ考えてみても、なんら解決にはならない。ほんとうのことを知りたいのなら、フォートモーガンまで行って、ブラッドリー夫妻をさがすしかない。十九年もたっているのだから、行っても無駄かもしれない。居を移したり、亡くなったりしていることもあるのだ。

ともかくアンナは行ってみることにした。そう心に決めると、気持ちが楽になった。もっともサクソンは頭から反対するだろう。でも、反対されたぐらいで、行くのをやめるつもりはなかった。

だからといって、内緒で行くつもりもなかった。その晩、夕食のあと、アンナは言った。

「明日、フォートモーガンに行ってくるわ」

サクソンは体を硬くし、目を細めた。「なぜ?」

「ブラッドリー夫妻をさがしに行くの」

サクソンは気色ばんで、新聞をたたみ、わきにやった。「そんなことしても、しょうがないよ。状況は言っただろう。だいいち、どうして君がそんなことを心配するんだ? 十九年も前のことなんだ。今の僕たちになんの関係もないじゃないか。そのころは僕たち、知り合いでもなかったんだよ」

「半分は好奇心だわ」アンナは正直に思ったことを言った。「それに、ご夫妻の気持ちを、あなたはもしかしたら誤解していたかもしれないでしょう？　あなたはまだ若かった。二人の気持ちがほんとうにはわからなかったかもしれないわ。そして、誤解があったとしたら、二人は実の息子だけでなく、あなたという息子まで失ったという気持ちでいるはずよ。十九年間も」

「だめだ」サクソンは言った。その有無を言わせぬ口調は、アンナの言葉が間違っていると告げているのではない。行くなと命令しているのだ。

アンナは眉を上げた。驚きをたたえた目でサクソンを見る。「もともと許しを求めるつもりはなかったわ。ただ、電話をかけてきたとき、私がいないと、あなたが心配するかと思ったから、どこに行くかを知らせただけよ」

「言っただろう。だめだ」

「あなたの気持ちはわかったわ。でも、私はもう愛人ではないのだから……」

「ゆうべのことはどう説明するつもりだ」怒りのために、サクソンのグリーンの瞳が濃さを増した。

アンナはサクソンと言い争うつもりはなかった。そのかわり、ただほほえんだ。温かなまなざしで、やさしい笑顔を見せた。「それって、愛を交わしたことね」あのひとときはすばらしかった。二人のセックスは以前から熱く激しかったが、サクソンがこのアパートメントに居を移してから、さらに別の感覚が加わった。以前にはなかった、驚くほどの温かさが加わった。愛を交わす時間もずっと長くなった。前は、朝になったら起きて、出かけなくてはならないと思っていたので、サクソンもせかせかしていたような気がする。今ははやる気持ちは影をひそめ、かつてなかったほどゆったりしていた。そのため、喜びも増していた。

〝愛〟という言葉に、サクソンの顔が一瞬、緊張した。しかし、またたく間にその表情はすっと消えた。

「私はあなたの愛人ではないわ」アンナは繰り返した。「もう愛人関係は終わったのよ。私はあなたを愛しているから、いっしょに暮らしている。そして、あなたの赤ちゃんを身ごもっているわ」

サクソンはアパートメントの中を見渡した。「君はもう愛人ではないと思っているかもしれないが、僕から見ると、前とちっとも変わっていないように思えるんだがな」その声は気色ばんでいた。

「生活費はあなたが出しているから？　でも、それはあなたが言いだしたことよ。私が頼んだ覚えはないわ。そうしたほうがよければ、私は仕事をさがすわ。いずれにしろ、囲われた女という立場に満足したことはなかったんだし」

「だめだ！」アンナが働くなんて、とんでもない。サクソンは心のどこかで、生活費をいっさいまかなえば、彼女が自分のもとから去りたいと思わないのではないかと、いつも考えていた。それでいて、アンナが経済的に困らないように、彼女名義の株を次々に購入してきた。サクソンは自分でもその矛盾を気に病んでいた。しかし、彼の身になにか起きることだってあるのだ。そんなとき、アンナが困らないようにしておきたかった。実際、サクソンは出張が多いし、建設現場で仕事をすることも多い。どう考えても、安全とはいえない。そのうえ、一年前には、全財産をアンナに譲るという遺言書まで作った。彼女には知らせていなかったが。「そんなに遠くまで車を走らせてほしくないんだ」サクソンはようやく言った。藁《わら》にもすがる思いになっているのが自分でもわかった。

「車で二時間もかからないわ。天気予報では、明日は快晴よ。でも、あなたもいっしょに行きたいと言うのなら、週末まで待ってもいいわよ」

　そんなつもりはない。サクソンは表情を閉ざした。これまで会いに行ったこともないし、これからも会いたくないのだ。ブラッドリー夫妻から虐待されたわけではない。むしろ世話になった里親の中では、もっとも親切にしてくれた人たちだった。でも、人に面倒を見てもらう暮らしは卒業したのだ。あの家を出るとき、それまでの暮らしは封印した。その後、二度とあんなみじめな暮らしに戻りたくないと、奴隷のようにあくせく働いてきた。

「もう引っ越したかもしれないわ」アンナはなだめるように言った。「ただ、確かめたいだけなの」

サクソンはこんな話はもうたくさんだというように言った。「だったら、電話番号を調べればいい。夫妻に電話して、まだ元のところに住んでいるのか、きくんだよ。でも、僕の名前は出さないでくれ。僕は話はしたくないんだ。会いたくもない。いっさいかかわりたくないね」

サクソンは過去を拒絶している。アンナは別に驚かなかった。なつかしむような過去ではないのだから。それに、もともと彼にいっしょに行ってもらおうとも思っていなかった。

「電話で話すのは気が進まないの。車で行って、家を見てみたいわ。二人には会えないかもしれないけれど。家が見つかるかどうかもわからないし、不在かもしれないでしょう」

アンナは息をこらした。サクソンの口からあることを言われたら、振りきることができないだろう。〝僕のために行かないでくれ〟と言われたら、行かないつもりだった。彼が自分のために頼みこむようなことがあったら、はねつけるわけにはいかない。サクソンはこれまでさんざん人から拒絶されてきたのだ。アンナまで拒絶することはない。でも、これまで拒絶されてきた経験から、彼には人にものを頼む気力が残っていないのだとアンナにはわかる。気にかけてもらえるかどうかわかってしまう状況には、自分を置きたくないのだ。サクソンは人に命じたり、反対したりすることはできるが〝行かないでくれ〟とただ頼むことはできないだろう。

サクソンはそれ以上話すことを拒み、落ち着きなく立ちあがると、テラスに続くドアの前に立って外を見た。アンナは落ち着きはらって新聞に目を戻したが、心臓は早鐘を打っていた。二人がこういうふつうの喧嘩《けんか》をしたのは初めてのことだった。意見の食い違いを口にはしたが、深刻な結果にはならずにすんだ。アンナはうれしかった。サクソンは家を出ていかなかったし、私に出ていってほしいとも言わなかった。よかった。意見が食い違ったぐらいで関係が終わってしまうという心配は杞憂《きゆう》にすぎなかった。彼はその程度には私を信じてくれているのだ。

どんな男女の間にも、意見の食い違いは起こる。サクソンはそんなとき必要以上に心を騒がせるのではないかと、アンナは心配していた。ごくふつうのカップルなら、食い違いがあって、あたりまえだ。聖人であっても、意見の違いはあるだろう。二年前のサクソンなら、二人で話し合って決めるということさえ我慢できなかったに違いない。

秘密を打ち明けるのは容易ではなかっただろうが、サクソンは必死に努力していた。自分の過去を話したのはしかたのないなりゆきだったが、二度と自分を守る心の壁を張りめぐらそうとはしなかった。感情を閉じこめる壁にいったんひびが入ってしまったら、二度と修復することはできないということを受け入れたようだ。

アンナはブラッドリー夫妻を見つけたとしても、どれだけのことができるか、わからなかった。なんの役にも立たないかもしれない。とにかく二人に会って、十代のころのサクソンがどんなふうだったか知りたいと思った。夫妻がサクソンのことを気にかけているようなら、彼がちゃんと生きていて、元気でいると安心させたかった。経済的にも成功して、子供も生まれるのだと。

アンナに背を向けたまま、サクソンは尋ねた。「僕の過去が引っかかって、結婚を恐れているのかい？　それでブラッドリー夫妻に会ってみたいんだね？　僕のことを尋ねられるから」

「違うわ」アンナは耳を疑った。「あなたとの結婚に恐れなんかないわよ」

「両親がどんな人間かまったくわからない。人殺しかもしれないし、麻薬中毒かもしれない。母に至っては、売春婦かもしれないんだ。その可能性はかなり高いな。精神を病んでいた可能性だってある。僕だったら、そんな相手と結婚するのは恐ろしいね。でも、ブラッドリー夫妻に尋ねても、なにもわからないよ。僕の両親を知っている人はだれもいないんだから」

「あなたのご両親のことなんて関心ないわ」アンナは冷静に言った。「私はあなたという人をわかっているもの。あなたは岩のように意志が固い。そして正直で、親切で、働き者で、セクシーだわ」

「それほど僕の真価を認めているのなら、どうして結婚してくれないんだ？」

いい質問だわ、とアンナは思った。たしかに結婚しない私はどうかしているのかもしれない。「おたがいにとってそれでいいのかどうかわからないのに、あと先考えずに進むの

「赤ちゃんが生まれるよりずっと前に、心は決めるわ。約束する」

「あら、サクソン」アンナは悲しそうに笑った。

「僕は自分の子供を非嫡出子にしたくないんだ」

はいやなの」

「でも、イエスと答える約束はできないんだな」

「結婚したらうまくいくかどうか、あなただって約束できないでしょう」

サクソンは肩ごしに振り返り、きびしい視線をアンナに向けた。「僕を愛していると言ったじゃないか」

「それはたしかよ。でも、あなたは私を愛していると言ってくれないでしょう？」

サクソンはなにも言わなかった。アンナは悲しく穏やかな目で彼を見つめた。今の質問は二つの意味に解釈できるだろう。私を愛しているのに、サクソンはそれを口に出せない、と彼女は考えた。それとも、愛していると口にさえしなければ、感情的に縛られずにすむと彼は思っているのかもしれない。

ようやくサクソンは言った。「その言葉を言えば、僕と結婚するというのか？」

「いいえ。愛の言葉であなたを試そうなんて考えてないわ」

「そうなのかい？」

「そうよ」アンナは言い張った。

「僕がうまくやれるかどうかわからないから、結婚しないのだと言ったよね。でも、僕は努力は惜しまないつもりだ。将来を誓いたくないというのは、君のほうなんだよ」

アンナはいらいらとサクソンを見つめた。論争になると、彼の右に出る者はいない。アンナの言ったことを逆手にとって、彼女を攻撃する材料にしてしまう。サクソンはアンナの気持ちを確信している。そのことは彼女もうれしく思っている。でも、実際に結婚したら、将来どういう目にあうことになるのかもわかる。サクソンとの論争に勝つには、しっかりと心を決めてかからなければならないのだ。

背を向けているサクソンに姿が見えないのはわかっていたが、アンナは彼に指を突きつけた。「私は将来を誓いたくないとは言っていないわ。ただ、今すぐ決心はつかないと言っているの。少しは慎重に考える時間をくれてもいいでしょう」

「僕を信頼していれば、そんなことは言わないはずだ」

アンナは不審に思った。しげしげとサクソンのほうを見て、ふいに気づいた。彼が背を向けているのは、顔の表情を読まれたくないからなのだ。それがわかって、アンナは目を細めた。彼は声ほどには動揺していないし、腹も立てていないのだ。ただ、アンナに結婚を承諾させるための作戦として、こういう態度に出ているだけなのだ。自分の意志を通すときの、いつものサクソンのやり方だった。

アンナは立ちあがって、サクソンのほうに行った。ほっそりした彼の腰に腕をまわし、背中に顔を寄せる。「そんなことをしても無駄よ。あなたの心はわかっているわ」彼女はそっと言った。

意外なことに、サクソンは低い笑い声をもらした。そして振り返って、アンナを抱いた。

「もしかすると、君には僕のことがわかりすぎるのかもしれないね」それでもいいか、という調子で彼はつぶやいた。

「あなたの演技が下手なのかもしれないわ」

サクソンはまた小さく笑って、アンナの頭に頬を寄せた。だが、しばらくして口を開いたとき、ふざけた調子は影をひそめていた。「どうしてもというのなら、ブラッドリー夫妻に会ってくるといい。別に発見はないだろうけれど」

8

フォートモーガンは人口一万人ほどの小さな町だった。アンナはあたりのようすを知ろうとしばらく車を走らせ、電話ボックスでブラッドリー家の住所を調べた。電話帳に載っていなかったら、あとはどうしたらいいのかわからない。載っていないとしたら、引っ越してしまったか、亡くなったということだろう。もっとも、番号を知られたくないという場合もある。

サクソンにきこうと思えばきけたのだが、彼がいやだと思っていることに手を貸してほしいと頼むのは気が引けた。だいいち十九年もたっているのだ。ブラッドリー夫妻がまだフォートモーガンにいるとしても、同じ家に住んでいるとは限らない。

電話帳は分厚いものではなかった。ぱらぱらとめくって、Bで始まるページを開けた。それから指を下にすべらせていく。「ベイリー……バンクス……ブラック……ボートライト……ブラッドリー。ハロルド・ブラッドリー」アンナは住所と電話番号を書き写した。

それから、先に電話をして、道順をきくべきかどうか考えた。そして、電話はやめることにした。不意打ちで訪ねてみたかった。前もって訪問を知っていれば、人はどうしても取り繕ってしまい、ほんとうの心の中を見せることはないだろう。

　アンナはガソリンスタンドでガソリンを満タンにしてもらい、店の人にブラッドリー家への道順をきいた。十分もすると、住宅街にたどり着いた。ゆっくりと家々の番地を見ながら、ついに小ぎれいで地味な家の前で車をとめた。建てられて四、五十年はたつだろう。玄関前には昔風の屋根のついたポーチがある。白いペンキははげかかっていたが、塗り直しが必要なほどではなかった。ポーチにはいろいろな鉢植えが並べられて、日を浴びているが、狭い庭には特に飾りがないので殺風景に見えた。家のわきの少し奥にある車庫に、車が一台おさまっていた。

　アンナは車から降りた。今になって、妙にためらいを感じる。それでも、ひびの入った歩道を通り、ポーチの三段の階段を上がった。窓の前にゆり椅子があった。ところどころ錆《さび》が見えるのは、何度も塗り直したペンキがはげ落ちたのだろう。夏にはブラッドリー夫妻はこの椅子に座って、近所の人たちが仕事に行くのを眺めているのかしらと思った。

　呼び鈴はなかった。アンナはスクリーンドアの枠をノックし、待った。灰色と白のまだらの猫がポーチに上がってきて、こいつはだれだというように、にゃあと鳴いた。

　しばらくして、アンナはもう一度ノックした。今度は急いで出てくる足音が聞こえる。アンナの心臓は早鐘を打ちはじめた。それとともに吐き気を感じて、彼女は必死に唾《つば》をのみこんだ。めったにないつわりに、よりによってこんなときになるとは！　恥をかくようなことにならないようにと彼女は願った。

ドアが開いた。背が高く、やせぎすで、きびしい表情の女性がスクリーンドアの向こうに立っていた。女性はスクリーンドアを開けようともせずに言った。「はい？」低くかすれた声だった。

その愛想のない表情に、アンナはがっかりした。サクソンのことはなにも言わずに帰ろう。ただ、ノックをした手前、別の住所を尋ねようと思った。だが、背の高い女性はドアの掛け金に手をかけたまま、アンナが用件を言うのを辛抱強く待っている。その意志の強そうな姿勢に、なんとなくアンナの心は引かれた。

「ミセス・ブラッドリーですね？」

「はい、そうです」

「私はアンナ・シャープといいます。サクソン・マローンの里親だったブラッドリー夫妻をさがしているんです。こちらでよろしいのでしょうか？」

女性は鋭く目をこらした。「そうです」それでも、ドアの掛け金をはずしてはくれない。

アンナの期待はしぼんだ。育てられたこの家においてさえ、サクソンがなんの愛情も受けていなかったとしたら、彼が愛情を与えることも、受け入れることもできなくて当然かもしれない。そんな人を相手に、どんな結婚生活を送れるというのだろう？　いつも冷ややかな父親を見ていたら、私の子供はどうなるだろう？

でも、ここまでわざわざ来たのだ。きくべきことはきいておこう。それに、相手の女性は鋼鉄のような視線で、用件はなにかと催促している。「サクソンの知り合いなんです」

アンナが言うなり、女性は掛け金をはずし、スクリーンドアを外側に開いた。

「サクソンを知っているのね？」女性は強い口調で言った。「住んでいるところも知っているの？」

アンナは一歩退いた。「はい、知っています」

ミセス・ブラッドリーは顎をしゃくって家の中を示した。「どうぞ入って」

アンナはおそるおそる中に入った。招じ入れられたというよりは、指図を受けたような感じがする。ドアを入ると、中はリビングルームになっていた。さっと見渡すと、家具はどれも古びていて、ところどころはがれている。部屋は狭いが、中はきれいに掃除されていた。

「お座りなさい」ミセス・ブラッドリーが言った。

アンナは座った。ミセス・ブラッドリーは用心深くスクリーンドアの掛け金をかけ、エプロンで手をふいた。力強そうな、よく働く人の手だ。アンナはその手を見て、夫人は動揺しているのだと気づいた。

アンナは夫人の顔を見あげた。驚いたことに、硬い表情が感情の高まりにゆがんでいる。

ミセス・ブラッドリーは懸命に抑えようとしているが、やせた頬に涙が一筋ふいに落ちた。夫人はゆり椅子にどさっと座りこみ、エプロンを両手で絞った。「私の息子はどうしているのかしら？」かすれがちの声で尋ねた。「元気でいるの？」

二人はキッチンテーブルについていた。ミセス・ブラッドリーはコーヒーを飲み、アンナは水で満足していた。夫人は今や落ち着きを取り戻しているが、ときおりエプロンの端で目をぬぐっていた。

「サクソンのことを教えてちょうだい」エミリン・ブラッドリーは言った。淡いブルーの目がうれしそうに輝いている。一抹の苦悩もかいま見えた。

「技術者になっています」アンナが言うと、エミリンの顔が誇らしげに輝いた。「自分で会社をおこして、とても成功しているんですよ」

「あの子は成功すると思っていましたよ。頭がいいんですもの。ほんとうにお利口だったのよ。ハロルドと二人でよく話したものだったわ。あの子がどんなに優秀かを。学校の成績はいつもAだったの。こつこつまじめに勉強していたわ」

「自活しながら大学に行って、トップに近い成績で卒業したんです。技術を生かして、どんな大企業にも就職できたけれど、自分でビジネスをする道を選びました。私はしばらく彼の秘書をしていたんです」

「あの子が秘書を雇うまでになっているとはね。でも、あの子は子供のころから、こうと決めたことは必ずする子でしたよ」

「今でも変わっていませんわ」アンナはそう言って、笑った。「彼の言うことは本気ですし、本気のことしか言いません。ですから、サクソンにどう対応すればいいかはいつもわかるんですよ」

「ここにいるときも、あの子は無口だったけれど、考えていることはわかったわ。さんざんつらい目にあわされてきたんですもの、少し口を開くだけでも大変だったんでしょう。だから無理強いしたり、高飛車に出たりして、あの子がいやな思いをしないように配慮していたのよ。ときには胸がつぶれるような思いもしたわ。ほんのささいなことでもこちらが言うと、あの子は必死でそれを果たして、きちんとできたと私たちが思ったかどうか、固唾《かたず》をのんで見守っているという感じだったの。なにごとも完璧《かんぺき》にこなさなければ、追い出されると思っていたのではないかしら。ほかの里親にされたように、足蹴《あしげ》にされるとでも思ったのかもしれないわ」

アンナの目に涙があふれた。やせて、無力で、いたいけな少年のサクソンが、なにも求めることなく、抜かりがあってはいけないとグリーンの瞳を光らせている姿がはっきりと脳裏に浮かんだ。

「泣かないで」エミリンは元気よく言った。それでいて、自分も目をぬぐっている。「ここに来たとき、あの子は十二歳だったのよ。やせこけて、ひょろっとしていたわ。まだ背が伸びはじめてもいなかった。それまで面倒を見てくれていた女の人に、ほうきの柄ではたかれてポーチから落とされたせいで、足を引きずっていたのよ。くるぶしをひどく捻挫《ねんざ》していたわ。背中にもいくつかみみず腫《ば》れが大きくできていたの。ほうきの柄でたたかれた跡なのでしょうね。そんなことはしょっちゅうだったのだろうと想像がついたわ。腕には火傷《やけど》の跡まであったのよ。もちろん、あの子はそのことについて、なにも口にしなかった。でも、ケースワーカーに聞いたわ。男の人にたばこの火を押しつけられたんだって」

ミセス・ブラッドリーは続けた。

「私たちをこわがってはいなかったけれど、かなり長い間、私たちがそばに寄ると、あの子は全身を引きつらせて緊張していたわ。まるで防戦するか、逃げるかしようとするみたいだったの。だから、あまりそばに寄らないようにしたわ。あの子の気を少しでも楽にしたかったのよ。ほんとうはこの腕に抱きしめて、もう二度とあなたを傷つけるようなことはだれにもさせないと言ってやりたかったのだけど。でも、あの子は痛めつけられた犬みたいだったの。人を信頼することができなくなっていたのよ」

アンナは喉から絞り出すような声で言った。「今でも距離をおくようなところがありますわ。だんだんよくなってきてはいますけれど、感情を吐露することが苦手なんです」

「あの子のことをずいぶんよく知っているようね？　あなたは秘書をしていたと言ったけ

れど、今でもあの子のもとで働いているのではないの？」

「いいえ、仕事は二年前にやめました」アンナの頬がほんのり赤らんだ。「もうすぐ子供が生まれるんです。サクソンに結婚を申し込まれました」

年はとっても、視力はまったく衰えていないのだろう。エミリンはアンナをくいいるように見つめた。「私の若いころは結婚が先だったけれど、時勢は変わったのね。人を愛することを恥じる必要はないわ。赤ちゃん？　予定日はいつなの？　どうやら孫ができるのも遠くないようね」

「九月です。私たち、デンバーに住んでいます。それほど遠くないから、訪ねるのに苦労はありませんわ」

エミリンのしわだらけの顔が悲しみに沈んだ。「サクソンは二度と私たちとかかわりたくないと思っているらしいの。高校を卒業した日に、さようならと言ったわ。そのとき、それが訣別《けつべつ》のつもりなのだなとわかったのよ。もっとも、あの子を責めることはできないわ。ここに来るまで、それはひどい目にあっていたのだから、心に深い傷を負っていて、里親のことなんか考えたくもない気持ちになっていたのね。一番ひどいのは、あの子の生い立ちをすっかり話してくれたわ。ケースワーカーがあの子の生みの親の人なの。その人があの子になんてことをしたか、どれほどの苦労を負わせたか……万が一、その女の身元がわかったら、どこまでも追いかけて、とっちめてやりたかったわ」

「私も同じ気持ちでした」アンナは表情をこわばらせて言った。一瞬、ベルベットのよな茶色の瞳が心もちけわしくなった。

「夫のハロルドは数年前に亡くなったの」エミリンは言った。アンナのつぶやく同情の言葉に、彼女はうなずいた。「今ここに夫がいてくれたらと思うわ。サクソンがどんなに成功しているか、聞かせたかった。もっとも、夫にはわかっているような気がするのよ」

エミリンは素朴に夫を信じている。どんなに気取った言い方をされるより、アンナは感動した。彼女は思わずほほえんでいた。エミリンが確信に満ちているのがなんだかうれしかった。

「サクソンに聞いたのですが、ほんとうの息子さんを亡くされたそうですね」エミリンの胸には悲しみがまだなまなましく刻まれているかもしれない。こんなことを言って、その悲しみを思い出させることにならなければいいが、とアンナは願った。我が子を亡くすという経験は、親として決して味わってはならないことだろう。

エミリンはうなずいた。遠くを思い出すような表情が浮かんだ。「ケニーよ。まあ、最後に病気になったときから、もう三十年にもなるんだわ。生まれたときから病気がちだったの。心臓が悪かったのよ。今なら治るかもしれないけれど、当時はそうじゃなかったわ。赤ちゃんのころ、お医者様に宣告されたの。あまり長生きはできないって。でも、どういうわけか、そんなことを聞かされても、覚悟なんかしていなかったわ。かわいそうに、ほんの十歳で亡くなったのよ。そのとき、あの子は体が小さくて、六歳児ぐらいの大きさしかなかったわ」

しばらくして夢見るような表情は消え、ミセス・ブラッドリーはアンナにほほえみかけた。

「さあ、サクソンのことを思いきり話しましょう。昔はやせっぽちで、みみず腫れはあったけれど、丈夫だったわ。ここに来た翌年から背も伸びはじめたの。おそらく、きちんと食事をとるようになったことがよかったのではないかしら。ともかく、あらゆるものを食べさせるようにしたのよ。半年で三十センチほどもぐんぐんと背が伸びていったわ。ジーンズを買っても、翌週には小さくなっている感じだったの。すぐにハロルドの背を追い越したわ。最初はひょろひょろだった。そのうちにたくましくなってきたのよ。ほんとうにみるみる変わっていったわ。このあたりにそんなに女の子がいたかしらと思うほど、いきなり若い女性が通りに出没しはじめたの。たがいに笑いころげながら、うちの玄関や窓の外で、一目あの子の姿を見ようと待っていたのよ」

アンナは大きな声で笑った。「そんなに注目の的になって、サクソンはどう思っていたのかしら？」

「あの子は自分が注目されているなんて一言も口にしなかったわ。とにかく、こつこつ勉強していたわ。それに、相変わらず人に近づかれると、落ち着けなかったのよ。だから、デートなんて気が重かったのではないかしら。でも、女の子たちは用もないのに、そばをうろうろしていたわ。そんな子たちを非難するわけにはいかないのよ。同年代の男の子たちと並ぶと、サクソンは抜きん出ていたのですもの。十五歳のころにはひげを剃《そ》るようになっていたし、その生えてくるひげも立派なものだったわ。ほかの子供たちはちょろちょろとひげらしきものがあるだけだったけど。胸も肩もがっしりして、筋肉も隆々としていたわ。ほれぼれするような男の子だったのよ」

アンナはためらっていたが、もう一度ケニーの話題に戻ることにした。サクソンについてしゃべっているエミリンは、すっかり夢中になっていた。おそらく長い間、彼のことを話題にできる相手がいなかったせいだろう。ようやくサクソンのことを知っている人にめぐり合って、あらゆる記憶が次から次へとわき出てきたのに違いない。

「サクソンは、自分がケニーでないために、あなた方にうとまれていたような気がすると言っていたんです」

エミリンは驚いたような表情を見せた。「うとましく思うですって？　ケニーが亡くなったのはサクソンのせいではないのよ。たしかに我が子を失うという痛手は克服できるものではないわ。でも、サクソンを引き取ったのは、ケニーが亡くなって何年もたったあとだったのよ。ケニーがいなくなって、養子を迎えるか、里親をしようとずっと考えていたわ。サクソンがこの家に来てくれて、ケニーの思い出もあまりつらくはなくなったの。ほかに世話をする相手が私たちにできて、ケニーもほっとしているような気がしたわ。サクソンがいてくれたことで、くよくよ悩まずにすんだのよ。あんなにひどい目にあってきたというのに、サクソンをうとましく思うはずないでしょう。ケニーはいつも病気がちだったけれど、親の愛を知っていたわ。だから、あんなに幼くて死んでしまったとはいえ、サクソンより、ある意味では幸せだったと言えるかもしれないわね」

「サクソンはそれほど愛情に飢えているんです」アンナはまた喉から絞り出すような声で言った。「でも、自分から人に愛情を求めたり、人からの愛情を受け入れたりすることがうまくできないんです」

エミリンはうなずいた。「私たちがもっと配慮しなければいけなかったのよね。私たちに彼を傷つける気持ちはないということだけはわかってくれたわ。でも、それをわかってもらうころには、あまりあの子には近づかないという習慣ができてしまっていたのよ。そのほうがサクソンはのびのびできるように見えたの。だから、無理強いはしなかった。今から考えてみると、もう少しやり方があったのにと思うわ。でも、当時は、それがあの子の望んでいることだと考えていたのよ」エミリンはしばらく黙りこみ、木の椅子を前後にゆらした。それから口を開いた。「うとましく思うですって？　ぜったいにそんなことはなかったわ。神にかけても言えるの。初めから私たちはサクソンのことを愛していたと」

9

アンナにハロルドが亡くなったことを聞くと、サクソンの顔はこわばった。そして、美しい目も曇った。サクソンはブラッドリー夫妻のことに耳など貸さないだろう、とアンナは思っていた。ところが、違った。とはいえ、ほんとうに知りたいと思っているのだとしても、彼はその気持ちをうまく隠していた。自分のほうから、なにもきこうとしなかったからだ。ハロルドの死を耳にして、サクソンはにわかに興味を示した。だが、あまり気がなさそうに尋ねた。「エミリンは前と同じ家に一人で住んでいるのかな?」

アンナは夫人の住所を教えた。

サクソンはうなずいた。「同じ家だな」

「お体は元気みたいだったわ。あなたのことを知っていると私が言うと、涙ぐんだのよ」

アンナは大きく息をついた。「会いに行くべきではないかしら」

「いやだ」サクソンはぶっきらぼうに言って、顔をしかめた。

「どうして?」

サクソンが殻に閉じこもろうとしているのがアンナには感じられた。彼は表情を閉ざした。アンナはエミリンの言葉を思い出して、彼の手をとった。ほんとうは寄り添ってあげなくてはならなかったときに、夫妻は距離をおいてしまったと言っていた。

「私に心を閉じないで。そんなこと、私がさせない。あなたを愛しているのよ。だから、このことは二人の問題なの」

サクソンの目の表情は読めない。ただ、彼がアンナの言うことを聞いているのはわかった。

「もし私が問題をかかえるようなことになったら、私に手を貸したいと思う？　それとも、私を一人ぼっちにして、知らん顔をしたい？」彼女はくいさがった。

サクソンの表情がほんの一瞬動いた。ほんとうに一瞬のことだったので、アンナに読み取ることはできなかった。「君が問題をかかえたりしたら、僕が対処するよ。君の代わりにね」彼女の手を握るサクソンの手に力が入った。「でも、僕は問題なんか、かかえていないよ」

「でも、私から見ると、かかえているのよ」

「それで、僕が問題だと思おうと思うまいと、君は手を貸そうと決めこんでいるんだな？」

「そのとおりよ。関係を持った男女なら、そうするものだわ。自分に関係ないことでも口出しするのは、相手を愛しているからなのよ」

少し前にそんなことを言われたら、プライバシーの侵害だとサクソンは思っただろう。でも今は、アンナの勝手な思いこみを迷惑に感じながらも、不思議に肩の荷が下りるような気がした。アンナの言うとおりなのだ。関係を持った男女なら、そうするものだろう。サクソンにもそれはわかる。ただ、現実に経験するのは初めてだった。愛人として〝協定〟していたはずなのに、いつの間にか、いろいろ複雑で、義務のからむ〝関係〟になってしまった。だからといって、今さら元に戻りたくはない。生まれて初めて素顔のままの自分を受け入れてもらえたような気がした。アンナはサクソンの境遇をよく知っている。生まれ落ちたときや子供時代の過酷な現実を。最悪のときを知っていながら、彼のもとを離れようとはしなかった。

サクソンは唐突に膝の上にアンナをまたがらせた。そうすれば、話しながら、彼女の顔をじっくり見ていられる。肉体的にも精神的にも親しすぎる姿勢だが、今はふさわしいように思われた。「あのころはうれしいことがあまりなかったんだ」彼はなんとか説明しようと思った。「だから、思い出したくもないんだ。訪ねていくなんて、とんでもないよ」

「以前の境遇のせいで、ブラッドリー夫妻のところにいたときのあなたの記憶はゆがめられているのよ。あなたは実の息子ではないから、夫妻に冷たくうとんじられていたと思っているんでしょう。でも、お二人にはそんな気持ちは毛頭なかったのよ」

「アンナ」サクソンは辛抱強く言った。「あの家にいたのは僕なんだよ」

アンナはサクソンの頰を両手で包んだ。「あなたはおびえていたでしょう。それまでさんざん冷たい仕打ちを受けてきたので、今度もそうに決まっていると観念していたってことはない？　だから、拒絶されているように感じたんじゃないかしら」

「今度は素人精神科医を気取っているんだな？」

「理屈を考えるのに、資格はいらないでしょう」アンナは身を乗り出してサクソンにさっとキスをした。「エミリンは何時間もしゃべってくれたわ。あなたのことをつぶさに話してくれたのよ」

「今度は素人どころか、専門家のつもりかい？」

「あなたのことについてなら、専門家よ」アンナはぴしゃりと言った。「何年も前から、あなたのことを研究してきたわ。あなたのところで働きだした最初の瞬間からよ」

「君は怒るとかわいいよ」サクソンはふいにこの会話を楽しみはじめた。こんなふうにアンナをからかっているのが自分でも信じられない。でも、おもしろい。アンナを怒らせても、彼女はやはり僕を愛してくれている。契りを結ぶというのも、なかなかいいものではないか。

「だったら、今からもっとかわいくなるわよ」アンナは警告した。

「大丈夫。ちゃんと対応できるよ」

「そう思う？　たいした人ね」

「はい、マダム」サクソンはアンナのヒップを両手で包んで、思わせぶりに彼女をゆすった。「僕は腕には自信があるんだ」

一瞬、アンナは気だるそうにまぶたを閉じた。そして次の瞬間、大きく目を見開いてサクソンをにらんだ。「ほかのことに気をそらさないでちょうだい」

「そんなつもりはなかったよ」

そう言いながらも、サクソンは難なく自分の思いをとげようとしている。アンナはなんとかして彼を言いくるめようとしているのに、ぜんぜん歯が立たない。彼女はサクソンの膝から立とうとした。だが、彼はヒップにあてた手に力を入れ、彼女を動けなくしている。

「このまま、ここにいるんだ」サクソンは命じた。

「こんな姿勢で話し合うのは無理だわ。あなたはセックスのことばかり考えているでしょう。結果はどうなると思う？」

「このソファの上ですることになるだろうな。どっちみち、初めてというわけでもないし」

「サクソン、お願いだから、まじめに考えてくれない？」アンナは嘆くように言った。言ってしまってから、自分でも驚いた。まじめになってほしいとサクソンに訴えるなんて、信じられないことだった。もともと彼はまじめ一本やりの人なのだ。めったに声をあげて笑うことはないし、ほほえみさえ見せない。この一週間で、これまでの三年間で見せてくれたより、ずっと多くの笑顔を見せてくれたような気がする。

「まじめだよ。今のこの姿勢のことも、エミリンのこともね。あの家には行きたくない。思い出したくないんだ」

「エミリンはあなたを愛しているのよ。あなたのことを〝私の息子〟と呼んでいたわ。それに、私たちの赤ちゃんは彼女の孫になるって話していたわ」

サクソンはちょっと気を引かれて、眉をひそめた。「そんなことを言ったのかい?」

「自分で話してみるといいわ。あなたの記憶は一方的なのよ。さんざんひどい目にあってきたせいで、あなたは大人に近づかれると、警戒していた。夫妻はそれを理解していたのよ。だから、向こうからはあなたに触れないように気をつかったんだわ。そのほうが、あなたはのびのびできると思って」

思い出が脳裏に浮かぶにつれて、サクソンの目にけわしい表情が現れた。

「ほんとうは二人に抱きしめてほしかった? そういう気持ちを見せたことはある?」アンナは尋ねた。

「ない」サクソンはのろのろと言った。「そんなことをされたら、耐えられなかっただろう。学生のころ、セックスするようになったときも、女の子に体に腕をまわされるのがいやだったんだ。ずっと、そんな具合で……」サクソンは口を閉じ、目の焦点が定まらなくなった。腕に包みこんでほしいと思ったのはアンナが初めてだった。彼女にだけはしっかり抱きしめてほしかった。ほかの女性を相手にしたときは、その女性の手を頭の上に持っていって押さえたり、膝をついたりして、相手の腕が自分の体に届かないようにしていた。つまり、目的はセックスだけだった。ところがアンナの場合は、初めから愛を交わすという感じだった。ただ、二年以上も、そのことに気づいていなかったのだが。

サクソンはエミリンにもハロルドにも抱きしめるすきを与えなかった。二人にもそれがわかっていたのだ。

以前のつらい経験のせいで、僕はまっすぐものごとを受けとめられなかったのだろうか。それで記憶もゆがんだのか。僕が見ていたのが心のゆがんだ鏡に映ったものだとしたら、実態とは違っていたことになる。ほかの里親のもとで、殴られ、虐待されたせいで、だれも僕を受け入れてくれることはないと思いこんでしまった。そんなことを冷静に考えるには、当時の僕はあまりにも幼かった。

「たしかなことがわからないで、これからの人生を築いていけると思う?」アンナはサクソンに寄り添って尋ねた。彼女の濃い蜜《みつ》色をした瞳に、サクソンは溺《おぼ》れそうになった。彼はやにわにアンナを胸にかき抱いた。

「僕は人生を築くための努力をしているつもりだ」サクソンはアンナの髪に口をつけて、つぶやいた。「君といっしょに築いていこうと思っている。過去はなしにしよう。そうする努力をずいぶん続けてきて、それがやっと実りはじめているんだ。今さら、なぜほじくり返すんだい？」

「うやむやにすることはできないからよ。過去を忘れることなんかできないのよ。過去の経験があって、今のあなたがいるんだもの。それに、エミリンはあなたを愛しているのよ。これはあなたのためだけに言っているのではないの。エミリンのためでもあるのよ。今、彼女は一人ぼっちでいるわ。エミリンはそのことを愚痴ったりしなかったし、あなたが、出ていったきり二十年近くも帰ってこないのだと文句を言ったりもしなかったわ。ただ、あなたが元気にしているかどうか知りたいと言っただけよ。そしてあなたが成功していると知って、ほんとうに誇らしく感じたようだわ」

サクソンは心の中の映像を締め出そうとするように目をつぶった。だが、思い出はわき出てくる。エミリンは個性の強い人だった。ハロルドのほうがやさしく、もの静かだった。エミリンの顔はいまだに思い浮かべることができる。骨張って、不器量な、砂漠のように化粧気のない人だった。決して悪意はないのだが、厳格で潔癖だった。清潔でなければ気がすまないだけに、サクソンは生まれて初めて、学校に行っても恥ずかしくない、きれいできちんとした服を着せてもらった。

エミリンが二十年もの間、サクソンのことを思い、心配していたとは考えたくなかった。それまで彼のことを気づかってくれた人は皆無だった。そのため、そんなことがあるとは考えもつかなかった。ただただ、過去とはすっぱり縁を切ることばかり考えてきた。これからの人生を築き、過去は振り返らないつもりだった。

アンナは過去を振り返るように、以前住んでいたところに行ってみるようにと言う。まるでこれまで見ていた景色は変わったのだと言わんばかりだ。実際、変わったのかもしれない。今見たら、違って見えるかもしれないのだ。

サクソンはこみあげる感情を振り捨てる癖がついていた。そして感情を捨ててみると、ふいにものごとの筋道がはっきり見えた。僕は過去に戻りたくない。アンナに結婚してほしいと望んでいる。アンナは僕に過去に戻ってほしいと考えている。その三つの考えがおさまるべきところにおさまると、たちまちどうするべきか理解できた。

「帰ってみるよ」サクソンは穏やかに言った。アンナははっと顔を上げた。雌鹿《めじか》のような目を見開き、ほんとうかと尋ねるようにそっと見つめた。「ただ、一つ条件がある」

二人は一瞬たがいの顔を見つめて、押し黙った。サクソンは二人のなれそめを思い出した。愛人になると言ったとき、アンナは一つの条件を持ち出した。ところが、サクソンはそれをはねつけ、自分の要求をのませた。アンナもそのことを思い出しているのだ。彼女は条件をはねつけるだろうか？　いや、アンナはそんなことはしない。寛大で、一つのことを別のことと関連づけたりしない、分別のある、賢い女性なのだ。いつも人に勝てるわけではないのだと、サクソンは今ではわかるようになった。そして相手がアンナである限り、それでもよかった。アンナが勝つということは、サクソンが勝つことでもあるからだ。

「だったら、聞きましょう」アンナは言ったが、すでにサクソンの言いたいことはわかっていた。「どういう条件かしら？」

「僕との結婚を承諾してくれ」

「結婚を、条件などという次元に落とそうというのね？」

「僕はどんなことでもする。利用できる論理はなんでも使う。君を失うことはできないんだ、アンナ。君だって、わかっているだろう」

「私を失うことにはならないわ」

「きちんと署名して、確実なものにしたいんだ。そして郡の記録に記載しておきたい。君を妻にし、僕は夫になりたいんだ。そして子供たちの父親にもなりたい」サクソンはゆがんだ笑みを見せた。「僕の子供時代はひどいものだった。結婚して父親になれば、そのうめ合わせができるような気がするんだ。子供たちに僕よりもいい暮らしをさせて、子供らしく過ごさせてやることで」

どんな言葉を言われるより、サクソンのこの言葉はすばやく、しっかりとアンナの心に届いた。彼女はサクソンの首に顔を押しあてた。涙がこみあげるのを見られたくなかった。そして、何度か唾《つば》をのんで、ふつうに話ができるようになってから口を開いた。「わかったわ。あなたに奥さんを持たせてあげましょう」

サクソンの仕事の都合で、すぐにフォートモーガンに行くことはできなかった。カレンダーを見ながらアンナはほほえみ、今度の日曜日に行こうと計画を立てた。エミリンに電話をして、そのことを知らせた。エミリンは知らせを聞いても、こみあげる感情を言葉にする人ではない。それでも、心から喜んでいるのは、その声からわかった。

ついに日曜日が来た。車を進めながら、サクソンは緊張していた。彼はコロラド中の里親の家を転々としたが、一番長くいたのはフォートモーガンだった。したがって、フォートモーガンの思い出もたくさんある。あの古めかしい家の部屋はことごとく頭に入っていた。家具も、写真も、書籍もすっかり覚えている。キッチンに立っているエミリンの姿も思い浮かぶ。黒い髪をうしろにそっけなく、きっちりと束ねて、質素な服に、しみ一つないエプロンをかけている。火にかけられた鍋《なべ》から、それはおいしそうなにおいが部屋中に漂っていた。エミリンのアップルパイは格別だった。バターとシナモンがたっぷり入っていて、顎が落ちそうなほどおいしかった。自分が気にいったものは目の前から取りあげられてしまうのではないかと用心する気持ちがなかったら、サクソンはパイにかぶりついていたことだろう。しかし、そういうおびえた気持ちがあったために、いつも一切れだけで我慢し、そんなに夢中になっているわけではないと見せようとした。それにしても、エミリンはほんとうにたくさんアップルパイを焼いてくれた。

サクソンは難なく家まで行き着いた。道順は頭に深く刻みこまれている。車をとめると、胸が苦しくなるほど緊張した。まるでタイムマシンに乗せられて、二十年ほど前に連れ戻されたかのようだった。初め、なにも変わっていないような気がした。でも、もちろん変化はあった。ポーチの屋根に少したわみができ、通りにとまっているいろいろな車も二十年新しくなっている。しかし、家は相変わらず白く塗られ、飾りのない庭の芝生は前と変わらずすっきり刈られていた。そしてポーチに出てきたエミリンも、相変わらず背が高く、やせぎすだった。ほっそりした顔に年輪を感じさせるしわができていた。

サクソンは車のドアを開けて降りた。アンナは彼がドアを開けてくれるのを待たず、助手席から降りた。だが、そこに立ちどまって、歩きださなかった。

ふいにサクソンの足が動かなくなった。一歩も。芝生のすぐ向こうに、二十年近くも会わなかった女性がいる。サクソンが唯一母親と呼べる人だった。彼の胸は痛み、息ができないような気がした。こんな気持ちになるとは予想もしていなかった。初めてここに来たときの、おどおどした十二歳の自分に戻ったようだ。今まではよりはましな里親だといいなと思いながら、結局は虐待を覚悟していた。あのときもエミリンはポーチに出迎えてくれた。その厳格な顔を見あげて、冷たく拒否されているような気がして、こわかった。サクソンは人に受け入れてほしかった。その願いがあまりにも強くて、鼓動が激しくなっていた。パンツを濡《ぬ》らしたりして恥ずかしいことにならないようにと必死だったが、そんな心の内は見せまいとしていた。期待していなければ、はねつけられても、どうということはないからだ。それでサクソンは殻に閉じこもった。自分を守るために、彼が知っている唯一の方法だった。

エミリンは階段のほうに出た。エプロンはしていない。よそ行きの服で身を飾っているのに、いつもの癖から、スカートで手をふいていた。エミリンは足をとめ、まだ車の前にいる、長身で力強い男性を見つめた。間違いない。サクソンだ。彼は息をのむほどハンサムな男性になっていた。でも、オリーブ色がかった肌、黒い髪、エメラルドのように澄んだ目をした彼は、きっとこういう大人になるとエミリンにはわかっていた。

サクソンの目は、二十五年前にケースワーカーに連れてこられたときと同じ表情を見せている。おどおどし、捨てばちでありながら、必死で愛情を求めている。エミリンは胸を突かれた。サクソンのほうから近づいてくることはないと彼女にはわかった。あのときも、ケースワーカーに腕をつかまれていなければ、近づいてこなかっただろう。二十五年前は、自分から駆け寄っていって、サクソンをこわがらせたくないと、エミリンはポーチで待った。もしかしたら彼が来るのを待っていたのは間違いだったのかもしれない。サクソンにはまわりから手を差し伸べることが必要なのだ。自分から人に近づくにはどうしたらいいのか、彼にはわからないのだから。

エミリンはゆっくりとほほえんだ。そして、厳格で感情を表に出さない彼女が、我が子を迎えようと階段を下りた。口元は震え、頬を涙で濡らし、両腕を大きく広げている。そして、その笑みは消えることがなかった。

サクソンの心の中でなにかが音をたてて崩れた。張りつめていた気持ちも崩れた。幼いころから彼は泣いたことがなかった。だが、エミリンはこれまでの人生で得た、たった一つのよりどころだ。アンナにめぐり合うまでは。サクソンは大股で一歩、二歩前に出て、歩道の真ん中でエミリンを腕に抱いた。そしてサクソン・マローンは泣いた。エミリンもサクソンの体に腕をまわし、ひしと抱きしめた。もう二度と放さないわとでもいうように。そして、こう言いつづけた。「私の息子！　いとしい息子！」涙にかすむ目で、サクソンはアンナに手を伸ばした。アンナは駆けだし、車の前をまわって、サクソンの腕に飛びこんだ。サクソンはエミリンとアンナをしっかり抱きしめた。そして、愛する二人の女性をゆっくりと腕の中でゆらした。

くしくもその日は五月十二日、母の日だった。

エピローグ

これほど熟睡したことはなかったような気がする。しだいに頭がはっきりしてきて、アンナは目を開けた。最初に視界に飛びこんできた光景に、彼女はしばらく動けなかった。その眺めのすばらしさといったら。病院のベッドのわきにサクソンが座っている。陣痛から出産まで、ずっと彼は付き添ってくれた。痛がるアンナを見て、彼の顔は心配でこわばっていた。そしてようやく赤ん坊が生まれたとき、涙をたたえたグリーンの目をうれしそうに光らせ、大きな産声をあげる小さな赤ん坊を言葉もなく見つめた。

今サクソンは、眠っている赤ん坊を腕に抱いていた。ただただその子に魅せられていた。小さいがきちんとそろった手や指をそっと調べる。彼の大きな手に包まれた小さな指が、眠っているのに、驚くほどの力で握り返してくる。サクソンは息がとまるような気がした。ほとんど生えていない眉から羽毛のようにやわらかい頬、ピンク色の蕾《つぼみ》のような口へと指をすべらせた。赤ん坊は男の子で、三千百グラムもあるのに、サクソンの大きな手の中にすっぽりとおさまっていた。

アンナはそろそろと体を横向きにして、サクソンにほほえみかけた。サクソンも彼女に注意を向けた。

「愛くるしいでしょう？」アンナはささやいた。

「こんなに愛くるしい赤ん坊は見たことがないよ」サクソンの声には畏怖《いふ》の念がこもっていた。「エミリンはなにか食べるものを買ってくると、階下《した》のカフェテリアに行ったよ。この子を抱き取るために、実際、喧嘩《けんか》腰で迫らなければならなかったよ」

「この子は、エミリンにとって唯一の孫ですもの。今のところはね」

サクソンはアンナの陣痛を思い出して、信じられないという顔をした。だが、腕の中の赤ん坊に目を落として、陣痛に耐えてこそ得られるその結果について、彼女がどう考えているのかを理解した。サクソンは妻に向かってほほえんだ。ゆっくりと浮かぶ笑みに、アンナの体はとろけそうになる。

「次が女の子ならの話だな」

「早く次ができるように、努力しましょうね」

「まだこの子の名前も考えていないんだよ」サクソンは言った。

「ファーストネームはあなたが考えてね。ミドルネームはもう決めてあるの」

「どういう名前だい？」

「もちろん、サクソンよ。サクソン・マローン二世ですもの。二人で新たな家系をつくるんだったでしょう？」

サクソンは手を伸ばして、アンナの手をとった。そしてベッドの彼女のそばにそっと腰を下ろし、いっしょに自分たちの息子に見とれた。

熱いふたり

ジェニファー・クルージー

■主要登場人物

エミリー（エム）・テート……香水会社の役員。
ジェーン・フロビッシュ……エミリーの秘書。
ジョージ・バートレット……エミリーの上司。
リチャード・パーカー……財務アドバイザー。
クリス・クロスウェル……研究開発部の部長。

1

「でも、わたしはパートナーなんていりません」エミリー・テートは怒りをこらえながら言った。「ひとりでやるのが性に合っているんです」こぶしを握りしめ、目の前のデスクにたたきつけようとしたが、思い直してその手をゆるめ、スーツのジャケットを撫《な》でつけた。「パートナーなんて必要ありません、ジョージ」

上司はいらだっているようだった。彼女は無意識に髪に手をやり、きゅっと束ねたフレンチツイストから黒い巻き毛が飛びだしていないかたしかめた。落ち着いて、冷静に、と自分に言い聞かせる。かっとなってはだめよ。

「見てみろ、エム」ジョージがデスク越しにファイルを投げた。「きみが手がけた〝パラダイス〟のプロジェクトに関する予算と、最終的な支出総額だ」

エミリーはひるみ、両手を握りあわせた。「わかっています。費用はかかりすぎました。でも利益も莫大《ばくだい》です。実際、パラダイスはわがエバドン社の香水においてかつてない大ヒット商品になりました。肝心なのは、ジョージ、わたしたちが社に利益をもたらしたということでしょう」わたしがもたらしたんだけれど、と彼女は思った。でもそんなことを口にしてはだめ。謙虚に、協力的によ、エミリー。

「うむ、たしかに」ジョージ・バートレットは椅子にそり返って彼女を見あげた。

彼のこういう態度は本当に我慢ならないわ。エミリーは腹立たしく思った。ちびででぶで禿《は》げていて、脳みそなんかわたしの四分の一もない男。なのに彼はそっくり返って椅子に座っている側で、わたしは直立不動の姿勢で立っている側。わたしも座っている側になりたい。でも椅子にそっくり返ったりはしないわ。無作法だもの。彼女はため息をついた。

「いいかい、エミリー」ジョージが言った。「きみはこのプロジェクトのせいであやうく職を失うところだったんだぞ」

「あなたはこのプロジェクトのおかげで昇進したでしょう」エミリーは応じた。

「ああ。だがそれは利益のおかげだ。もし利益があがっていなかったら、われわれはふたりともくびだったよ。ヘンリーは満足していない」

ヘンリー・エバドンは満足なんてしたことがないのよ。心のなかでエミリーはつぶやいた。

ジョージは身を乗りだした。「きみを失いたくはないんだよ、エミリー。きみは頭が切れる。それにマーケティングに対して天性の直感というものがある。ぼくなど足もとにも及ばないよ。だが次にまたこんなとんでもない予算超過をしてしまったら、利益をあげても言い訳がきかない。たとえその利益がどんなに大きくてもだ」

エミリーは息を吸いこんだ。「今度は予算内でおさめます」

「そうなるのは間違いない。リチャード・パーカーがつくわけだからな」

「リチャード・パーカー？　誰ですか？」

「ニューヨークからきたやり手の若者だよ」ジョージは言った。「彼はパラダイス・プロジェクトの分析をしてくれた。それもファイルに載っている。読んでおいたほうがいい。あまりいい評価はされていないがね」

エミリーは尋ねた。「ジョージ、パラダイスの収益はどのくらいになっていますか？」

ジョージは気どった口調で答える。「先月でほぼ四百万ドルだな」

「だったら、なぜわたしがそんな人とパートナーになったり、プロジェクトについて不愉快な批評をされなくてはならないんです？　お祝いのシャンパンはどこにあるのかしら」

ジョージは頭を振った。「そんなことばかり言っていると、へまをしでかすぞ」

「へまなんてしません」

「いつかきっとするよ」ジョージは悟ったようにつぶやいた。「だとしたら、予算内でしてくれたほうがいい。そのときの保険として、リチャード・パーカーがいるんだ。十一時に上の階の会議室でミーティングだ」

「上の階？」

「彼のオフィスがある階だよ」ジョージは顔を輝かせた。「彼のオフィスは社長室からふたつおいた部屋でね。そこからの景色がまた抜群なんだ」

「どうしてわたしのオフィスのある階じゃないんです？」

「エミリー、頼むよ」

「彼が今度のプロジェクトの担当なんですか？　もしそうなら、わたしは辞めさせていただきます」

「いや、違うよ」ジョージは手を振った。「財務部門だけだ。それに彼と組んで仕事をするのはきみだけじゃない。彼はあらゆるプロジェクトの財務アドバイザーなんだ。プロジェクトはかわらずきみのものだよ、エム。彼は支出面を監督するだけだ」じっと彼女の顔を見つめる。

エミリーは無表情を装っていたが、目には依然として怒りがちらついているのが自分でもわかっていた。

「エミリー、協力してくれないか」

「十一時に上の階の会議室ですね」こみあげる怒りを抑えて、彼女は言った。

「そうだ」ジョージはほっとしたように答えた。

エミリーはぴしゃりとオフィスのドアを閉め、回転椅子にどさりと腰を落とした。秘書のジェーンが落ち着きはらってあとに続き、向かいの椅子に座った。凍ったアーモンドチョコレートバーをふたつに割り、大きいほうをエミリーに投げる。

「いざというときのために、給湯室の冷凍庫に入れておいたの」ジェーンが言った。「あなたには大きいほうをあげるわ。友情にまさる愛情はなし、よ」

「よくほかの人に食べられなかったわね」エミリーはホイルをはがした。

「わたしがあなたの下で働いていることはみんな知っているもの」ジェーンが答えた。

「へたなことをすれば、あなたが追いかけてくるってわかっているのよ」

「まさか。本当はどうしたの?」

「〝アスパラガス〟と書いて入れておいたのよ」ジェーンはチョコレートバーにかぶりついた。

「職場でアスパラガスをどうするのかって、誰にもきかれなかった?」エミリーはチョコレートバーを小さく割って舌にのせた。口のなかにまろやかな味が広がる。彼女はため息をついて椅子に沈みこんだ。

「あなたのために置いてあると思ったんでしょう。あなたの体って、果物か野菜しかとっていないように見えるもの」ジェーンはしげしげと上司を見た。「どうして体重が増えないの? 同じものを食べていて、わたしが三キロも太ってダイエットに苦しんでいるっていうのに、あなたは逆にやせているみたいじゃない」

「ストレスよ」エミリーはもうひとかけら割りながら答えた。「わたしは頭がかたくて態度の大きい、いやなやつらと仕事をしているんだもの」

「やつら？」ジェーンは自分の分を食べ終わり、ホイルのなかをのぞきこんでチョコレートのかけらを探した。「ジョージがクローンでもつくったの？」

「そのとおり」エミリーは言った。「あれこれお答えしなきゃいけない、予算アドバイザーをつけられたの。エリートらしいわ、リチャード・パーカーとかいう」

「まあ！」ジェーンが声をあげた。「彼なら見かけたことがあるわ。運が向いてきたわね」

「エリートなんでしょう？」

「ええ、そうよ。それもとびきりの。ああ、わたしだって、こんな幸せな結婚生活を送っているんじゃなければ」ジェーンはため息をついた。「背が高くてハンサムで、肌は日焼けしていて浅黒いの。高い頬骨、形のいい唇、くらくらするような青い瞳。彼って絶対笑わないのよ。秘書たちは列をなして彼を誘惑しようとしているわ。若い女性役員もね。でも、なにも起きたことがないの」

「そうなの」エミリーはもうひとかけらチョコレートバーを割った。

「馬車馬みたいに働くんですって。頭のなかは経理のことでいっぱい。カレンから聞いたんだけれど、彼女がオフィスを出る時間になっても、彼は絶対にまだ仕事をしているんだそうよ」

「カレンって？」

「十二階の、小柄なブロンドの人。いまは彼の秘書をしているわ」

「カレンと仲良くしておいてね。敵陣にスパイは必要だわ」

「まかせといて」ジェーンは指についた最後のチョコレートをなめた。「彼女はボスの話をするのが大好きなのよ」

「それは好都合だわ」エミリーはうなずいた。「彼はわたしたちにとって、ものすごく厄介な存在になりそうなの」

「どうして？」

「お金の監督をするのよ」

「そしてわたしたちは、その方面が得意ではない」ジェーンは察しがよかった。「パラダイスは大成功だったわね。あなたと一緒に勝利の坂道を駆けのぼるのは最高の気分だった。でもまさか、予算オーバーでふたりともどん底に転がり落ちるとは思わなかったわ」

「あなたはどん底になんて行かないわよ」エミリーは言った。「ジョージだって人を見る目くらいあるわ。さっさと自分の秘書にかっさらっていくわよ」

「わたしだって、人を見る目はあるわ」ジェーンが応じた。「あなたとわたしはずっと一緒よ。高校で出会ったときから、あなたは出世して、わたしを引っ張っていってくれる人だってわかっていた。高校最後のクラスでは級長と書記。学生委員会では会長と書記。カレッジの女子学生クラブでは部長と書記。わたし、あなたがこの会社の社長になるまでついていくわよ」ホイルをごみ箱に投げ入れ、気どった笑みを浮かべた。「いまだって立派に秘書《ソロリティ》をやっているでしょう?」

「あなたはすごく頭が切れるわ。わたしと同じ立場になっても立派にやっていけると思う。ずっと秘書のままなんてもったいないわよ。どうして幹部養成プログラムを受けないの?」

「それは、わたしがあなたより頭がいいからよ」ジェーンは答えた。「わたしはたいていの役員よりもやりたいようにやっているわ。しかもボスにお世辞を使う必要がないの。そのチョコレートバー、全部食べる?」

「もちろんよ」エミリーはうなずいた。

「そう。それで、さっきドアを乱暴に閉めたのは、リチャード・パーカーのせいなのね?」

「そうよ」

「彼への接し方を教えましょうか」

「どうするの?」エミリーはまたチョコレートバーを割った。リチャード・パーカーへの接し方などに興味はなかった。本音を言えば、彼など無視してしまいたい。だがジェーンの言葉は聞く価値がある。ジェーンにたっぷり給料を払うよう会社に要求するのは、彼女が友達だからではない。ジェーンが次々に生みだすアイディアが、どれをとってもすばらしいからだ。エミリーが社長の座につくことがあるとすれば、エミリー自身の力もあるだろうが、ジェーンの頭脳によるところも大きいはずだ。

「誘惑するのよ」ジェーンが答えた。

エミリーは、ジェーンのアイディアはどれもすばらしいという考えを訂正した。どうやら今度のははずれのようだ。「なんですって？」

「あなたはもっと外の空気に触れる必要があるわ。まるでオフィスに住んでいるみたいだもの。家にはシャワーと着替えのために立ち寄るだけ。名前を呼べば飛んでくるかわいいペットもいない。わたしだけが唯一の仲間だなんて」

「好きでそうしているのよ」

「そうね、でもそんなのふつうじゃないわ。パーカーもどうやら同じよ。あなたたちはお互いを救えるはずだわ。彼はきっと感謝して、あなたに恋をする。そしてあなたたちは結婚するのよ。わたしはそのうち赤ちゃんのお祝いを買うことになるわね。いままではわたしがもらってばかりだったけれど。チョコレート、食べないの？」

「食べるわよ」もうひとかけらチョコレートバーを割りながら、エミリーはきく。「リチャード・パーカーと結婚することがなんの役にたつの？」

「セックスはいつだって役にたつわ」ジェーンが答えた。「チョコレートと同じよ」

いるのよ」

「オフィスで役にたつんじゃなければ意味ないわ。あの男はわたしの自由を奪おうとして

「自由を奪う？　倒錯的ね」

「カレンによろしく」エミリーは話を切りあげた。「気が重くなってきたわ。さあ、パーカーに電話をかけて。十一時ちょうどに彼とミーティングなの。その前にどんな声か聞いておきたいから」

「ミーティングですって？　じゃあその格好をなんとかしなきゃ。髪は下ろしたほうがいいわ、すてきな長い黒髪なんだから。スーツのジャケットは脱いで。眼鏡は絶対はずしなさい。仕事しか頭にない女みたいに見えちゃうわよ」

「そう見えてほしいの。ずっと仕事に全力をそそいできて、ようやくまわりの尊敬を勝ちとったのよ。スーツを脱いでしまったら、誰もわたしに注目してくれなくなるわ」

「そうかしら。賭《か》けてみる？」ジェーンはエミリーにいたずらっぽい目を向けた。「わたしがあなたみたいな体をしていたら、いつだって服を脱いじゃうのに」

「あなたはいつだって服を脱いでいるでしょう」エミリーは指摘した。「ベンは服を着ているあなたを見たことあるの？」

「もちろんよ」ジェーンが応じた。「結婚式ではドレスを着ていたもの。あなたも出席していたでしょう。披露宴で新郎の付き添いに平手打ちをくらわせたものね」

「まだ忘れてくれないの？」

ジェーンは立ちあがってドアに向かった。「パーカーに電話してきます。彼に平手打ちをくらわせちゃだめよ。カレンとは仲良くしておくわ。でもあなたが彼を誘惑すれば、わたしたち、もっとステップアップできるわよ」

「あなたの野望をかなえるために、わたしの体を犠牲にしようっていうのね」部屋を出ていくジェーンに、エミリーは声をかけた。

「わたしたちの野望よ」ジェーンが訂正した。「それにわたしは彼を見たことがあるのよ。全然、犠牲なんてことはないわ」

「二番にミスター・パーカーです」ジェーンが秘書らしい声で告げた。

エミリーは受話器をとりあげた。「ミスター・パーカー？」

「そうですが」

「エミリー・テートです。十一時にミーティングがあるはずですが」

「ええ、ミズ・テート。ありますね」こんな電話にはうんざりだといった口調で彼が答えた。エミリーはもっと神経質そうな、高くて耳ざわりな声を予想していた。だが彼の声色には深みがあり、わずかなニューヨークなまりがあった。

「なにか用意していくものはありますか？」

「いや、ミズ・テート。必要なものはすべてそろっています。ほかにご用件は?」

あら、ごめんなさい。エミリーは心のなかでつぶやいた。あなたの貴重な時間を無駄にしているってわけね。「いいえ、ミスター・パーカー。それだけですわ」

「では、十一時に」彼はさっさと電話を切った。

感じ悪い、とエミリーは思った。どこまでも能率優先の態度。彼女があれだけの業績をあげたことなど、なんとも思っていないのだ。まだ予算を超過したことにこだわっているのに違いない。

ジェーンが隣の部屋から首を突きだした。「どうやらあまり魅力的ではなかったようね。でもまだわたしの意見はかえないわよ。たぶん彼だってベッドではもっとリラックスするはずよ」

「ありえないわ」エミリーは受話器を置いた。「彼はきっとベッドになんか入らないのよ。オフィスの隅に立って眠るんだわ」

「ミーティングでノートをとる必要はない?」

「ないけど。ノートをとりたいの?」

「ええ」明るくジェーンは答えた。

「じゃあいらっしゃい、お嬢さん。そのあとセレスティアルでランチを食べましょう。状況の検討をしたいしね」

「いいわね」

「それと、ジェーン。ミーティングでは本物の秘書っぽくしていてね。あなたがわたしの頭脳だってことを彼に教えてやる必要はないから」

「おだんご頭に鉛筆を刺して、あなたの眼鏡を借りていくわ」ジェーンが言った。

「おだんご頭？」

「十一時までに仕度しておくわ」

「楽しみにしているわ」エミリーは答えた。


十一時五分前にオフィスを出るとき、ジェーンは本当に髪をひっつめておだんごにしていた。髪の束があちこちからはみだし、鉛筆が二本、ぶすりと突きささっている。

「本当にすごい髪ね」エレベーターを待ちながら、エミリーが言った。

「待って」ジェーンはエミリーから眼鏡をとりあげ、自分の鼻の上にのせた。「どう？」

「髪を振り乱した仕事中毒の女っていう感じ」エミリーは言った。「異常殺人者、ノーマン・ベイツの若い母親。でなければ――」


エレベーターが開き、ふたりは数人の役員たちと乗りあわせることになった。エミリーは横目でジェーンを見ながら、笑わないように苦労した。最悪の展開になったとしても、ジェーンを見れば気が紛れるだろう。

「ミーティングが三人だけでよかったわ」エミリーがささやいた。「ほかの人がいたら、あなたがなにかたくらんでいるのがわかっちゃうもの」

ジェーンは眼鏡のブリッジを指で押しあげ、鼻にかかった大きな声で言った。「これだけはぜひ聞いておいていただかないと、ミズ・テート。あなたのもとで働けるなんて、大変名誉で光栄なことですわ。わたくし、心からそう思っていますのよ」

「ありがとう、ミセス・フロビッシュ」エミリーが応じた。「あなたの誠意はわたしもうれしく思っています」

「チョコレートバーはまだ残っています?」

「いいえ」

ジェーンは鼻を鳴らした。

会議室はエレベーターの反対側だった。なかに入った途端、エミリーは自分が勘違いしていたことに気づいた。出席するのは三人だけではなかった。すでにほかにも六人の役員が集まっている。そのうち四人は秘書をともなっていた。

「どういうこと?」エミリーは眉をひそめてジェーンにささやいた。

「さあね」ジェーンが返した。「でも一緒に来てよかったわ」

「本当に」エミリーが小声で言う。「後ろをかためてちょうだい」

会議室の反対側のドアが開き、リチャード・パーカーが入ってきた。背が高く、日に焼けた肌に、きりりと引きしまった顔だち。間違いなくエミリーがいままで出会ったなかでいちばんのハンサムだった。服装の趣味もよく、着こなしには一分のすきもない。態度は自信に満ち、堂々としている。それにセクシーだわ、とエミリーは思った。たしかに彼はセクシーだった。エミリー以外の役員はみな、男女を問わず椅子の上で体をかたくし、ジエーン以外の秘書は全員、うっとりとした笑みを浮かべている。会議室にいるすべての人に、リチャードはその実力と権限を無言で示していた。秘書と女性役員たちには、セックスアピールも。実力と権限は意識的な自己顕示だとエミリーは判断した。だがセックスアピールは無意識のものだろう。

それにしても、なんてハンサムなのかしら。エミリーは考えた。あんなに長身で顎ががっしりしていなければ、美少年と言ってもいいくらいだ。ぞくぞくするような青い瞳、長く濃いまつげ。およそ仕事相手としては不適当だ。どうしたら彼とうまく仕事ができるだろう。いっそのこと彼が女性だったら、それも簡単なのに。

彼の目がさっと部屋を見回し、エミリーの目をとらえた。恐れも欲望もない目で彼を見つめていたのは、彼女だけだった。彼女は冷静にリチャードの視線を受けとめ、ぐっと見返しながら、頭のコンピューターを働かせた。彼は敵なのだ。

彼はエミリーに向かって眉を上げてみせ、それから視線をはずした。ジェーンがノートに何事かメモする。エミリーはノートに目をやった。〝あなどれないわね。でも、あなたなら彼を落とせるわ〟エミリーは頭を振った。ジェーンの欠点は、わたしを過大評価しすぎることだ。

ジョージがエミリーのほうへ体を傾けた。「ジェーンはどうしたんだ？　すごい格好だな」

「その話はあとで。会議中ですもの」エミリーがささやくと、ジョージはまじめくさった顔でうなずいた。

リチャードが目を上げ、眉をひそめた。ジョージは顔を赤くした。

エミリーはリチャードに向かって眉を上げてみせた。彼は驚いた顔をし、それから唇をゆがめた。

もしかして、笑ったの？　エミリーは考えた。思ったほど堅物ではないようね。ひょっとしたら、あなたを落とせるかもしれないわ。

「今日お集まりいただいたのは、みなさんが行った市場向けキャンペーンの予算と決算について話しあうためです」リチャードは口を開いた。「じつにひどい」

数人の役員が忍び笑いをもらした。二、三人が顔を赤らめ、目を伏せる。エミリーはあくびをし、腕時計に目をやった。

「退屈かな、ミズ・テート？」リチャードがきいた。

「いいえ、そんなことありませんわ」エミリーは上品なほほえみを返した。「すぐ要点に入っていただけることは、もちろん承知しておりますもの」

ジョージが目を閉じた。

「要点はだね、ミズ・テート」リチャードの声の調子はかわらなかった。「きみがいつも予算をオーバーし、その結果、わが社が得るべき利益を損なっているということだ。パラダイスでは、きみひとりでおよそ三十パーセントも予算をオーバーしている。これはすごい金額だよ、ミズ・テート。きみはパラダイスにはいくらつぎこんでも惜しくないと思っているようだが、ぼくは賛成できない。社に大きな損害をもたらす危険もあったはずだ」

エミリーはまたほほえんだ。「危険はありましたけれど、損害はありませんでした、ミスター・パーカー」静かに反論した。「予算を三十パーセントオーバーする度胸があったおかげで、わが社は四百万ドルもの利益を得たんです」

「それは度胸とは言わないよ、ミズ・テート。ただ、管理能力が不足しているだけだ。そこでぼくの出番というわけだ。ぼくがきみを管理する」リチャードは部屋を見回した。「今後の予算については、すべてぼくを通してもらいます。あらゆる注文、支払いについても同様です。ぼくは資金のパイプラインというわけです。プロジェクトに必要な資金はきちんと調達することをお約束します。そして必ず予算内におさめることも請けあいます。この新しいやり方についてはいろいろと疑問がおありでしょう。どうぞ、遠慮なくおっしゃってください」

彼が椅子の背に寄りかかると、ほかの者たちは咳払《せきばら》いをしたり口ごもったりしながら、あなたの助力に感謝しますとか、一緒に仕事をするのが楽しみですなどと、口々に言った。

ジェーンがレポート用紙に書いた。〝彼に逆らっちゃだめよ〟

エミリーは平静を装っていたが、内心は荒れ狂っていた。パラダイスにはお金をつぎこむだけの価値があるのよ。なんにも知らないで偉そうな口をきいて、まったくいやなやつ。わたしがいまこの場所にいるのは、それだけの実力を認められているからだわ。

そして考え直した。いいえ、そうとばかりも言えないわ。いままでは謙虚に協力的に礼儀正しくふるまって、いつも譲歩をしてきた。あの間抜けなジョージを立てておいて、わたしはいつもジェーンとふたりでこっそり背後に回り、最後には自分たちの思いどおりにことを運んできたのだ。それなのに、こんな重役たちの目の前で彼に口答えするなんて、わたしはなにをやっているのだろう。

エミリーは研究開発部のクリスの話を聞いているリチャードを見つめた。彼は礼儀正しく、ときどきうなずきながら聞いている。彼女はなにか投げつけてやりたくなった。心のなかで毒づく。人の話も聞かずに自分の正当性だけ主張するなんて。わたしを管理するですって？　まるで虫けら扱いね。

見てなさい、このお返しはさせてもらうわよ。

どんなにハンサムだろうと関係ないわ。

それと気づかず、エミリーは険悪なまなざしで彼を見つめていた。だから、クリスのつまらない話を聞きながらふと目を周囲に向けたリチャードと、敵意むきだしの彼女の視線がぶつかることになった。彼は軽く目を見開き、にやりと笑った。彼女の挑戦を受け入れ、対等な相手として認めた本物の笑みだった。

その笑顔はまさに悩殺ものだった。

エミリーはさらに目を細めた。笑っている場合じゃないわよ、坊や。もうひと言でも、パラダイスにはいくらつぎこんでも……なんてわたしをばかにしてごらんなさい。あっという間にその笑みを顔からむしりとってやるから。

ジェーンがそっとつつくので、エミリーはレポート用紙に目をやった。〝彼、どうして笑っているのかしら？〟と書いてあった。

エミリーは元気なくレポート用紙をとり、書きつける。〝わたしが怒っているのを知って、おもしろがっているのよ〟

ジェーンがまたレポート用紙をとった。〝だとしたら、思ったほど頭はよくないのね〟

エミリーはうなずき、行儀よく会議に注意を戻した。

「ほかにご質問は？」リチャードはテーブルの面々を見回してから、エミリーに目をとめた。「ミズ・テート、ずいぶん静かだね。なにか質問はないのかい？」

「いいえ、必要なことは全部わかりましたから」彼女は穏やかに答えた。

「そうか。このあとミーティングをする時間はあるかな?」

「このあと?」エミリーは眉を上げた。「ランチミーティングがあるので。二時なら大丈夫だと思いますが」

「予定を確認させてくれ。秘書からきみのところへ電話させるよ」リチャードはそのとき初めてジェーンに目をやり、そのまま視線をとめた。

ジェーンったら、なにをしているのかしら。エミリーは考えたが、あえて見ようとはしなかった。たぶんうっとりと、彼に見とれているのだろう。

「わかりました」エミリーはジェーンを隠すように立ちあがった。「ほかにもなにか?」

リチャードは座ったまま彼女に目を向けた。「いや、それだけだ」

「では、失礼します」エミリーは言って、足音高くあとに続くジェーンをしたがえ、会議室を出た。

背後でドアが閉まると、ジェーンはどすどす歩くのをやめ、眼鏡をはずした。「あれじゃだめよ」いきなりずばりと言った。「彼に口答えしたってなんの得にもならないじゃない。いったいどうしちゃったの?」

「だって、傲慢《ごうまん》なんだもの」エミリーはエレベーターのボタンをたたきながら答えた。

「あの部屋にいた人は、ひとり残らず傲慢よ」ジェーンは言った。「違うのは、彼にはそれだけの理由があるってことだわ」

「なんですって?　いまの〝やあ、ぼくが神さまだよ〟みたいな話し方にまいっちゃったの?」

「彼は正しいわ」ジェーンは続けた。「わたしたちは予算をオーバーした。もっと抑えることもできたはずだわ。彼はきっとあなたの力になってくれると思うわ」

「いったいどっちの味方なの?」

「わたしたちのよ」ジェーンは答えた。「最初も、最後も、いつでもね。彼だってわたしたちの味方でないとは言いきれないわ」

ふたりはエレベーターに乗った。

ジェーンはエミリーに眼鏡を返した。「彼はあなたを気に入っているわ」

「やめてよ」

「あなたを気に入ってる。目を見ればわかるわ。それにしても、本当に信じられないような目よね。彼、しょっちゅうあなたのことを見てたわよ。かわいいと思ったのよ」

「かわいい!」エミリーは憤慨した。「かわいいですって!」

「いいことじゃない」

「冗談じゃないわよ、彼にかわいいと思われるなんて」エミリーはかんかんになってエレベーターを降り、オフィスに向かってずんずん歩き、背後でぴしゃりとドアを閉めた。

一分後、ジェーンがエミリーのコートを持って入ってきた。「さあ、ランチミーティングに行きましょう」コートを差しだす。「中華料理の約束よ」

「とにかく、次のキャンペーンは費用を抑えないといけないわね」ジェーンが焼き餃子《ギョーザ》と湯気のたつ熱いお粥《かゆ》を食べながら言った。「新しい製品はパラダイスほど価格も高くないし。前ほどの利益は期待できないわ」

「そうとも言いきれないわ」エミリーは注意深く熱いスープをすくって口に運んだ。「もっと大量に売るのよ……頻繁に香水を使う若い女性をターゲットにするの。きっとうまくいくわ。無理やり予算内に押しこまれたりしなければね」

「彼にもチャンスをあげなさいよ」ジェーンが言った。「まずはお手並み拝見、よ。先に撃ったからってポイントは稼げないわ」

「先に撃ってなんかいないわよ」エミリーは反論した。「こっちだって撃ち返すってことを教えてやっただけよ」

ジェーンは首をすくめ、話題をかえる。「ガーリックチキンを注文しない？」

「午後に予算の神さまとのミーティングがなかったらね。カレンは電話してきた？」

「ええ。二時に彼のオフィスよ」

「そうでしょうとも」エミリーはため息をついた。「中立の場でやりたいものだわ。今後は会議室をとるようにしてくれる？　あっちのじゃなくて、こっちの階の」

「やってみるわ」ジェーンは言った。「海老《えび》ならどう？」

「そうね。からをばりばり食べたい気分よ」

「じゃあこのあと、ショッピングにも行きましょうよ」ジェーンが提案した。「とてもすてきなピンクのレースのブラジャーとビキニのショーツを……」そこで言葉を切り、エミリーの後ろを見る。

「やあ」

ジョージをしたがえた神さまだった。ジョージが案内したんだわ、とエミリーは思った。新しいボスに、この界隈《かいわい》でいちばんおいしい店を教えてさしあげているのね。このあときっとクリーニングに出したものをとってきますって言うんだわ。彼女は目を上げ、艶然《えんぜん》とほほえんだ。「ミスター・パーカー。お目にかかれてうれしいわ」

「ジョージがここはランチミーティングにもってこいの店だと教えてくれてね」彼はジェーンを見た。

「そうなんです」エミリーはテーブルに向き直り、またスープをすくった。

ジェーンが彼に向かってにっこりした。「またお会いできて光栄ですわ」

「ああ、そうか。きみはミズ・テートの秘書の……ミセス・フロビッシュだったたね？　きみだとは気づかなかったよ」

「そうですわね。秘書はたくさんおりますもの」ジェーンは快活に答えた。「気づかれることもなく、努力に報いられることもなく、お給料も充分ではなくて……」

「不充分なんてことはない」リチャードが反論した。「きみたちの給料はちゃんとプロジェクトの予算に組みこまれているだろう。充分な額をね」

「実際のところ」エミリーがテーブルに向かったまま言った。「彼女の給料は充分ではありません。今後、彼女の給料の減額や昇給の阻止といった動きがあれば、わたしは全力で闘うつもりです」彼女はリチャードのほうに目を向けた。声に含まれたとげが、その目にも表れている。

「ミセス・フロビッシュの給料をどうこうするつもりはまったくないよ」リチャードは穏やかに言った。よい秘書は、同量の金に匹敵する価値がある」

「いい言葉ですね」ジェーンが割って入った。「次の昇給の論拠にさせていただきますわ。海老をふたつ注文しましょう。体重を増やさなくちゃいけなくなったわ」

エミリーはフォークでリチャードを刺してやりたい思いに駆られたが、さすがにそれはあからさますぎると思い直した。巧妙に立ち回るのが肝心よ、と彼女は自分に言い聞かせた。

「二時に会おう、ミズ・テート」リチャードはそう言い残し、ウエイターが辛抱強く待っていたテーブルに向かった。

ジョージもあわてて彼のあとをついていった。

「彼をフォークで刺すんじゃないかと思ったわ」ジェーンが息をついた。「感心しないわ。キャリアらしくなさい。と言っても、友達としてはちょっぴり感動しちゃったけれど」

「本当に気に入らないわ、あいつ」エミリーはリチャードのかわりに春巻きを突きさした。

「あんないばり屋で自己中心的な管理魔と仕事をしなくちゃならないなんて」

「そう?」ジェーンが口をはさんだ。「彼のことを話す口調が、もう優しくなっているみたいだけれど」


その下着は濃いピンクの総レースで、銀の糸で美しい刺繍《ししゅう》が施されていた。ブラジャーはハーフカップで、ふたつの大きなピンクの薔薇《ばら》で縁どられていて、ところどころに小さなピンクのサテンのリボンがついている。ビキニのショーツには同じ薔薇の小さいものとリボンがついていた。ばかばかしくて贅沢《ぜいたく》で、かわいらしくてセクシーだった。

「ベンはきっと気に入ってくれるわ」ジェーンが言った。「あなたもなにか買って、リチャードに試してみれば?」

「どのリチャード?」

「パーカーよ」ジェーンが辛抱強く答えた。

「彼がこんなものを気に入るなんてありえないわ」エミリーは値札を見た。「費用対効果《コスト・パフォーマンス》がいいとは言えないわね。小さな国だったら防衛費にもこんなにつぎこまないわよ」

「防衛なんてこと、わたしの頭にはないの」ジェーンは鏡に映る自分の姿を見つめた。「わたしはさっさと降伏して、そのあとすぐに侵略されちゃおうともくろんでいるのよ」

エミリーはため息をついた。「楽しそうだこと」

ジェーンがいきなり振り向いた。「やっぱりあなたも買いなさいよ」

「どうして？ わたしを侵略しようなんて考える人はいないわよ」

「嘘《うそ》。下の研究開発部のクロスウェルなんて、いまだに熱心にあなたの話をするわよ」

「クロスウェルとのことは間違いだったわ」エミリーはピンクとシルバーのレースのブラジャーをとりあげ、憧《あこが》れのまなざしをそそいだ。「彼が侵略しようとしたら、わたしは防衛するわ」

「それじゃ、プランその一のリチャードに戻りましょう」

エミリーはブラジャーを見つめながら、リチャード・パーカーのことを考えた。彼が口を閉じていてさえくれればね、と彼女は思った。我慢だってできるけれど。いいえ、それどころか、おおいに興味をそそられる。あのすらりとしたみごとな体。気の遠くなりそうな青い瞳。すばらしく形のいい唇。

あの唇。あれがしょっちゅう開いては、人の気持を逆撫でするような言葉をまき散らすのだ。〝パラダイスにはいくらつぎこんでも惜しくないと思っているようだが〟〝不充分なんてことはない〟

「間違ってもそんなことはないわ」エミリーは下着を戻した。「行きましょう。二時からミーティングよ」

「きみの提案書を見せてもらったよ」リチャードは言った。「これではコスト・パフォーマンスがいいとは言えないね」

「結論を出すのが早すぎるんじゃありませんか?」エミリーはぐっと怒りを抑えた。「まだ始まったばかりなのに」

「ルビーだ」リチャードはデスク越しに彼女にファイルを投げた。

「あなたもご存じのように、パラダイスのキャンペーンではダイヤモンドを使いました。とても高貴な宝石です。でもこの新製品は、もっと若くて熱しやすい市場がターゲットです。だからルビーなんです。高貴でありながら、もっと熱い宝石」

「いいだろう」リチャードは肩をすくめた。「イミテーションを使いたまえ」

「これは写真用なんです」エミリーはそっと両手を組み、関節が白くなるほどきつく握りあわせた。「べつに商品のボトルにちりばめようというわけではありません」

「借りることはできないのか?」

「裸石を?　どうでしょう」エミリーは少し考えてみたが、反対した。「買って転売することならできるんじゃないでしょうか。原石のことはよくわかりませんが」

「ぼくは多少わかる。いまきみが言ったことは、もしかしたら予算の削減につながるかもしれないな」

「宝石はいい投資になります」エミリーはゆっくりと手を開いた。「損にはならないでしょう」

リチャードは頭を振った。「やはり宝石の投資なんてだめだ。借りてくれ」

エミリーも頭を振った。「あとで写真を撮り直すためにまた同じ石を借りる必要があるかもしれません。でも同じものが借りられるとはかぎりません。それにオープニングやそのほかのイベントでの特別なディスプレーで何度も使うんです。パラダイスでもそれをやって、大成功しました」

リチャードは椅子にそり返って彼女を見つめた。「きみはまじめに話しているのか、それともたんにぼくに逆らいたいだけなのか?」

わたしの話を聞いていなかったの? エミリーはかっとなった。わたしがゲームを楽しんでいるように見える?「わたしはまじめです。それに、ただそれだけが目的で誰かに逆らうことなどありません」

「今日のあれはビジネスランチだったのかい?」

「ジェーンはあなたやわたしより会社のことをよく知っています」エミリーはまた手を握りあわせた。「あなたにもそのうちわかるはずです。わたしはよく彼女に相談するし、彼女の意見を高く評価しています。ですから、答えはイエスです。あれは本当にビジネスランチでした」

「ピンクのレースの下着も？」リチャードは皮肉っぽく笑った。

あのおしゃべりを立ち聞きしていたのね。エミリーはにっこりと彼にほほえみ返した。

「あなたならきっとコスト・パフォーマンスが悪いと思うはずだって、彼女に言っていたんです」

「ぼくだって別にすべてを金で考えるわけではないよ、ミズ・テート」リチャードの視線がふと彼女のブラウスの開いた胸もとに落ちた。

エミリーが眉を上げてみせると、彼はぱっと顔を赤らめた。そんな顔も悪くなかった。そうよ、と彼女は心のなかで思った。彼だって人間だもの。望みはあるわ。「それはわかっています、ミスター・パーカー。ですからルビーの件も理解していただきたいんです。ただ単純にコスト・パフォーマンスだけで考えることはできません。わたしたちは情熱を売るんです。じりじりと燃えたつ熱いものをね。ステーキを売るのとはわけが違うわ」エミリーはデスク越しに身を乗りだした。「イミテーションでは燃えられないわ、リチャード。本物が必要なのよ」

彼女に名前で呼ばれ、リチャードはちょっと目を見開いた。「わかった」咳払いをする。

「考えておこう。じゃあ、次は……」

エミリーはさらに一時間彼と話しあい、どうでもいい二、三の事柄については礼儀正しく同意し、ほかのものについては話しあいの余地を残して保留にした。なにより、歩み寄りの基礎を築いておきたかった。資金なりルビーなり、本当に必要なものを手に入れたいとき、リチャードがあっさり却下せず、彼女と交渉することに慣れてくれるように。彼の目はエミリーの考えなどお見通しだと言っていたが、辛抱強く彼女につきあった。最後にはエミリーも、この計画がまったく役にたたないことがわかった。歩み寄るのは全部自分のほうで、彼ではない。リチャードはイエスかノーかだけ言って先へ進むのだ。

エミリーが行こうとして立ちあがると、リチャードも椅子を後ろに引いて立ちあがった。

「またこの次に。今日はあまり成果も得られなかったし」

「そうでもありませんわ」エミリーはほほえもうとしたが唇がこわばった。「すばらしい協力関係が築けたと思います」彼女は手を差しだした。「必要な情報があればジェーンに電話してください。彼女はなんでも承知していますから」

リチャードは彼女の手を握り、しばらくそのままでいた。エミリーは伝わってくるあたたかさを無視しようとした。

「ぼくはきみと話がしたいんだ。担当者と直接話すほうが好きなんでね」

「それじゃあ、なおさらジェーンがいいわ」エミリーは手を引っこめた。「彼女とは高校のときからのつきあいなんです」

「どうりで、ただのボスと秘書という感じではないと思ったよ」リチャードはデスクを回り、彼女をドアまで送った。

「わたしたちはパートナーです」

「うらやましいね。ぼくはずっとひとりでやってきたから」リチャードはドアのところで立ち止まった。「今夜一緒に食事はどうだろう？　いくつか問題を検討し直すために。もっと……あたたかい雰囲気でなら、歩み寄れるかもしれない」

リチャードが笑顔で彼女を見おろした。エミリーの警戒心はどこかにいってしまい、膝から力が抜けそうになった。甘く、心ひかれるセクシーな笑み。彼女は必死になって思考力をかき集めた。

「ごめんなさい」エミリーの声はかすれた。「先約があるんです」

「またジェーンと？」

「あら、いいえ。ジェーンはご主人と三人のかわいい子供たちのために家に帰るんですもの」

「それで、きみは？」

「コスト・パフォーマンスの報告書のために帰るんです」エミリーはドアを開けた。「手ごわい予算アドバイザーが監視しているんですもの」

彼女は振り返らずに廊下を歩いていったが、エレベーターのところまでずっと彼の視線が追いかけてくるのを感じた。

「どうだった?」ジェーンがオフィスのなかにまでついてきて尋ねた。

「よくもなく、悪くもなく」エミリーは靴を脱ぎ捨てた。「パンティストッキングって大嫌い。むずむずするわ」

「リチャードの話に戻るけれど」ジェーンが断固とした調子で言った。「なにがあったの?」

「わたしは歩み寄ろうとしたのよ。なのに彼はわたしに指図するだけ。人に指図をするのが好きなのよ。ときどき話を聞いてくれることもあったわ。一度、わたしの胸もとを見つめて顔を赤くした。そしてわたしを夕食に誘ったの」

「セクシーなものを着ていきなさいよ」

「行かないわ。先約があるって言っちゃったの。彼は相手はあなただと思ったらしいけれど、あなたは幸せな結婚をしているって教えてあげたわ。それでおしまい」

「彼と出かけなさいよ」ジェーンは椅子に腰を下ろし、エミリーのデスクに身を乗りだして腕を組んだ。「そして彼と寝るの」

「香水のキャンペーンのために体を売るの?」エミリーは頭を振った。「とんでもないわ」

「違うわよ」ジェーンはうんざりしたように体をのけぞらせた。「香水のキャンペーンなんかどうでもいいの。夢のような体験に身をゆだねたらって言っているのよ。彼はきっと夢のような思いをさせてくれるわ。あの手を見た？」

エミリーは眉をひそめた。「見たはずだけれど。とくに注意しなかったわ」

「すてきな手をしているのよ。それに、本当に魅力的な人よ。少し自分のやり方にこだわりすぎるところはあるけれど、彼はエゴイストじゃないわ」

「やめてよ」

「聞いて、エム」ジェーンはもう一度デスクに身を乗りだし、エミリーの手をとった。「わたしはあなたが心配なの。あなた、あの研究開発部の間抜けなクロスウェルを切り捨ててから、誰かと親密な関係になったことないじゃない。それももう二年間もよ。いいこと、歳《とし》はどんどんとっちゃうものなのよ。あなたは仕事にとりつかれていて、この先もずっとかわりそうにないと、わたしは半分あきらめかけてた。ところが、ここにきてとびきりすてきな男性が現れた。彼もやっぱり仕事にとりつかれてはいるけれど、食事に誘うくらいの度胸はあった。あなたたちは仕事にとりつかれた役員同士、ともに人生を築いていけるわ。とりつかれたようなすばらしいセックスだってできる。スーツの似合う、おしゃまな子供たちだって持つことができる。彼はまさにあなたにぴったりの男性よ。あのピンクのレースのブラジャーを買いに行って、そんなものがつけられないほど歳をとってしまう前に、誘惑しちゃいなさい」

「ピンクのレースがつけられないほど歳なんかとらないわよ」エミリーが言った。

「じゃあいま、なにかつけている？」

「どういう意味？」

「ワードローブのなかに、なにかセクシーなものを持っている？」

「白いレースとかなら」

「あなたはもうピンクのレースなんてつけられないほど歳をとっているのかもしれないわね。精神的にはすでにグレーのフランネルの長袖《そで》下着よ」

エミリーはため息をついてジェーンの言ったことを考えた。そして頭を振る。「指図ばかりする人を相手に、そんなことを真剣に考えられないわ。人に指図するのがあの人の生きがいなんだもの」

「だったらかえてやればいいわ」ジェーンは椅子にそり返った。「ささいな欠点はあるけれど、あとは完璧《かんぺき》なんだから。あなたにボス面をしなくなるよう、教育しなさいよ」

「そうね……」エミリーは考えこんだ。

「さあ、これからよ」ジェーンが席を立った。「偏見は捨てて。彼、絶対すてきな恋人になるわよ」

彼をかえる。エミリーは考えた。まだ無理よ。まずはわたしがかわらなくちゃ。謙虚に、協力的に、礼儀正しくふるまってきたおかげでこの地位にたどりついた。でもそのおかげで、ジョージのような見かけ倒しで足手まといで、おまけに無作法な男の下で働くはめになった。そしてそれだけではまだ足りないとでもいうように、今度はリチャード・パーカー、予算の神さままで押しつけられた。

笑顔でわたしの膝をなえさせてしまう、エゴイスト。いまいましいったらない。

ああ、もうたくさんだわ、と彼女は心のなかでつぶやいた。指図ばかりされて疲れてしまった。明日から始めよう。リチャード・パーカーには奴隷ではなく、パートナーとして扱ってもらわなければ。わたしの話をちゃんと聞くようにさせてやるわ。

そう、すべては明日から。わたしの膝もしっかりさせなければ。

2

「あの男、そのうちいやでもわたしの話を聞くようになるわよ」次の朝、エミリーは意気揚々とジェーンに話した。「わたしは礼儀正しく協力的に、でも断固とした態度できっぱりと主張してやるつもり」

「おもしろそうね」

ジェーンはあまり信用していないようだった。

「わたしの実力であっと言わせてやるわ」エミリーは顎を突きだした。「偏見は捨ててね」

それから一週間、エミリーは努力を続けたが、結果はむなしかった。リチャードは彼女にファイルを届けるよう命じ、自分とのミーティングを命じ、会議の手配を命じた。最後にはさすがのエミリーも彼の目の前でキャンペーンを投げだしたくなった。木曜の朝オフィスにやってくると、リチャードが会議室で待っているとジェーンが告げた。

とうとうエミリーは堪忍袋の緒が切れた。「もう我慢できない！」ブリーフケースをデスクの上にたたきつける。「わたしにだって予定があるのよ」

「礼儀正しく協力的に、でしょう」ジェーンがファイルを手渡した。「彼の見積書よ。あなたはきっと気に入らないと思うけれど。そろそろ決着をつけるべきときなんじゃない？彼にあくまでも優しくね。でもあなたに指図はできないってことを、ちゃんと教えてやるのよ。ほら、断固とした態度できっぱりとね」

「彼と結婚して、仕事にとりつかれた夫婦になれっていう話はどうしたの？」

「両方だってできるわ。ねえ、わたしだってベンにそうしたのよ。優しくしながらも、わたしに指図はできないって教えてあげたの」

「ベンは指図なんてしないじゃない」

「でしょう？」ジェーンはにやりと笑った。「効果があったってわけよ」

会議室にリチャードが入ってきたとき、エミリーは彼の見積書に目を通していた。

「ほら」リチャードは黒い小さなボトルを彼女に投げた。「ちょっとそれをつけてみてくれ」

エミリーはボトルを受けとめ、彼をにらんだ。

「例の製品だ」リチャードはファイルを数冊ばさっとテーブルに置き、腰を下ろしてその一冊を開く。「どんな香りか試してみよう」

何様だと思っているのよ。エミリーは心のなかで叫んだ。ぐいとそれを彼のほうに突きだす。「あなたがつけてください。どんな香りか試してみましょう」

「ぼくはもうゆうべ試した」リチャードは目も上げずにファイルをめくった。「出社する前、においを消すために二度もシャワーを浴びなければならなかったよ」

「じゃあ、どんな香りかはわかっているわね」エミリーはボトルをテーブルに置き、見積書に戻った。

「つけてくれ」リチャードはブリーフケースからレポート用紙を出した。「きみの意見が聞きたい」初めて彼女のほうを見て、答えを待った。

礼儀正しく、協力的に。

エミリーはため息をついてボトルのストッパーをはずした。ボトルの口に指をあて、逆さにして少量を指にとる。それを耳の後ろと手首に軽くたたきつけ、ストッパーをもとに戻した。「いい香りだわ」また見積書を手にとる。

「それだけ？」リチャードは尋ねた。

「香水にはあまり詳しくないの」

エミリーが答えると、彼は笑いだした。

「きみは四百万ドルもの利益をあげた香水の販売責任者だっていうのに。てっきりもっと興味があるものだと思っていたよ」

「ちょっといいかしら」エミリーはたまりかねて、書類を乱暴にテーブルに置いた。「もしあなたが明日からタンポンを売るようになったら、成功するよう必死に働くでしょう？

たとえあなた個人がタンポンに興味などなくても」

彼女の剣幕に驚き、リチャードは笑うのをやめた。「それはそうだね。どうしてそんなに怒っているんだい？」

「あなたがわたしを子供みたいに扱うからよ」エミリーは手を組みあわせ、怒りを抑えようときつく握りしめた。「ちょっと気のきいたことを言うだけの女の子みたいにね。会議のときにわたしのモットーを侮辱して言った、〝パラダイスにはいくらつぎこんでも惜しくないと思っているようだが〟という皮肉だってそうだわ。男性役員には絶対にそんなことを言わないでしょう。そして今度は香水をつけろと言う。相手がジョージでも、やっぱりつけろって言うの？」

「それはまた別の問題だ」

「いいえ、同じよ。彼だってこの香りをかいだことはないもの」

リチャードは居心地悪そうに身じろぎした。「ジョージはぼくたちのチームの一員じゃない」

「香水のボトルを投げてそれをつけろと命令するのが、チームの仲間のすることなの？」

エミリーはくってかかった。「そんなのチームじゃないわ。主人と小間使いよ。わたしは誰の小間使いでもない。わたしはつけるのはいやだと言ったのに、あなたはただ繰り返し命令するだけ。あなたは命令ばかりして、わたしの言うことにちっとも耳を貸さないじゃないの。こんなのパートナーシップじゃない。チームワークじゃないわ。もうたくさんよ」彼女はファイルをぴしゃりと閉じて、立ちあがった。

「きみの言うとおりだ」リチャードが言った。

エミリーは彼をにらみつけた。彼は頭の後ろをかきながら、弱々しくほほえんだ。はにかんだ、本当にすまなそうな顔だった。その瞬間、大の大人の彼がほんの少年のように見えた。

「ぼくは上司面をするのが癖になっているんだ」リチャードは嘆願するように彼女を見つめた。「許してくれないか」

エミリーはふたたび腰を下ろした。彼がこんなに魅力的でさえなかったら、腹をたて続けるのもずっと簡単なのに。この笑顔で彼はずいぶん得をしているに違いないわ。彼女はファイルを開いた。「いいわ、じゃあ聞いて。この製品でいちばんの問題は、パラダイスとの差別化なの。ただ違う商品名をつければいいというわけではないわ。ダイヤモンドをルビーにかえればいいというわけでもない。その違いを消費者にいかに明確に提示するかということが、莫大《ばくだい》な利益につながる大事な問題なの」

リチャードはペンのキャップをとった。メモをとりながら真剣に耳を傾ける。「わかるよ。それで、どう違うんだい？」

「価格は低いわ。でもただそれだけでは、市場に出しても自分たちの首をしめることになる」

「同感だ」リチャードは協力的な態度を崩さない。「香りもパラダイスとは違うんだね？」

「もちろん」エミリーはもう一度ボトルのストッパーをはずした。「こっちはスパイシーでシャープな感じよ。パラダイスはもっと濃厚で甘い。パラダイスはゆったりとして、物憂げで、セクシーな香りとして売りだしたの」ストッパーを目の前で揺らし、漂う香りをかいだ。「これはシャープな感じがするわ。刺激的な路線にしたほうがいいと思うの」

エミリーはストッパーを手の甲につけ、香りをかいだ。

「たしかに、シャープな香りよ」眉を寄せてストッパーをボトルに戻し、逆さに振って湿らせる。そして、心ここにあらずといった仕草でストッパーを喉もとのくぼみにあてた。「パラダイスと同じようにセクシーだけれど、同じではない」エミリーはストッパーをブラウスのVゾーンまで下げていき、胸の谷間を撫《な》でた。

リチャードは魅せられたようにじっと彼女を見つめた。

「本当の香りになるまでには少し時間がかかるわ」エミリーは説明した。「肌であたためなくてはいけないのよ」

「ああ」リチャードは唾《つば》をのみこんだ。「そうか」

「香水のことをあまり知らなくても気にしなくていいのよ」エミリーは安心させるように言った。「わたしたちが売るのは、じりじりと燃えるようなもの。ステーキじゃないのよ。

覚えている？」

「そうだな」リチャードは咳払《せきばら》いをした。「この香水にはそれがあるかな？」

エミリーはもっと香りが広がるように、シルクのブラウスを胸のあいだにこすりつけ、たちのぼる香りをかいだ。「ええ。あるわ。すごくいい製品よ」

リチャードはまた咳払いをした。「それで、ええと、キャンペーンのテーマはどうする？」

「そうね」エミリーはゆっくりと言葉を探した。「パラダイスはセックスのときの——なんていうか、あの濃厚で満たされた感じ——」

「そうだな」リチャードはうなずいた。「わかるよ」

「この製品はもっと……前戯みたいな。そう、ぞくぞくする刺激的な感じ」

「前戯、ね」

「これにはそういう、気分を高めるなにかがあるわ。それを性的な興奮と結びつけるのよ。そうすれば若くて敏感な消費者向けになるわ。パラダイスが正統派のセックスだとすれば、こっちはやや倒錯したセックスというところね」エミリーは彼の眉が上がるのを見た。「といっても、鞭《むち》とか鎖とか、そういうのじゃないのよ。ただ……じりじり焼かれるという感じ。そうね……」

彼女はボトルの栓をはずし、黒いクリスタルのストッパーをまたブラウスのVゾーンに滑らせた。

リチャードは目をそらした。「もうやめてくれないか?」

「ごめんなさい。そうね。あまりつけすぎると、あなたは息苦しくなるわよね。ひとつ思いついたんだけれど……」

「なんだい?」

エミリーはテーブルに身を乗りだした。彼の視線がブラウスの谷間にそそがれるのがわかった。「つけすぎて申し訳なかったわ。すぐ洗い流してきますから。でもちょっと聞いてほしいの。この製品のなかに、本当にじりじりする成分を入れたらどうかしら」

「じりじりする成分?」

「だから」エミリーはじれったそうに眉を寄せた。「ひりひりとうずく感じを起こさせるものよ。熱にだけ反応するの。女性は体のいちばんあたたかい部分に香水をつけるわ……脈打つところに。そういう部分に香水をつけたとき、微妙な熱とうずきを感じたらどうなるかって考えてみて。きっと気持が高ぶってくるわ。ぞくぞくとね。まるで……」

「前戯みたいに」リチャードがにやりと笑い、エミリーは一瞬、息が止まった。「きみの言いたいことはよくわかったよ」

エミリーはほほえみ返し、次のアイディアを持ちだした。「商品名は〝じりじり《シズル》〟にしましょう。宣伝として、ホットな映画の刺激的なセックスシーンに出したらどうかしら。

セクシーな女性用の小物とセットにしたサンプルをつくって……」

「たとえば、どんな？」

「ストッキングとか、レースのガーターベルトとか……」笑いだす彼を見て、エミリーは口をつぐんだ。座り直し、奥歯を噛《か》みしめる。「気に入らないのね？」

「いやいや、すばらしいよ。ただきみが……きみがあんまり熱心にレースの下着のことを話すから」

「熱心だからこそいままで成功してきたんです」エミリーは抑揚のない口調で言った。「あなたがたっだらこの香水に〝会議室の夜〟とかいう名前をつけて、三本くらいしか売れないんでしょうね」

「たぶんね」リチャードは逆らわなかった。「すまなかった。謝るよ」彼女のほうに身を乗りだし、心から申し訳なさそうに言う。「本当に悪かった。そうだ、おわびをさせてもらえないかな。今夜夕食をごちそうさせてくれないか」

リチャードはにっこりとほほえんだ。また彼女は息が止まりそうになる。

「いいだろう、エミリー」リチャードは目で彼女に訴えた。信じられないほど魅力的な目だった。「香水をずいぶん使ってしまったね……せっかくだから、そのまま出かけてはどうかな」

吸いこまれそうな目だわ。エミリーはうっとりと考えた。こんなふうに彼に名前を呼ばれるのは、なんてすてきなんだろう。彼女ははっとわれに返った。だめよ。なにを考えてるの。

「頼むよ」

リチャードの顔にあの悩殺ものの笑みが浮かんだ。お願い、やめて。エミリーは心のなかで叫んだ。

「仕事の話だけにするから。見積もりについて話しあおう。七時ごろではどう?」

本当にこんな人、好きなんかじゃないんだから。彼が笑おうと、笑うまいと。でもスーツの下の体はたくましそうだわ。別にどうでもいいことだけれど。「いいわ」エミリーは深く息をついた。「これについては、問題なければ研究開発部と広告担当にメモを回しておくけれど」

「いいとも」リチャードは座り直し、ノートをとった。エミリーの返事にいったんは本当にうれしそうな顔をしたが、その人間らしい表情はまたたく間にビジネスマンの顔に隠されてしまった。「きみのアイディアのいくつかは削らなければならないけれどね」

「どれのことかしら?」エミリーは冷たい口調できいた。

リチャードは資料に注意を戻し、彼女の冷ややかさには耳を貸さなかった。「宣伝は商品の命だ。もっと雑誌に載せてアピールしよう」

「でも、ありきたりだわ」エミリーは身を乗りだした。「映画のなかで美しい女性が香水を、つまりあの製品をその肌につけるところを見せるのよ。彼女は外に出かけて、ゴージャスな男性と信じられないようなセックスをするの。もしうまくいけば」エミリーは声を低くして続けた。「宣伝効果はとても高いわ。観客は香水をつける場面のたびに製品を目にすることになるんだから」

「それで、もし映画が失敗したら？」

「失敗よ」エミリーはこともなげに言って、肩をすくめた。「人生に賭《かけ》はつきものだわ」

「会社の資金を賭《か》けるのは困る」リチャードはペンを振った。「今回は予算内におさめてもらうよ」

エミリーは無視した。「出す映画を間違えなければ、パラダイスより成功する可能性だってあるわ」

「そしてもし出す映画を間違えれば、地獄のような役員会議が待っている」リチャードはふたたび資料に注意を戻した。

エミリーは深く息をついた。落ち着いて。礼儀正しく、協力的に。「でもメモには提案として入れておくわ」

リチャードは目も上げなかった。「わかっていると思うが、予算を組む段階で却下すると思うよ」

「けっこうよ」エミリーはぴしゃりとファイルを閉じた。

「けっこうだ」リチャードは目を上げ、にっこり笑った。「それじゃ、七時に」

「彼と夕食に出かけることになったわ」エミリーはジェーンのデスクの前を通りすぎながら言った。

ジェーンは立ちあがり、エミリーのオフィスまでついてきた。「最初から話して」

「いいところはいいけれど、いやなところはいや」エミリーはどさりと椅子に座った。

「顔は本当にすてきだけれど、中身はけちで偏屈で、コスト・パフォーマンスしか頭にないんだもの」

「要するに、話しあいはうまくいかなかったのね」

「別に、そういうわけじゃないけれど」

「それで、どこに行くの？」ジェーンは尋ねた。

「知らないわ。もちろん、彼が決めるんでしょう」エミリーは眉をひそめた。「いったいなにを食べさせてくれると思う？」

「なんだっていいじゃない。ひと晩中座って彼の顔を眺めていられるのよ」

「顔がよければいいっていうものじゃないわ」エミリーはしかつめらしく言った。

「じゃあ顔はおいといて」ジェーンは椅子に沈みこんだ。「とてもセクシーな体をしているじゃない」

「どうしてわかるの？　いつもスーツ姿なのに。きっと眠るときだってネクタイをしているわよ」

「前にカレンが書類を持っていったとき、彼はコーヒーをこぼして、シャツを着替えていたんですって。予備を持っていたらしいわ」

「いかにも彼らしいわね」エミリーは半ばあきれた声で言った。

「それで彼女は、シャツを脱いだ彼を見たの」ジェーンが瞳を輝かせた。

「それで？」

「いまだに言葉で表現できないそうよ」

「食事のときシャツは脱がないと思うけれど」エミリーは興味を示さなかった。

「そうね。でももしあなたがうまくやれば……」

「ねえ、あなたってセックス以外のことを考えたことあるの？」

「たまにはね。でもあなただってちゃんと考えなさいよ。例の香水のために食事に行くわけじゃないでしょう。彼に関心があるから行くんでしょう？」

「シズルよ」エミリーは答えた。

「なんですって？」

「例の香水の名前は、シズルになったの」

「本当にじりじりするの？」

「これからね。いまから研究開発部に行くつもりよ」気が重いといった調子でエミリーは答えた。

「そう。おもしろいキャンペーンになりそうね。なにを着ていくつもり？」

「どこに？」

「夕食によ、おばかさん。セクシーなものを着ていきなさい。興奮させてやるのよ」

「わたしがリチャード・パーカーを興奮させるのは、会社のお金を使うときだけよ。それで思いだしたわ。ロサンゼルスのローラに電話してくれる？　商品の宣伝を頼みたいの」

「大きな企画みたいね」ジェーンは言った。「彼に出費の承諾はとったの？」

「いいえ。驚かせてやるのよ」エミリーはにやりと笑った。「彼の人生にはもっと驚きが必要なのよ」


「あら、エム。なにかおもしろいこと？」

電話がつながると、ローラの声がエミリーの耳に飛びこんできた。

「香水よ。シズルっていう新しいホットな香水。映画に出したいのよ。とびきりセクシーなものに」

「パラダイスみたいにヒットしそうな製品なの？」

「わたしが手がけるとしたら、そうなるわね」

「じゃあ、ヒットするわね」ローラが笑った。「あなたは有言実行だもの。すぐあたってみるわ」

「ありがとう。ゲーリーは元気?」

「いなくなったわ」ローラはあっけらかんと答えた。

「よかった。あの人、どうしても好きになれなかったのよ」

「彼のほうもそうだった。あなたのことをエリートだと思っていたから」

「そのとおりだもの。あなた、あんまり落ちこんでないみたいね」エミリーは言った。

「まあね。彼って結局、寂しさを紛らわすだけの人だったのよね。ゲーリーみたいな男のことを真剣に考えるのは、やけになった女だけよ」

「どんな男だろうと、男のことなんか真剣に考えるのは、やけになった女だけよ」

「そう言いながら、シズルを売るわけ?」

「わたしは〝真剣に〟って言ったの。セックスをするのに男を真剣に考える必要はないでしょう」エミリーは頭のなかで、リチャードのことを安っぽい男に見立ててみた。無意味で情熱的な行為のあとは使い古しの手袋みたいに投げ捨ててしまうのだ。そんなことはいままで考えてもみなかったが、けっこういい気分だった。

「ゲーリーに対しては、たしかにそうだったわね」ローラは言った。「できるだけ早く連絡するわ」

電話を切ったあと、エミリーはリチャードのことを考えた。リチャードとのセックス。無意味かもしれないけれど、きっとすてきだ。だって彼はあんなにゴージャスだもの。それに知的だし、おまけにすてきな体をしている。

そして今夜はその彼と夕食の約束をしているのだ。やはりジェーンの言うことは正しいのかもしれない。

ジェーンがブザーを鳴らした。「研究開発部に行くと言ってたわよね」

「いま行くわ」エミリーは少したじらった。「ねえ、そのあいだにちょっとお使いを頼んでもいい？」

「なんなりと、ボス」ジェーンはおどけて答えた。

「黒いレースの下着が欲しいの」

「そうこなくちゃ」ジェーンの声ははずんだ。「すごいのを用意するから期待していてね」

研究開発部はエミリーの不安の種だった。いつでも忙しそうで、作業用の白衣を着た人間はたくさんいるのに、自分が責任者だと胸を張れる者はひとりもいない。部長のクリス・クロスウェルと何度かデートしてから、エミリーはますます不安になった。クリスときたら蠅《はえ》ほどの集中力しかなく、いたちほどの道徳心しか持ちあわせていないのだ。こんなにたくさんのビーカーが泡をたてている部署の部長がこの程度では、責任を持って仕事をする者がいないのも不思議ではない。

「やあ、いつもながらきれいだね」エミリーを見てクリスが声をかけた。「夕食でもどうだい？」

「ごめんなさい、予定があるの」エミリーはボトルを差しだした。「この香水だけれど……」

「予定って？　誰と？」クリスは彼女の言葉を遮った。

「あなたには関係ないでしょう。この香水のことだけれど……」

「十二階の新入りだな。きみに目をつけるだろうと思っていたんだ」クリスは彼女の言葉を聞こうとはしない。

「クリス、この香水に手を加えてほしいの」

「ぼくたちの関係にもね」

「わたしたちに関係なんてものはないわ」エミリーは言った。「二年前からいっさい関係なしよ。あなたはあれから結婚して、離婚までしたわけだし。それで、香水の話だけれど……」

「それでわかったのは、やっぱりぼくたちの関係に手を加える必要があるってことだね」

エミリーは彼の手をつかんでボトルを押しつけた。「じりじりする感じが欲しいの」

「じりじりする感じ？」

「肌の上で少しうずく感じ。ちょっとしたほてり。できる?」

「もちろん」クリスは肩をすくめた。「いつまでにだい?」

「昨日と言いたいところだけれど」エミリーはドアのほうに向かった。「できるだけ早くよ」

「わかった。それで夕食は……」

「わたしを夕食に誘っている暇なんてないわよ。そのボトルにじりじりする成分を加える仕事があるんだから」

「ぼくはきみのほうをじりじりさせたいよ」

「よろしく、クリス」エミリーは部屋を出た。「できたら連絡してね」これだけは言えるわ。彼女は逃げ帰りながらつぶやいた。リチャードはあんなしつこい男とは違うわ。

エミリーはすでに夕食を楽しみに思い始めていた。


その晩の出だしは悪くなかった。エミリーは髪を肩のあたりでふんわりとさせ、新しいレースの下着を身につけた。ジェーンがエミリーのお金を惜しげもなく使って買ったふた組のうちのひとつだ。

「予備はいつでも必要なのよ」ジェーンは説明した。「なにが起こるかわからないもの。彼が情熱のあまり食いちぎってしまうかもしれないでしょう」

エミリーは想像してみた。「それも悪くないわ」

その下着にいちばん上品な黒の短いドレスを合わせ、シズルを肌に軽くたたく。洗練された大人の女に見えるじゃない、と満足げに鏡をのぞきこんだところでドアベルが鳴った。緊張のあまり、エミリーはすっと血の気が引いた。

ただの夕食よ。エミリーは自分に言い聞かせた。緊張することはないわ。たいしたことじゃないんだから。

効き目はなかった。認めるのは悔しかったが、最初に感じた小さな期待は、リチャードのことを考えるたびにどんどんふくらんで大きくなっていたのだ。男性と過ごす夜を心から楽しみにすることなど、ここしばらくなかった。

「ほんのひととき楽しむだけよ」エミリーはつぶやき、ふたたび鳴ったドアベルに騒ぎだす気持を抑えつけた。

ドアを開け、にこやかに立つリチャードの姿を目にした途端、エミリーの気持は自然と落ち着いた。

彼女を見たリチャードは息をのんだ。「きれいだよ」くちなしの花をエミリーに手渡す。まるで磁器を扱うようにそっと彼女の手をとり、玄関先に待たせてあったタクシーに導いた。

すてきだわ。エミリーはうれしくなった。彼は堂々として立派だし、わたしのことを女神のように扱ってくれている。今夜は楽しくなりそう。

リチャードが彼女を連れていったのはセレスティアルだった。「きみのお気に入りのレストランだとジョージが教えてくれてね」席につきながらリチャードが言った。

エミリーはきゅっと唇を結んだ。どこがいいかなんて、わたしにきいてくれればよかったのに。そして、ため息をついた。我慢して、エミリー。彼は味方にしなくてはいけないのよ。それに、ごちそうしてくれるのは彼だもの。レストランを選ぶ権利は彼にあるわ。そのうえ、ここはわたしのお気に入りのお店よ。おまけに彼はゴージャスだし。

「腹ぺこなんだ」リチャードはウエイターに合図をした。「飲み物は飛ばして食事にしよう」

「ワインを一杯くらいなら、いただいてもいいけれど」

エミリーは言ったが、リチャードはもう注文を始めていた。

「甘ずっぱいスープとモンゴリアンビーフ」

「モンゴリアンビーフはあまり好きではないわ」エミリーは礼儀正しく言った。

「この豚肉料理と」

「ガーリックチキンがいいわ」

「それから車海老《くるまえび》」リチャードはエミリーにほほえみかけた。「それでどうだい？」

「最近、聴覚検査をした？」

リチャードはもうウエイターにメニューを返していた。「それで頼むよ」

「ポークにはプラムソースをかけますか?」ウエイターがきいた。

「いや」リチャードは答えた。

「わたしはかけて」エミリーが言うと、ウエイターはにっこり笑ってうなずいた。

よかった、とエミリーは思った。おかしいのは彼の耳ではなく、自分のほうかと心配してしまった。

「オフィスを離れて話をしたかったんだ」リチャードがほほえんだ。「あそこにはいらいらすることが多すぎるからね」

料理を注文しただけで、もうそのいらいらが戻ってきたわよ。エミリーは心のなかでつぶやく。

「その髪、すてきだね」リチャードの目が輝いた。そして、目にするたびに息が止まりそうになるセクシーな少年っぽい笑みを浮かべる。「オフィスでもきれいだけれど、今夜は一段とすばらしいよ」

彼はそんなにいらいらさせる人ではないわ。われに返って息を吸いこみながら、エミリーは考えた。

「ありがとう」彼女は体を少し前に傾けた。「あなたもいいパートナーシップを望んでいるのね。仕事上の関係についてちゃんと考えてくださってうれしいわ。わたしたちはきっと、もっとうまくやっていけるはずだと思っていたの」

「まったくだ。ぼくも同じ意見だよ」リチャードが彼女の手をとった。

エミリーははっとした。彼の手はあたたかかった。その心地よいぬくもりを無視するために、彼女は懸命に彼の手の細かいところに意識を集中させようとした。すてきな手だ。指は長く、爪はきれいに切りそろえられていて……。彼女の息づかいがわずかに乱れた。リチャードと視線がぶつかる。彼は賞賛の色を隠そうともせず、じっと彼女を見つめている。彼は本当にすてきだった。

だめよ、このエゴイストに心を動かされては。エミリーは自分に言い聞かせた。ただ体だけを利用して捨ててしまいなさい。

「きみのことを聞かせてくれ」リチャードは彼女の手を握りしめた。「なにもかも知っておきたいんだ」

エミリーは目をしばたたかせた。「どうして？」

リチャードはその問いに面食らったようだった。「きみは大事なことだとは思わないかい？　その、一緒に働く相手のことをよく知っておくことは」

「そうかもしれないわね」エミリーはふと考えた。ジョージとはもう八年も一緒に働いている。なのに家がどこかさえ彼にきかれたことはない。これはリチャードの興味深い一面だ。「わかったわ」

スープと豚肉料理のあいだ、エミリーは彼の質問に答え続けた。それが終わるころには、リチャードがこれほど出世した理由がわかるような気がした。彼はじつに的確に質問をし、それからみごとに聞き役に徹するのだ。身の上話も中盤にさしかかったころ、エミリーは気づいた。リチャードは、現在の彼女の性格がつくられるもととなった出来事を、ひとつひとつ頭のなかでつなぎあわせているのだ。彼は最新のプロジェクト、すなわち彼女について、徹底的に調査しているというわけだ。

けれど少なくとも、彼は話を聞いてくれている。

それにリチャードは魅力的で、知的で礼儀正しかった。エミリーはすっかりくつろいで彼との時間を楽しんだ。彼女がくつろぐほどにリチャードも打ちとけ、豚肉料理がなくなるころには、いままで知らなかった彼の内面の傷つきやすさが見えてきた。これが決定打だった。エミリーは彼に恋するまいと必死に抵抗している自分に気がついた。形勢は圧倒的に不利だった。

ばかなことをしちゃだめよ。エミリーは自分をしかりつけたが、気がつくと、あの信じられないような青い目に見入っていた。その目には彼女への賞賛と、さらにそれ以上のなにかがはっきりと表れていた。

ウエイターが残りの注文の皿をテーブルに並べた。

「おいしそうだ」リチャードはモンゴリアンビーフをすくって彼女のライスにかけた。

エミリーは皿に目を落とした。もともと牛肉はあまり好きではないが、油で調理したものは大嫌いだった。玉ねぎが虫のように見える。リチャードはさらにスプーンいっぱいの油だらけの野菜をつぎ足し、車海老をとり分けた。エミリーは注意深く肉と野菜をよけながら食べ始めた。

「牛肉を食べないね」リチャードが眉をひそめた。「味が変だったかい？　さげさせようか？」

「モンゴリアンビーフは好きじゃないの」

「なぜそう言わなかった？」

「言ったわ。あなたが聞いていなかったのよ」

リチャードは彼女の皿を見た。「ほかもあんまり食べてないね？」

「ええ。ウエイターはちゃんと聞いていたわ。だからわたしのポークにはプラムソースがかかっていたのよ」

「きみはプラムソースが好きだったの？」

「そうよ」エミリーはため息をついて我慢強く続けた。「さっきそう言ったわ」

「聞いていなかったよ」リチャードはしかられた子犬のような目で彼女を見た。

「そうね、聞いていなかったわね」それ以上彼のしょげた顔を見ていられなくなり、エミリーはにっこりほほえんだ。「これから気をつければいいのよ」

「気をつけるよ」リチャードは約束した。

「いいわ。じゃあ、今度はあなたの番よ。あなたのことを聞かせて」

リチャードはためらったが、エミリーも優秀な調査員だった。おみくじ入りクッキーが出されるころには、エミリーは彼の過去をすべて知っていた。ふたりには共通点がたくさんあった。たとえば、子供のころ同じ映画を見て同じ感想を持っていた。ふたりとも高校の最終学年では級長だったし、大学院では主席だった。また、過去に人間関係で苦い経験をしており、いつかもっといい相手を、できれば一生をともにできる相手を見つけようと、かたく心に誓っていた。

エミリーはリチャードが横柄な態度をとっていたことなどすっかり忘れ、幸せな気分になった。彼は楽しくて、頭がよくて、優しくて、繊細だった。そのうえ彼女を賞賛している。おまけにセクシーだわ、とエミリーは心のなかでつぶやいた。

まさに理想の男性だった。

だから彼に家まで送ってもらうと、エミリーは迷わずなかに招き入れた。

ドアを閉めて振り返ると、リチャードがそっとキスをしてきた。その動作は絶妙だった。彼女がノーと言う気なら言えるほどゆっくりとしていながら、ロマンティックな気分を激しくかきたてた。

いいタイミングだわ。彼の唇が触れる瞬間、エミリーは思った。そしてなにも考えられなくなった。

　彼は予算の神さまとして毎晩仕事ばかりしていたわけではないらしい。重ねられたリチャードの唇が、彼女の唇を味わうように動く。彼のあたたかさがエミリーの全身に広がる。エミリーは彼の首に腕を巻きつけ、キスを返した。唇を開いて舌先でそっとリチャードの唇に触れる。すると彼は舌を絡ませてきた。体がかっと熱くなる。エミリーは彼にしがみつき、体をあずけた。リチャードは彼女の頭の後ろに手を回し、長い黒髪に指を通して抱き寄せた。

　そのとき、袖《そで》口のボタンにエミリーの髪が絡みついた。

　リチャードが手を彼女の背中のほうに下ろす。ぐいと髪が引っ張られるのを感じて、エミリーはキスをやめた。

「リチャード……」エミリーが言いかける。

「わかっている」リチャードはハスキーな声でささやき、ふたたび唇をふさいだ。

　体を撫でおろす彼の手は止まらず、エミリーの髪はまたもや強く引っ張られた。

「違うのよ、リチャード。髪が……」引っ張られる髪をゆるめようと、エミリーは頭をのけぞらせた。

　あらわになった喉もとに彼が覆いかぶさってキスをし、胸もとへとキスを続ける。手は彼女の腰のほうへ下がった。

「痛い！　リチャード、やめて！」

「なんだい?」ハスキーな声でささやきながら、リチャードは手を彼女の背中で動かした。エミリーの頭はその手に合わせてひょこひょこと動いた。痛くてどうにかなりそうだ。

「髪が」エミリーは必死で髪をゆるめようとした。「お願い……」

「きれいな髪だよ」リチャードがまた指ですこうと手を上げた。

引きつりがおさまった。「よかった」やっとエミリーは頭を前に戻せた。痛みのあまり目に涙がにじんでいる。

「泣いてるのかい」リチャードが感動したように優しくささやいた。

「あなたの袖に髪が引っかかったのよ」

「きれいだよ」リチャードがふたたびキスをしようと頭を下げる。

「やめて、リチャード！　あなたの袖に髪が引っかかっているのよ！」エミリーは叫んだ。

「なんだって?」

エミリーは髪を引っこ抜かれないように彼の腕だけをつかみ、身を離した。髪がひと房、カフスボタンに巻きついている。「動かないで」まばたきして涙を振り払う。「本当に痛いんだから」

「なんで早く言わなかったんだい?」リチャードがもつれた髪を優しくほどいた。

「言ったわよ！」ロマンティックなムードはいまや跡形もなかった。エミリーは自制心を総動員して、この場で彼を殺してやりたい気持を抑えた。「もう帰ったほうがいいわ」

リチャードが再び彼女を抱こうと手を伸ばしたので、エミリーはあとずさりした。

「明日も仕事だし。パッケージのデザインについて広告担当者とミーティングがあるの。ほら、広告の人たちって……誰かがちゃんと見張っていないとだめでしょう」しゃべりながらエミリーは戸口のほうへ行き、ドアを開けた。「今夜は楽しかったわ」

「頭は大丈夫かい？」リチャードの顔には落胆の色が浮かんでいた。少し腹もたてているようだ。

エミリーは痛みのひどいところをさすった。「アスピリンをのんでおくわ。すぐよくなるでしょう」

「もう一度やり直さないか」リチャードがほほえむ。「また一緒に出かけよう」

エミリーは目を閉じた。「その話は今度にしましょう」本当に頭がずきずきと痛む。早く帰って、と心のなかで叫ぶ。アスピリンがのみたいって言ったでしょう。

「金曜の夜はどう？」

「リチャード。ちっとも人の話を聞いていないのね。わたしは頭が痛いと言っているのよ。アスピリンがのみたいとも、その話は今度にしてともね！」

「土曜日は？」

「行かないわよ」エミリーは悲鳴に近い声をあげた。「二度と行かないわ。あなたが人の話を聞くことを覚えるまで。話し方教室に通うとか、補聴器を買うとかするのね。ちゃんと話を聞けるようになるまで、わたしには近づかないで」エミリーは玄関から彼を押しだし、鼻先でぴしゃりとドアを閉めた。

エミリーの怒りはおさまらなかった。なんであんなに楽しくて魅力的で知的でセクシーでハンサムな男性が、人の話をこれっぽっちも聞けないのかしら。ああもう、頭が痛い。

二度と彼には近づくまいと、ドアから離れながらエミリーは決心した。たとえ誰かが、彼をひもで縛りつけて話を聞くようにしてくれてもお断りよ。二度と、絶対にごめんだわ。

3

ジェーンの反応は予想できた。

「なにがそんなにおかしいのよ」ジェーンが目の前の椅子で狂ったように笑い転げているのを見て、エミリーは顔をしかめた。

「彼が背中を撫《な》でたっていうところ、もういっぺん話して」ジェーンが息を切らせながら頼んだ。「彼の手に合わせて頭がひょこひょこ動いたっていうところ」

「いやな人ね」エミリーはデスクに向かい、ジェーンを無視しようとした。

「見物料を払ってでも見たかったわ」

「痛かったのよ」

「お気の毒に。それで、彼とは今度いつ会うの？」

「もう会わない。追いだしてやったわ」

ジェーンは笑うのをやめた。「冗談でしょう？　ちょっとした事故じゃない。わざとやったわけじゃあるまいし」

「あの人、全然わたしの話を聞かないんだもの」彼のことを考えると、エミリーは歯ぎしりしたくなる。

「あなただってわたしの話を聞かないじゃない。それでもわたしはくっついているのよ」ジェーンが指摘した。

エミリーは憤慨して目を上げた。「わたしはちゃんと聞いているわ」

「よろしい。じゃあアドバイスするわよ。もう一度彼と一緒に出かけなさい」

「いやよ」

「ほら、聞かない」

「ジェーン……」

「はい、はい」ジェーンは立ちあがった。「これが仕事上の関係にどう影響するかしら?」

「仕事上の関係もなにもないわ。そっちのほうの話だって全然聞こうとしないんだから」

ジェーンは頭を振った。「あなた、とんでもない間違いをしようとしているわよ。ささいな欠点になんか目をつぶって……」

「ささいな欠点ですって?」

「……彼はあなたにぴったりの人なのよ。なのにみすみす逃してしまうなんて」ジェーンは自分のデスクに戻りながら、もう一度頭を振った。「とんでもない間違いよ」

「エミリー、本当にすまなかった」

見積書の確認のためにリチャードのオフィスに行くと、彼が謝ってきた。

「リチャード、たいしたことじゃないわ」エミリーは座って書類に手を伸ばした。「誰にでもあることよ」

「でもほかの誰かだったら、ちゃんときみの言うことに耳を貸していただろう」リチャードは後悔に満ちた目でエミリーを見た。

こうしてあらためて見ても、彼は長身でたくましく、頼もしくて落ち着いていてセクシーだった。そのうえ彼女に夢中で、いやな思いをさせてしまったことですっかり落ちこんでいる。

エミリーは目を閉じた。気持が揺らぐのを感じる。だめよ。エミリーは自分を戒め、目を開けた。

「やっぱりわたしたちはデートなんてするべきじゃないと思うの、リチャード。仕事を一緒にする相手とデートするのって、どうも落ち着かないのよ」

「エミリー……」

「話を聞いて」彼女が遮ると、リチャードは顔を赤くした。

「きみの言うとおりだ」彼は腰を下ろした。「耳を貸さないっていう話のことだよ、デートのことじゃなくて。でもそんなふうに思っていたのなら、これからはちゃんと聞くように気をつけるよ」

「ありがとう。それじゃあ、見積もりのことだけれど……」エミリーは必要な数字だけ確認すると、彼にガードを崩される前にさっさと部屋を出た。危ないところだった。

次の週のあいだ、リチャードはなにかと口実をもうけてエミリーとふたりきりでミーティングをしようとしたが、彼女はメモですませたり、いやがるジェーンを無理やり同行させたりした。そのうちに彼もそれを察し、続く三週間はまったく姿を見せなかった。エミリーはリチャードの優しさや、彼が近づくたびに感じる、あの息も止まりそうな熱い感覚を懐かしく思った。だが、ボス風を吹かせていばりちらすところはちっとも懐かしくはなかった。懐かしがる暇もなかった。リチャードが絶えずメモの山を送りつけ、返答を要求してくるからだ。書き込みの必要な書類や、とっくに結果のわかっている報告書など、彼女に言わせれば、九割は不要なものだった。

エミリーは新しい報告書をジェーンに差しだした。「ばかげているわ。こんな数字、全部わかっているはずなのに。またなにかメモを送ってきたら突き返して。まったく、何様だと思っているの？」

ジェーンは報告書を受けとった。「あんまり言いたくないけれど、彼がオフィスに来てくれって」

「なんて言ってきたの？〝彼女をきれいに洗ってぼくのオフィスに届けさせたまえ〟と

か？」

「カレンはただ、できるだけ早く彼のオフィスに来てくれって言ってたわ」

「こんなことは、これでおしまいよ」

そう言うが早いかエミリーはくるりと向きをかえ、エレベーターに向かった。

「わたしが来たと言う必要はないわ」エミリーはカレンに言い渡し、ノックもせずにリチャードのオフィスのドアを開けた。

彼はデスクに座り、きちんと積まれたふたつの報告書の数字を見比べていた。彼のデスクは異様なくらいきちんとしていた。小さなボトルがひとつ、書類の山がふたつ、ペンが一本、水の入った水さしにグラス。ほかにはなにもない。この人は火星人に違いないわ、とエミリーは心のなかでつぶやいた。こんな完璧《かんぺき》に片づいたところで仕事ができる人なんている？　ジャケットさえ脱がないなんて。

それでもやはり、リチャードはすてきに見えた。

「あなたのお母さまってすごく几帳面《きちょうめん》な方だったんじゃない？」エミリーは声をかけた。

リチャードがデスクから目を上げた。驚き、少し不快そうな顔をする。

「あなたが呼んだんでしょう」エミリーは両手を腰にあてた。「聞いてからすぐ飛んできたのよ」

「研究開発部から新しい調合があがってきたんだ」リチャードはデスクの上のボトルを示

した。「きみの考えた、えーと、うずきの入ったやつだ」

「なぜあなたのところにくるの？」エミリーは憤慨した。「あなたが考えたわけじゃないのに」

「知らないよ」リチャードは彼女から視線をはずし、報告書に戻った。「とにかく持っていってくれ」

「あなたがこんなにハンサムじゃなかったら、一緒に仕事なんか絶対にしないわ」エミリーはボトルをとった。「二度とわたしを呼びつけたりしないで。会いたかったら、あなたが下りてきてちょうだい」彼女は向きをかえて出ていこうとした。

「エミリー、待ってくれ」

エミリーは深く息をつき、振り返った。その目には怒りの炎が燃えている。

リチャードは髪をかきあげた。「すまなかった。ついほかのことに夢中になっていて礼儀を忘れてしまったんだ。もう一度チャンスをくれないか。呼びつけたつもりはなかったんだよ。ただ香水がここにあると知らせたかっただけなんだ。もしまたここに届いたら、カレンにきみのところへ持っていかせるよ」

「どうも」エミリーは挑戦的に顎を上げた。「ご親切に」

リチャードはうなずき、今度は正面からじっとエミリーの目をのぞきこんだ。彼のまなざしが柔らかくなり、抵抗しがたい魅力を放った。

エミリーは唾《つば》をのみこんだ。「わたしこそ、ごめんなさい。ちょっと過敏になっていたのよ……ボス風を吹かせられることに」

「わかっている。ぼくもついそんなふうにふるまってしまって。それに、話を聞いていなかった」

リチャードにほほえみかけられ、エミリーもつられてほほえみ返した。彼は耳の遠いエゴイストかもしれないが、笑顔は最高にすてきだった。

リチャードは報告書を下に置いた。「香水をつけてみてくれないか。うまくいったかどうか試してみよう」

「あなたもつけるなら」エミリーは答えた。リチャードが彼女から香水のボトルを受けとり、数滴手の甲にこすりつけた。

エミリーは彼の向かいに座った。「たぶんそれではだめよ。たしか化学反応を起こすために熱が必要だって、研究開発部では言っていたわ」ボトルを彼から受けとってストッパーをはずし、胸の谷間に撫でつける。

リチャードは魅せられたようにじっと見つめていたが、やがて低くうなるようにつぶやいた。「そんなふうにしないでもらいたいんだが」

「ここがいちばんあたたかいところなのよ」エミリーは答えたが、眉をつりあげる彼を見てあわててつけ加える。「香水をつけるにはね」そして顔を赤らめた。

リチャードは香水をつけた手を指でこすった。「ちょっとうずく感じがするな。少しあたたかくなった」

彼女の胸もとは熱くなり、少しちくちくしてきた。うずくところを指でこすり、ぶるっと身震いする。くすぐったいような、熱いような感じ。肌が反応してぴりっと引きしまるのを感じる。「性感帯にはつけないように注意書きをしたほうがいいわ。まるで催淫剤《カンタリス》みたい」

リチャードがじっと彼女のブラウスを見つめている。エミリーが下を見ると、乳首が薄いシルクを突きあげている。エミリーは顔を赤くして、ブラウスが体の線を出さないように肩をすぼめた。だがその結果、乳房が両わきから押されて胸の谷間が深くなり、リチャードの混乱も深めることになった。

胸もとがますます熱をおび、香水をつけたところがひりひり痛みだした。

「あなたの手はほてっている?」

エミリーに尋ねられ、リチャードは彼女のブラウスから視線を引きはがした。

「え? ああ、少しね」

「ちょっと強くしすぎね」エミリーは大きく息を吸いこんだ。「強烈すぎるわ」椅子の上で体をずらし、リチャードが食い入るように見つめている前で、胸の谷間に指先を滑らせる。

「大丈夫かい？」

エミリーは唇を噛《か》んだ。「ええ、大丈夫」

香水をつけた肌はいまや燃えるようだった。エミリーは落ち着かなげに椅子の上で体を動かした。

「エミリー？」

もう限界だった。エミリーはブラウスのいちばん上のボタンをむしりとってデスクに駆け寄り、リチャードのジャケットからポケットチーフをはぎとった。それを水差しにひたし、燃えるような肌に押しつける。白いレースのブラジャーに覆われた豊かな丸い乳房がちらりと顔をのぞかせるのを、リチャードは見逃さなかった。

焼けるような感じがおさまると、エミリーは毒づいた。「まったく研究開発部の連中ったら、とっちめてやるわ」

「大丈夫かい？」

エミリーは水のしたたるポケットチーフで香水をぬぐいながら、ちょっと顔をしかめた。

「なんとかね。あなたの手はどう？」

「別に平気だ」リチャードは指を少し曲げた。「ほとんど感じないくらいだよ」

「じゃあ、きっと熱のせいね」エミリーはポケットチーフをとり、赤くあとがついた肌を調べた。「まあ、傷は残らないと思うけれど」目を上げると、リチャードがじっと見つめていた。

「いや、きれいだよ」リチャードは言った。

エミリーはブラウスの前をかきあわせた。「ポケットチーフをごめんなさい」

リチャードはほほえんだ。「いつでもどうぞ。ボトルはぼくが返しておこうか？」

「いいえ」エミリーはボトルをとった。「わたしが自分で持っていくわ」

「研究開発部の連中に同情するな」

その言葉に彼女は立ち止まった。「どうして？」

リチャードは悲しげな笑みを浮かべてみせた。「怒ったきみは社内でいちばん怖い存在だからさ。人質はとるなよ」

「なるほど」エミリーはほほえみ返した。「覚えておくわ」

「ランチを食べに行こうよ」足音も荒く研究開発部に飛びこんできたエミリーに、さっそくクリスが声をかけた。「ぼくの家へさ」

「クロスウェル、この香水、皮がむけてしまうわよ。やり直して。でなきゃ誰かほかの人にこの仕事を頼むことにするわ」

「どういうことだい、皮がむけるって？」

「やけどを起こすのよ。ちゃんとテストをしなかったの？」

「したさ、もちろん」クリスはボトルを受けとった。「手首と耳の後ろで。問題なかったよ」

「でもほかのところでは問題あったわ」

「ほかのところって？」

「いいからやり直して」エミリーはぴしゃりと言った。

クリスは頭を振った。「きみはもっと肩の力を抜かなくちゃ。十二階のやつなんてほうっておいて、今夜はぼくと食事に行こうよ」ちらりと流し目をつかう。「ほかのところっていうのも見せてくれよ」

「夕食なんて食べてる暇はないわよ、クロスウェル。この香水のつくり直しがあるんだから」

「まあ、そう言うなよ、エミリー」クリスはしつこく続けたが、彼女の目つきにぎくりとして言葉を切った。

「わたしも会社でまったく力がないわけではないのよ」冷ややかな声でエミリーは言った。「あなたをくびにすることもできると思わない？」

クリスは少し考えた。「思う」

「あなたが香水を調合し直さなかったり、わたしへのいやがらせをやめなかったら、わたしはあなたをくびにするとは思わない？」

クリスは彼女の目を見た。「思う」

「だったら仕事をしたほうがいいわ」エミリーは部屋を出て後ろ手にぴしゃりとドアを閉めた。

エミリーが戻ると、ジェーンはオフィスまでついてきた。

「今度は彼、なにをしでかしたの？」

「セクシャルハラスメントで誰かを辞めさせることってできるかしら？」

「リチャードを？」ジェーンはぎょっとした顔をした。

「まさか！」憤慨して、エミリーは否定した。「違うわよ！　あのクロスウェルの役たたずをよ」

「みんな拍手かっさいするでしょうね」ジェーンは椅子に腰かけた。

「わたしにそれだけの力があるかしら」

「もちろん。リチャードがそれを知ったら、もう確実よ」

「彼にそんなくだらない仕事をさせるわけにはいかないわ」

「クロスウェルがなにをしたの？」

「この二年間、なにもしなかったのよ。今日はとうとう我慢の限度を超えたわ。本当に頭にきちゃった。いいえ、いまも頭にきている」

「わかるわ。彼の態度は直りそう？」

エミリーは少し考えた。「たぶんね。わたしが真剣なのはわかったようだし、わたしには彼をお払い箱にする力があると思ったみたいだから」

「あるわよ。ジョージがなんと言おうと、会社はあなたを失いたくないもの」

「自分の価値を知るのって、いい気分ね」

「あなたのじゃないわ」ジェーンが脚を組んで胸を張った。「上の連中はよくわかっているのよ、あなたがいなくなればわたしもいなくなるってね。そうしたら誰がその穴を埋めるの？」

「そのとおりね」エミリーは座った。「広告担当はまだボトルの試作品を持ってこないの？」

「期限は明日よ」

電話が鳴り、ジェーンが受けに立った。

エミリーは窓の外を見つめ、思いを巡らせた。リチャードがセクシャルハラスメントをしたのだとジェーンが誤解したときに、なぜあんなに腹をたてたのだろう。彼は絶対にそんなことはしない。人の話は聞かないかもしれないが、オフィスでプライベートな関係を利用しようとすることなど絶対にない。リチャードには道徳心がある。倫理観がある。それから……。

「一番にローラよ」ジェーンが告げ、エミリーは受話器をとった。

「いいのは見つかった?」エミリーは尋ねた。

「可能性があるのが二本。一本は、はずれのないやつよ……大物スター、大々的な広告、なにもかも文句なし。はでなアクション映画で、ブランドものも山ほど出てくるけれど、一級品よ」

「ブランドの山のなかに埋もれてしまいそうね。もう一本は?」

「こっちは本当に賭《かけ》ね」ローラはちょっと言葉を切った。「カリフォルニア大学を出たての青年が初めて撮った映画なの。エリートタイプの男女がお互いの性のとりこになっていくっていうストーリーよ。女性がドレスを身につける、例の商品にはうってつけのシーンがあるわ」

「映画を見る人がいなければ意味はないわ」エミリーは椅子を回して窓の外を見つめた。

「大作のほうはいくらかかるの?」

「たぶん気に入らないわよ」ローラはそう断って、額を示した。

「冗談でしょう? 映画に出すだけでそんなにかかるなんて」エミリーは抗議する。

「この業界では、こんなのたいした額じゃないわ。どう、交渉する?」

「だめ」エミリーはぐるりとデスクに向き直った。「番犬をつけられちゃったの。そんな額が認められるわけないわ。大学出の青年のほうはどう? もう少し詳しく知りたいわ」

「映画の何シーンかを抜粋して、そっちに送ってあげましょうか。彼はかなり資金に困っているから協力的よ。ドレスを着るシーンは来週撮る予定だそうよ。映画が気に入ったら、すぐ商品をこっちに送って。手配するわ」

「値段は？」

「ついてないの。彼はわたしがうまく稼がせてくれると信じているのよ」

「なるほどね。それでその青年をいくらでわたしに売ってくれるつもり？」

「まずフィルムクリップを見て」ローラは自信ありげにもったいをつけて言った。「それから話しましょう」

「そんなにいい映画なの？」

「そんなにいい映画よ」

「じゃあすぐに送って」エミリーは言った。「使えるかどうか、早く知りたいから」

電話を切ったあと、エミリーはその映画について考えた。新進気鋭の若手監督による、まったく新しい映画。新たなる『セックスと嘘《うそ》とビデオテープ』。あの映画は斬新《ざんしん》な映画を求める当時の風潮にものって、マスメディアに大きくとりあげられた。もし今度の映画がローラの言うようにすごいものなら――もっともローラに間違いなどあったことはないが――シズルをけた違いの成功へと導くのに、これ以上のものはない。

リチャードの最新のメモでは、商品を映画に出す可能性は完全に否定されている。彼女は再度説得を試みたが、まったく聞いてもらえなかった。そのことを思いだし、エミリーは唇をきつく結んだ。彼はひと言も聞いてくれなかったのだ。

エミリーはブザーを鳴らしてジェーンを呼んだ。

「明日、ローラからビデオが送られてくるの。リチャードには絶対気づかれないようにして」

「了解」ジェーンが答えた。「なんなの？　アダルトビデオ？」

「だったらラッキーね」エミリーは言った。

ビデオは翌日届いたが、エミリーがそれを見る時間がとれたのは、五時も回ったころだった。リチャードがルビーの購入を却下したので、あまり望みはなかったが、加工した石を貸してくれるところを探していたのだ。五時半には彼女もあきらめ、小走りでエレベーターに向かった。ドアが開くと、なかにはリチャードがひとりで乗っていた。

「ルビーを貸してくれる相手は見つかったかい？」

ほほえみかけられたが、エミリーは無視した。心のなかで毒づく。あなたが突きつけた難問のせいでさんざんな一日だったわよ。どんなにあなたが魅力的だって、今度こそ知るもんですか。

しばらくたってからリチャードはもう一度声をかけた。「アダルトビデオ？」彼女の持っているビデオを示す。

「さあ」エミリーはそれをポケットに突っこもうとした。「古い友達が送ってくれたの。

いまビデオデッキを借りて見ようとしているところ」

「ビデオデッキならぼくが持っているよ。うちに来ればいい。ピザでもとって、一緒に見よう」

エミリーは首を振った。「なんのビデオかもわからないもの」

「だから一緒に見ればいい」

リチャードはさっとエミリーの腕をつかんで外に出た。タクシーをつかまえて彼女をなかに押しこみ、運転手に住所を告げると、自分も横に乗りこんだ。

「ピザのトッピングはなにがいい?」リチャードが尋ねた。

「わたしにも選ぶ権利があるの?」エミリーは言った。

リチャードの部屋は意外だった。思ったとおりきちんとしてはいたが、想像していたようなガラスやスチール製品ばかりの冷たい部屋ではなく、革や真鍮《しんちゅう》製品の家具を配した、高級感があって男らしく、それでいてあたたかみのある部屋だった。

「すてきなお部屋ね」

エミリーに褒められ、リチャードはうれしそうにほほえんだ。「ワインをあけよう」ワインがたくさん並んだワインラックから一本とる。「そのあとピザを頼むとしよう」

エミリーは彼を制止するように手を上げた。「本当に、なにもかまわないで。テープだけ見せてもらったら、すぐ帰るから」

リチャードはコルクを抜き、天井につるしたラックからグラスをふたつとってワインをついだ。「このくらいなんでもないよ」彼女にグラスを手渡し、グラスを掲げる。「シズルに」

エミリーはため息をついた。「シズルに」そう繰り返し、ワインの味が気に入るかどうかを気にして見つめているリチャードの前で、ひと口飲んだ。ほどよいこくと、ぴりっとした酸味のあるワインだった。エミリーはもうひと口飲んだ。「すごくおいしいわ」

エミリーが感嘆の声をあげると、リチャードはほっとした笑みを浮かべ、断る彼女のグラスにワインをつぎたした。

「本当に、もういいの。テープが見られなくなるわ。ビデオデッキはどこ?」

「こっちだ」リチャードはリビングルームの両開きのドアを出て、エミリーを案内した。

最初に目に入ったのは、大きな真鍮製のベッドだった。さまざまなうずまきやねじり模様を描いた金属の飾り部分がきらきら光っている。

「きれい」目を奪われて、エミリーは言った。上にはふかふかした白い羽根布団がかけてある。エミリーは一瞬夢想にふけった。ここに寝そべって手足を伸ばし……。

「祖母のものだったんだ」

ふたりの視線が合った。エミリーは一瞬、彼も同じことを考えていたのかもしれないと思った。

おかしな想像はやめなさい。彼女は自分をたしなめた。

リチャードが部屋の隅にある背の高いキャビネットのところへ行った。扉を開けると、大型のテレビとビデオデッキのセットが現れた。テープを差しこみ、テレビのスイッチを入れる。

「ベッドに座ってくれるかい？」リチャードはエミリーのほうを振り返った。「ここには椅子を置いていないんだ。それともキッチンからスツールを持ってこようか？」

「いいえ、ベッドでいいわ」エミリーはベッドの端に腰かけた。

リチャードは再生ボタンを押し、一瞬迷うようにエミリーを見たあと、部屋を出ていった。

画面にシーンナンバーとかちんこが現れ、さっと消える。スーツに身を包んだ男女が向かいあって立ち、いまやっている仕事について話をしている。ふと女性のほうがほほえんだ。

「こんな話ばかりしたいわけではないの」

彼女は言って彼にキスをする。突然ロマンティックな展開になり、ふたりは互いの服を脱がせ、愛しあう。エミリーは自分がリチャードのベッドルームにいることも忘れ、ビデオに釘《くぎ》づけになった。ゆっくりとグラスのワインを飲み、画面のふたりが情熱的になるにつれ、彼女の顔も赤くなっていった。こんなに激しいラブシーンを見るのは初めてだ。シーンがかわり、サンフランシスコらしき街での追跡場面が始まった。エミリーはビデオから目を引き離した。リチャードが戻ってきており、じっと彼女を見つめていた。ふいにエミリーは自分の頬がほてり、呼吸が速くなっていることに気づいた。彼女はグラスを置き、ベッドから立ちあがった。

「あの……」エミリーは言いかけて、口をつぐんだ。

リチャードもグラスを置き、彼女のほうに近づいてくる。

「ああ、リチャード」エミリーは耐えかねたようにつぶやいた。腕を伸ばした彼に、引き寄せられる。「だめよ」ささやくと、口づけされた。

リチャードの唇が柔らかく、けれどしっかりと彼女の唇をふさぐ。キスに溺《おぼ》れそうになる彼女を、彼はしっかりと抱きしめた。

めまいを感じながら、エミリーはあえいだ。息が苦しい。「ちょっと待って」

だがリチャードはキスを続け、腕を彼女の背中に回してさらに強く抱きしめる。

エミリーは乱暴に彼を押しのけた。「どうして聞いてくれないの!」

リチャードははっと動きを止めた。「ごめん」乱れた呼吸を整えようとしながら、強い欲望と尊敬の念が入りまじった目で彼女を見つめる。

混乱したときの彼ってなんでこんなにすてきなの、とエミリーは思った。わたしだって混乱している。わたしったら、いったいなにをしているの？

リチャードは彼女に触れると、もう一度謝った。「ごめんよ」

エミリーは観念した。「もういいわ」

体を寄せて両手を彼の胸に滑らせ、それから首に両腕を巻きつけた。リチャードの頭を引き寄せて激しくキスする。彼もキスを返したかと思うと、ふいに顔を離し、エミリーを抱きあげた。ふかふかの白い羽根布団の真ん中に彼女を下ろし、自分もその横に倒れこむ。そしてエミリーの首に、喉のくぼみに、胸のあいだのあたたかい肌にキスしていく。彼女はシャツ越しにリチャードの背中に爪を立てた。彼の唇になぞられた肌が熱くなっていく。

「じりじりするわ」エミリーがつぶやいて笑った。

リチャードも笑い、またキスを繰り返した。

彼女の体の奥底に熱が広がる。リチャードの体をもっと近くに感じようと、エミリーは体を押しつけた。リチャードがブラウスのボタンをはずし、レースのブラジャーの上から乳房の先端にそっとキスする。エミリーの体は震えた。彼の両手が背中に回り、ホックを探す。

「前よ」エミリーはささやいたが、彼の指はまだ背中をさまよっている。「リチャード、ホックは前よ」

「なに？」リチャードは彼女の耳にささやきかけた。

エミリーはいらいらと目を閉じた。けれどそのとき、耳に舌を差しこまれて背筋に戦慄《せんりつ》が走り、いらだちはかき消えた。自分でブラジャーのホックをはずし、彼のシャツのボタンをはずすと、かたく引きしまった胸に舌を這《は》わせた。リチャードがようやくブラジャーをはずし終えた。ふたりはぴったりと体を寄せ、互いのぬくもりを楽しんだ。

リチャードがエミリーを優しく押しやる。「こうなるのをずっと待っていた」彼女の上にかがみこみ、舌でそっと乳首に触れた。やがて胸に顔をうずめ、激しく乳首を吸った。

エミリーは声をあげ、彼の腕のなかで身をよじらせた。体の奥から熱と欲望が突きあげてくる。彼に触れられるたびに信じられないような快感が駆け抜ける。リチャードがスカートの下に手を滑りこませ、シルクの下着を撫でた。

エミリーは身をよじり、片手を伸ばして彼の下腹部を撫でおろした。彼自身が布地の下でかたく張りつめている。エミリーが体を押しつけると、リチャードはうめいて彼女にキスし、舌を差しこんだ。

彼の唇が喉もとに移ったとき、エミリーはあえぎながら言った。「リチャード、わたし……」

「あとだ」リチャードは遮って、片手で彼女の体を撫で回した。

あとだ、ですって？　エミリーの体は怒りでさらに熱くなった。あとだ？　いったい何様のつもりなの。

リチャードが下着に手を押し入れ、彼女のなかに指を滑りこませた。エミリーは彼が何様であろうとどうでもよくなり、押し寄せる快感にわれを忘れてうめき声をもらした。

玄関のドアベルが鳴った。

「いまはわたしを抱いて」エミリーはささやいた。這いあがって上になり、彼の手の上に沈みこむ。「信じられないくらいあなたが欲しいの」

「待って」リチャードは手をどけた。「誰であろうと追い払ってくる。すぐ戻るよ」

「いや」

エミリーは彼にしがみつこうとした。だが、リチャードはエミリーの下からすり抜け、さっと彼女の胸にキスして行ってしまった。エミリーは息を切らしながらベッドの上にとり残された。数分後、エミリーは起きあがり、足もとの鏡に映る自分の姿を見た。フレンチツイストに束ねた髪はすっかりゆるんでいる。強い欲望で目は暗くかげり、唇はキスで腫《は》れ、むきだしの上半身は彼を求めてほてっていた。

それなのにリチャードは玄関で誰かとしゃべっている。「信じられない」エミリーはつぶやいた。ベッドから滑りおり、ブラジャーをつけてブラウスを着る。どうにか格好がつくよう髪を整え、ビデオデッキのテープを出してリビングルームに入っていった。

リチャードは戸口でジョージと話をしていた。エミリーを見てジョージは目を丸くした。

「ビデオデッキを使わせてくださってありがとう」エミリーはコートを着た。「それじゃ、また明日」ふたりのあいだを通って足早にエレベーターに向かう。すぐにドアが開き、エミリーはエレベーターに乗りこんだ。

あんなことをしたなんて信じられない、とエミリーは思った。しかも、もう少しで最後までいってしまいそうだったのだ。あのリチャード・パーカーと。とびきりのハンサムで、いつも冷静な彼と。今夜ばかりは冷静ではなかったけれど。ああ、なんてこと。彼が欲しくてたまらない。エミリーはエレベーターの壁にもたれ、彼と愛しあうのがどんなにすばらしかったかを思いだした。リチャードがいまいましいドアベルに応《こた》えたりしなければ。わたしは行かないでと言ったのに、全然聞いてくれなかった。あんな人、どうにでもなればいいわ。

エミリーはタクシーをつかまえて家に帰った。その夜はひと晩中リチャードの夢を見た。彼女を愛してくれる夢を。目覚ましのベルが鳴るそのときまで。

「ところで昨日は特別な記念日だったみたいだけれど、わたしたち、なにかしたかしら？」ジェーンがいたずらっぽくきいた。

「わたしはゆうべ、さんざんだったわ」エミリーはぶっきらぼうに返した。「どういう意味？」

「あなたのデスクの上に、ガラスの花瓶に生けられた三ダース分の薔薇《ばら》の花があるわよ。

これがカード。封がしてあって読めなかったわ。もちろんあとで見せてくれるでしょうね。だめだなんて言わせないから」

カードにはこう書いてあった。〝すまなかった。埋めあわせをさせてほしい。リチャード〟

「なにをいまさら」エミリーはカードをくずかごにほうりこんだ。

ジェーンはくずかごからさっとカードを拾いあげ、読みながらエミリーのオフィスまでついてきた。

「リチャード。ふうん？　彼がなにをしたの？」

「なにもしなかったのよ」きれいな薔薇だった。エミリーはそれをジェーンに渡した。「送り返して」

「まあ、がっかりするわよ」ジェーンは花瓶を受けとって言った。

二十分後、ジェーンがブザーを鳴らした。「三番に彼から電話よ。優しくね」

「冗談じゃないわ」エミリーは三番のボタンをたたいた。「もしもし」

「エミリー、ゆうべはすまなかった」

「そうね」

「埋めあわせをさせてくれないか」

「たとえルビーでもだめよ。ジョージのためにわたしを置き去りにするような人なんて……」

「ぼくはただ、邪魔されないように追い返そうとしただけだよ」

「それで、ガールスカウトがクッキーを売りに来たら、また出るんでしょう。それから宗教団体の人とか、百科事典を売りに来た苦学生にも」

小さくブザーの音が聞こえたかと思うと、即座にリチャードが遮った。「ちょっと待っててくれ。電話が入った」

電話が切りかわった。エミリーは受話器をきつく握りしめ、それからそっと受け台に戻した。

ジェーンがドアを開けた。「ランプが消えちゃったけれど。どうかした?」

「わたしを待たせてほかの電話に出たの」

ジェーンはつぶやいた。「あらまあ……」

「あのろくでなしは、わたしを待たせてほかの電話に出たのよ」

ジェーンは出ていき、そっと後ろ手でドアを閉めた。エミリーは怒りで身じろぎもせず、宙をにらんでいた。

ジェーンがまたブザーを鳴らした。「一番にリチャードよ」

エミリーは受話器をとった。

「エミリー、さっきは……」

「二度とわたしを待たせてほかの電話に出ないで」

「失敗だったってジェーンに言われたよ」リチャードがしょげた声で言った。「埋めあわせをさせてくれないか」

「埋めあわせなんかできないわ。夕食だろうと、薔薇だろうと、ルビーだろうとだめ。あなたなんか管理魔でコスト・パフォーマンスしか頭になくて、上司面するばかりでこれっぽっちも記憶力のない、耳の遠いろくでなしよ！」

最後には彼女らしからぬ金切り声をあげ、乱暴に受話器を置いた。そしてブザーでジェーンを呼んだ。

「なんて言ってこようと、もうリチャード・パーカーからの電話は受けないわ。連絡をとりたければメモを送れって言っておいて」

「了解」ジェーンは答えた。

「五時に会議室でミーティングよ」

夕方エミリーが帰る準備をしていると、ジェーンが告げた。

「なんの？」

「たったいま、ジョージのオフィスからメモがきたのよ」ジェーンはメモを手渡した。

エミリーはうめいて、メモをくしゃっと丸めた。「もう疲れたの。帰りたいわ」

「役員のつとめが終わったらすぐ帰れるわよ」

「秘書だったらよかったわ」

「だめだめ、無理よ」ジェーンはコートに袖《そで》を通した。「あなたのタイプの腕前ではね。とても食べていけないわよ。それじゃ、また明日ね」

エミリーはハイヒールを蹴《け》り捨て、薄暗くなったオフィスで椅子に腰を下ろした。疲れた、とつぶやく。それにこのいまいましいパンティストッキングときたら。こんなもの大嫌い。悪魔の発明品だわ。もう絶対はくのはやめよう。エミリーは独立を宣言するかのようにきっぱりとした態度でそれを脱ぎ、投げ捨てた。どちらにしろ片方伝線していたのだ。すぐに気分が楽になり、涼しくなった。エミリーは椅子の背にもたれ、脚を広げた。パンティストッキングのちくちくする熱さから解放された心地よさにひたる。そしてふと、それとは違う気持よさを思いだした。葬り去ってしまいたい昨夜の記憶が、まだ心にわだかまっているのだ。

わたしはまだリチャードを求めている。

いいえ、そんなことないわ。彼のことなんかさっさと忘れて家に帰ろう。

エミリーは時計を見あげた。針は五時十五分をさしている。しまった!

裸足《はだし》の足をハイヒールに突っこみ、会議室に向かった。

「ジョージ?」部屋は真っ暗だった。ドアが後ろで閉まり、エミリーはどしんと誰かにぶつかった。背が高く、肩幅の広い、たくましい体。
ジョージではない。
リチャードだ。

4

「なんてこと！」エミリーはきびすを返して出ていこうとしたが、リチャードの腕が後ろから巻きつき、やさしく彼女を抱き寄せた。

エミリーの首筋に彼がキスの雨を降らせる。

「もうドアベルはなしだ」リチャードはささやいた。「誓うよ」

エミリーの体の奥底から熱いものがわきあがってきた。めまいがしそうだ。だめ、と彼女は心のなかで叫んだ。逆らうのよ。絶対にだめ。

エミリーはかかとで彼を蹴《け》りつけた。

「痛っ！」リチャードは小さくうめいたが、手を離そうとはしなかった。

エミリーは拒絶するつもりだった。本気になれば彼の手など簡単に振りほどけることもわかっていた。そうすれば彼は無理じいはしないだろう。けれどもリチャードの唇にじらすように優しく肌をなぞられ、体をぴったり押しつけられると、彼が欲しくてどうしようもなくなった。エミリーは観念して振り返り、暗闇《くらやみ》のなかで彼の唇を探してそっと口づけした。リチャードの腰に強く体を押しつけながら、彼の唇に舌を差しこむ。突然の変化に彼が息をのみ、体を震わせるのをエミリーは感じた。

リチャードはエミリーを抱きあげ、会議用テーブルの端に座らせて、彼女の脚のあいだに体を入れた。エミリーは彼の体に両脚を巻きつけ、きつく引き寄せた。リチャードの指が彼女のブラウスのボタンを探る。エミリーは彼のシャツをゆるめようとしたが、彼がかがみこみ、胸に舌を這《は》わせてきた。

そのとき、廊下で声が聞こえた。清掃作業員たちだ。

「また失敗ね」エミリーがつぶやく。

リチャードはきっぱりと言った。「いいや、今度は誰にも邪魔させない」体を離し、彼女のスカートに手を滑りこませて、下着を引きおろした。

「もう一度待たせたりしたら、もう二度とわたしに触れるチャンスはないわよ」エミリーがおどすようにささやく。

「いざとなったら清掃作業員たちの目の前でだってきみを抱くよ」リチャードが答えた。

エミリーは腰を上げ、彼が下着を脱がせやすくした。

「きみの姿が見たいよ」リチャードはささやいた。「きみはとてもきれいだ。なのにここは暗すぎる」彼の手が両脚のあいだに滑りこみ、愛撫《あいぶ》する。彼はエミリーを責めたて、肩や首にキスを繰り返した。

エミリーはたまらなくなって彼の髪に指を差しこみ、ぐいと唇を引き寄せた。

彼が動きを止めると、エミリーは叫んだ。「いや、やめないで」もう一度リチャードを引き寄せようとしたが、彼はキスをして彼女をテーブルの端に押し戻した。

彼が避妊具を手探りしているのがわかると、エミリーは笑いだした。突然、リチャードが激しく彼女のなかに入りこみ、彼女は声をあげた。彼の手がエミリーの腰をつかみ、何度も何度も引き寄せる。体の底から噴きあげる熱と緊張が限界に達し、エミリーは声をあげて彼の腕のなかで身をよじった。リチャードの動きがますます速く激しくなり、彼女は幾度となく高みへと導かれた。ついにエミリーは彼の腕のなかでくずおれ、ぐったりとして体を震わせた。両脚はまだ彼の腰に巻きついたままだった。

誰かがドアをノックした。「誰かいますか?」

「約束だ」リチャードはささやき、片手を彼女の体に巻きつけて、ひょいとテーブルから抱きあげた。そのままあとずさりする。背後でなにかのドアに突きあたった。彼女は脚をほどき、彼の横に立った。リチャードはドアを開けてエミリーを引き入れ、ふたりとも入ってからドアを閉めた。ドアの閉まる音が聞こえたのと同時に、清掃作業員が会議室の電気をつけた。

「ここはどこ?」エミリーはぼうっとしたままささやいた。ドアのすき間からかすかに光がこぼれてくる。

「クロゼットのなかだ」リチャードがささやき返した。「ほうき入れじゃないことを願おう」

「今どきほうきなんか使わないわよ」

エミリーの返事と同時に、ドアの外で電気掃除機を使う音が鳴り始めた。

座る場所はなかったので、リチャードはしっかりエミリーを抱きかかえていた。彼女は体を動かし、彼の胸に自分の胸を押しつけた。

「ぼくはまだなんだよ」リチャードは彼女の耳にささやいて抱きあげ、そろそろと彼女のなかに入った。自分の体で彼女をクロゼットの壁に押しつける。

エミリーはまた両脚を彼に巻きつけた。リチャードがリズミカルに体を押しつけてくる。ゆっくりとした、優しい動きだ。エミリーは彼の肩に軽く歯を立ててささやいた。「もっと強く」

リチャードが強く体を押しつけて彼女を揺さぶった。エミリーは小さく声をあげる。リチャードは唇でその声をふさぎ、腰と同じリズムで彼女の口に舌を差しこんだ。エミリーはふたたび、想像もしなかったようなエクスタシーの波にのみこまれた。口に彼の舌を差しこまれるたびに、幾度も体の芯《しん》が大きく収縮と拡張を繰り返すのを感じた。ふいにリチャードのうめき声が聞こえ、彼の体から力が抜けた。エミリーを壁に押しつけたまま、彼は身震いする。

「リチャード」エミリーがささやくと、彼はキスをしてきた。

「次はベッドでしよう」リチャードが彼女の髪に触れながら言った。「ずっと楽だよ」

ふたりは清掃作業員たちがいなくなるまで抱きあいながらキスをし、黙って体に触れあった。

「ぼくの家に行こう」リチャードがささやいた。

「だめよ」エミリーは彼の胸に頭をもたせかけた。「明日の着替えがないわ」

それに、このことについてよく考えてみないと。エミリーは心のなかでつぶやいた。だって、これほどとは思ってもみなかった。夢に見ていたよりもずっとすばらしかった。

だが通りに出てタクシーをつかまえると、リチャードが彼女の横に乗りこみ、自分の住所を告げてしまった。タクシーの後部座席でも、彼はエミリーに触れずにはいられないようだった。刺激するというのではなく、彼女が自分の横にたしかに存在していることを確認しているようだった。リチャードはまるで奇跡でも見るかのように彼女の顔を見つめ、その頬に、髪に、手に触れた。ほほえむ瞳には、情熱や欲望以上のものがあった。エミリーは彼が自分を愛し、求め、独占したいと望んでいるのを感じた。

独占というのが問題だった。

「リチャード……」エミリーが言いかけた。

「ひと晩中、きみを愛していたいよ」リチャードは優しくキスをした。

彼の唇が触れるたび、エミリーはめまいを覚えた。「だめよ、聞いて」そう遮ったが、彼は笑ってまたキスを繰り返した。

リチャードのキスは最高に上手だった。

話を聞くのは最低に下手だったが……。

アパートメントに着くとリチャードは車を降り、エミリーに手を貸そうと振り向いた。けれどエミリーは彼の鼻先でドアを閉め、運転手に車を出すよう言った。わたしだってもう一度愛しあいたい。でも今度はわたしが主張する番だ。いまのうちに対等な立場を築いておかなければ、これから一生、無視され、軽んじられ、指図され、待たされ続けるはめになるだろう。

たとえ相手がリチャードでも、そんな犠牲を払うのは大きすぎる。

リチャード。

ああ、そうよ、リチャード。

エミリーはタクシーの座席に背をもたせかけ、リチャードのことや、彼がどんなふうに愛してくれたかを思い返した。目を閉じて回想にふける。リチャードに自分を認めさせるのは簡単なことではないけれど、そうするだけの価値はある。彼のためなら、どんなことでもする価値がある。

「なんだか今朝は元気いっぱいね」ジェーンが言った。

「ありがとう」エミリーはすまして笑った。

「あなたの下着はデスクの上に置いておいたわよ」

「えっ？」

「清掃作業員が会議室で見つけて、落とし物の掲示板のところに貼《は》っていったのよ。まったく、無粋な連中なんだから」

「誰かに気づかれたかしら」

「それは絶対大丈夫。今朝はわたしがいちばん早く出社したから。それに、それがあなたのものだって知っているのは、買いに行ったわたしだけよ」

「昇格もののお手柄だわ」

「ありがとう。わたしもそう思うわ。それで、そのラッキーな男性は誰なの？」

「さあね」エミリーは楽しそうに答えて、オフィスに入っていった。

一時間後、ジェーンがインターカムのブザーを鳴らした。「例の彼が自分のオフィスで至急会いたいそうよ」

ほら、やっぱり。エミリーは心のなかでつぶやいた。指を鳴らせば、わたしが階段を駆けあがっていくと思っているんだわ。そうしたら彼はデスクの上で、気が狂いそうなほど愛してくれるっていうわけね。ええ、最後のところは悪くなさそう。でも彼のオフィスには行かないわ。リチャードに話を聞かせるようにするには、いましかない。結婚してからでは遅すぎるのだから。

結婚してから？　エミリーはその考えに驚き、息をのんだ。そう、そうよ、結婚してから。でもこれはわたしの一方的な思いにすぎない。

「いまは忙しいと伝えて」エミリーは返事をした。

「了解」ジェーンが答えた。

エミリーは広告担当者が送ってきた宝石の写真をデスクいっぱいに広げた。考えるまでもないと、イミテーションと本物の宝石を見比べて彼女は思った。イミテーションは色が薄く、ライトをあててもあまり光らない。本物のルビーは色あざやかで、内側から光り輝いているようだ。エミリーはリチャードへのメモを走り書きした。いくら彼でもこれを見ればその差がわかるはずだ。きっと、本物の持つ熱さは見分けられるはずだ。

ドアが開いた。エミリーは目を上げずに言った。「ジェーン、エゴイストのリチャードにメモを書いたところなの」

「ちょうどよかった」リチャードが答えた。「ぼくがもらっていこう」

エミリーは眼鏡越しに彼に目をやった。「うちの秘書はとりつぎをしてくれなかったの？」

リチャードは後ろ手にドアを閉め、デスクのほうに歩いてきた。「きみの秘書はいなかったよ。それに急いで宝石についてのきみのメモが欲しかったんだ。ぼくも報告書を書かなくてはならないんでね」彼女にほほえみかける。「報告書は期限ぴったりに出す主義なんだ」

なんて人かしら、とエミリーは心のなかでののしった。

彼女の考えを読んだかのように、リチャードの顔に笑みが広がった。エミリーの心臓は喉から飛びだしそうになった。リチャードが前にかがみ、両手をデスクの上についた。エミリーはこの前リチャードが自分のほうにかがみこんだときのことを、彼の手や唇がどこに消えたかを思いだした。鼓動が速くなり、呼吸がわずかに乱れた。

だめよ、そんなこと考えちゃ。エミリーは自分をしかりつけた。ぐいと椅子の背にそり返り、冷静に彼を見つめる。「すぐジェーンにメモを持っていかせるわ」彼女は声がかすれないよう気をつけた。「わたしの提案と、その概算についてのメモを」

「どうしていまじゃいけない？」甘い声でリチャードが言う。

引きずられちゃだめ。エミリーは自分に言い聞かせた。わたしが主導権を握るのよ。インターカムからジェーンの声が聞こえてきた。「一番にジョージよ」

「出るわ」エミリーは電話をとるために椅子を後ろに引いた。

「エミリー」リチャードが厳しい顔をつくった。「メモは？」

エゴイストのリチャードが動きだしたわ。

エミリーはふと、自分がこの状況を楽しんでいることに気がついた。受話器を手で覆い、にやりと笑ってみせる。「忙しいの。どうしてもって言うのなら、ひざまずいて頼んだら?」そしてまた電話に戻った。「ジョージ! お電話をいただいてうれしいわ。ちょうどジェーンにも言っていたのよ。ジョージとわたしはもっといろいろ話しあう必要があるって」

「エミリーなのかい?」ジョージがきいた。

「そうよ」エミリーは答え、リチャードに向かって目くばせした。

「それで、なにか?」

「いや……」ジョージは困惑をあらわにした。「ただ、リチャードとはうまくいっているかと思って。なにも問題はないかい?」

「万事順調よ、ジョージ」エミリーはリチャードに向かって舌を出した。「あんなすばらしい人と仕事ができるなんて、願ってもないことだわ。いつもあれこれ気をつかってくれて、命令なんてひとつもしないし、よく話を聞いてくれるわ。思慮深いし、無理な注文はしないし、彼みたいな人を本当に進歩的な男性というのね」

リチャードは眉を上げた。「ゲームをしたいんだな?」デスクを回りこんで彼女のほうへ行き、膝をつく。

「なにをしているの?」エミリーは思わず尋ねた。

「前回のプロジェクトの結果を見直しているんだ」受話器の向こうで、ジョージが答える。

「協力さ」リチャードがささやいた。彼は両手を彼女の膝からウエストへと滑らせ、スカートをまくりあげた。エミリーは必死に膝を合わせようとしたが、リチャードがあいだに自分の体をはさみ、彼女の両脚を広げて腰を引き寄せた。

「やめてよ」エミリーはあいている手で彼を押し戻そうとした。

「まあまあ、エミリー」ジョージが言った。「肩の力を抜いて。別にきみのプロジェクトを邪魔しようというわけじゃない」

「力を抜いて」リチャードは彼女の柔らかな腿の内側に唇を押しつける。

エミリーは彼の頭に手をやり、押しやろうとした。よりにもよって、パンティストッキングをやめて膝上のストッキングにかえた日に。混乱しながら思った。ああ、いったいなにをしているの？　ここはわたしのオフィスなのよ。なんてことかしら！

「エミリー？」ジョージが続ける。「エミリー、あまり難しく考えないでくれよ」

彼女はリチャードの髪に指を絡ませ、ぐいと上を向かせた。

彼は一瞬ひるんだ様子を見せたが、すぐにエミリーの手を押しやってささやいた。「ガーターとはいい考えだ。次はなにもつけないでくれ」そして彼女の手を押さえつけたまま、また頭を下げた。

「エミリー、頼むから話を聞いてくれないか？」ジョージが懇願する。

「聞いているわ、ジョージ」

エミリーはリチャードから椅子を遠ざけようとしたが、彼はそれをぐいと引き寄せた。リチャードの唇が内股をくすぐり、舌がすばやく動いた。電話の印象が悪くなるとわかっていながら、エミリーはくすぐったさのあまり、思わず笑い声をもらした。もちろん、ジョージがこんな彼女の姿を見たら、印象が悪くなるどころではない。彼女はジョージのとりとめのない話に一生懸命集中しようとしたが、どうしてもリチャードのほうに注意を奪われてしまう。

「リチャードはきっときみによくしてくれるはずだよ、エミリー」ジョージは話し続けている。

「冗談はやめて」エミリーは言い、リチャードをきっぱり拒絶するべきか、朝っぱらからすばらしいセックスを楽しんでしまうか、決めようとした。

だが迷っている余裕などなかった。

リチャードは彼女の手を離し、スカートの下に手を伸ばした。シルクの下着に指をかけてたぐり寄せる。

「エミリー？」

ジョージが言ったとき、リチャードが彼女のなかへ舌を滑りこませてきた。

「あとで電話するわ！」エミリーは叫んで、電話を切った。リチャードが舌をなかへ外へと動かす。エミリーは椅子に座ったまま体をそらし、リチャードがかきたてた熱にのみこまれそうになりながら、彼の髪に指を走らせた。

ジェーンがドアをノックした。エミリーが止める間もなく、ジェーンが眉を寄せて手に持った書類を読みながら入ってきた。リチャードはさっと身をかがめ、デスクの下にもぐりこんでエミリーの椅子を引っ張った。エミリーは息を切らせて下を見おろし、声をあげて笑った。あのリチャード・パーカーがデスクの下に隠れているなんて。わたしの脚のあいだに。手に避妊具を持って。

「なにがそんなにおかしいの？」ジェーンが尋ねた。

「いいえ、偉大なるものは、いかにして堕落するかってね」

エミリーが答えると、リチャードが腿のあいだに手を滑らせ、彼女をつねった。

「それに具合でも悪いんじゃないの？　顔が真っ赤よ」

「熱があるみたいなの」エミリーは唾《つば》をのみこんだ。「ちょっと横になったほうがいいかもしれないわ」

また脚のあいだにリチャードの頭が近づくのを感じた。柔らかい髪が腿に触れる。すると、彼の舌が肌を伝い、また上に上がってきた。

「本当に、横にならなくちゃ」エミリーはジェーンに言った。「一時間、電話をつながないで」

「アスピリンを持ってくるわ」ジェーンが言う。

「いいの。いまはなにもいらないわ。出ていって」リチャードの指がまた下着を引っ張った。

「エミリー」ジェーンが心配そうな顔になる。「あなた、本当に変よ」

リチャードが彼女のなかに舌を滑りこませた。

「いいから」エミリーはデスクの端をつかんだ。「出ていって。ひとりにして」リチャードの舌の動きがどんどん激しくなる。エミリーは体の奥から熱が波のように押し寄せるのを感じた。ジェーンが出ていかなければ、叫び声をあげて彼女の目の前で椅子から転げ落ちてしまうだろう。

ジェーンは傷ついた顔をした。「わかったわ。なにかあったら呼んで」

エミリーは返事もできなかった。目を閉じ、体を駆け巡る熱の波と脚のあいだのリチャードにだけ気持を集中する。ジェーンが後ろ手にドアを閉めるのを、うわの空に聞いた。

するとリチャードが椅子を押し、エミリーを床に引きずりおろした。激しい勢いで唇に覆いかぶさると、彼女の下着を引きはがし、突然彼女のなかに入りこんだ。エミリーはうめき声をもらし、ジャケットの上から彼の肩を噛《か》んだ。リチャードの動きはますます激しくなる。エミリーは息をはずませながら彼の名を呼び、身をよじりながらクライマックスに達した。彼女が満足の吐息をもらしながら力をゆるめたあとも、リチャードはまだ彼女のなかで動いていた。エミリーは目を開け、リチャードを見た。

彼はもう以前のリチャードではなかった。管理の鬼はどこかにいってしまい、エミリーと同じように恋に夢中になっている。この人はわたしのものだわ、とエミリーは思った。体が彼と同じリズムで動く。エミリーは彼の背中に爪を立て、スーツの生地の下で彼が身を震わせるのを感じた。エミリーは背中を丸め、しっかりと彼にしがみついた。リチャードも体の動きで彼女に応《こた》えた。彼が自分を求めて体を震わせていると思うと、エミリーはただただうれしくなって笑いだした。リチャードもわたしのなかで歓《よろこ》びにひたっているのだ。エミリーは彼の顔を引き寄せ、唇を噛んだ。リチャードはうめき声をあげ、一気にのぼりつめた。

やがてリチャードはエミリーの上にくずおれ、彼女の首に顔を埋めた。エミリーは指で軽く彼の首をなぞり、髪をすいた。

「愛しているわ、リチャード」エミリーは言ってから自分の愚かさにはっとして言葉を切った。リチャードはきっとスプリンター並みの速さでオフィスを飛びだしていくだろう。

リチャードは彼女から体を離し、手を突っ張って支え、彼女を見おろした。目はけだるげに半ば閉じられ、唇は愛の行為のために腫《は》れている。

「ぼくも愛している」リチャードは答え、体を震わせて笑いだした。「信じられない。ぼくがこんなことを言うなんて。きみを愛しているよ、エミリー」彼女の額にキスをする。

「愛している」唇がそっと彼女の唇に重なった。「愛している」

リチャードはもう一度彼女にキスした。いままで否定し続けていた感情が堰《せき》を切ったようにあふれだし、エミリーは彼のキスに応えた。リチャードは横たわり、エミリーを自分の上に引きあげた。彼の両手が彼女のシルクのブラウスの背中を撫《な》でる。ぎゅっと両手でエミリーを抱きしめ、彼女の息が切れるまで何度も何度もキスを繰り返した。それから優しく彼女を床に横たえ、ため息をついた。

「もう行かないと」リチャードはとうとう言った。「ジェーンがきみの様子を見に来たとき、ふたりとも裸で床に転がっているのを見つけることになる」もう一度彼女にキスをし、服を整えながら立ちあがる。乱れた姿で床に横たわっている彼女を見て、リチャードはほほえんだ。「その姿を頭に焼きつけておきたいな」手を差しだしてエミリーを助け起こした。彼女が立ちあがると、引き寄せてキスをし、腰の下までスカートの裾《すそ》を引きおろした。

リチャードがキスをやめるとエミリーはため息をもらし、一歩下がって服の乱れを整えた。「ちゃんとして見える?」

エミリーに尋ねられると、リチャードはほほえんでまた手を伸ばそうとした。

ジェーンがドアをノックして入ってきた。「ミスター・パーカー!」

「ちょうどお帰りのところよ」エミリーはリチャードの腕をたたいた。「メモをとりにいらしたの。だからいますぐ書かなければ。レポート用紙を持ってきてくれる?」

ジェーンはまだ混乱した様子だったが、デスクに引き返していった。

リチャードはまたエミリーを引き寄せた。「夕食は？」

エミリーは彼にもたれた。「夕食だけじゃいやだわ」

「なんなりと、お望みのままに」リチャードはもう一度キスをし、彼女のヒップをたたいてドアに向かった。

「ジェーン、それじゃあまた」リチャードはすれ違いざまにジェーンに声をかけると、口笛を吹きながら廊下を歩いていった。

ジェーンはドアを閉めた。「これはいったい、どういうこと？」

「まあ、母親みたいな口のきき方ね」

「あの人、あなたのヒップをたたいたわよ」

エミリーは座った。「わたしたちは……とても親しいの」

「どう親しいの？　だいたい彼はどうやってここに入ったの？」

「あなたは席をはずしていたのよ。さあ、メモをとって」

「わたしが席をはずしたのは三十分も前よ。彼はそれからずっとここにいたの？　そんなはずないわ。さっきわたしが入ってきたとき、あなたはひとりだったじゃない」ジェーンは椅子にかけた。「絶対に変よ」

「あなたなんか秘書にするんじゃなかったわ」エミリーは非難めいた顔をしようとしたが、

頬がゆるむのは止められなかった。「秘書っていうのは、もう少しボスに敬意を払うものじゃないの？」体を伸ばしてあくびをし、じっと見つめるジェーンの前で、つとめてなにげないふうを装った。「メモをとって」

ジェーンはさらに眉を寄せた。「わたしが入ってきたとき、彼はどこにいたの？」彼女は詰問した。

エミリーはため息をついた。「デスクの下よ」

ジェーンは口をあんぐり開けた。「まあ」

「誰かに言ったりしたら……」

エミリーの言葉を、ジェーンは手を振って遮る。「そんなこと誰が信じる？　彼、ベッドでもすごいんでしょうね」

「そうよ」エミリーはゆっくりと答えて、ため息をついた。

「じゃあなにが問題なの？」

「わたしが欲しいのはパートナーなの」エミリーはふいに悲しくなった。「対等な関係が欲しいのよ」

「彼の流儀とは違うかもね」ジェーンもうなずいた。

「そう。リチャードはいつだってすべてを自分でコントロールしようとする人だわ。わたしがなにかを決めたときは、彼が承認か却下をする。彼がなにかを決めたときは、ただ一方的にわたしに告げるだけ。わたしがなにか言ったとしても、反対するか、相手にしないかだわ。それも完全に無視してしまうのよ。今日のがいい例だわ。わたしが電話していたら、黙ってデスクを回ってきて、スカートの下に手を入れるんだもの」エミリーはそのときのことを思いだし、ちょっとのあいだ目を閉じた。

「でも悪くなかったのね」

「そういうことじゃないの。問題は、彼がいつもすべてを自分で決めてしまって、わたしの話を聞こうとしないことよ。わたしの力だって少しは認めてほしいわ」

「彼のデスクの下にもぐりこむとか」

「いやよ」エミリーは頭を振った。「わたしのやり方ではないわ。どうしたらいいかわからない。本当に彼を愛しているのに……」

「まあ。本気なのね」

「このうえなくね。でも彼はわたしを対等とは見ていないのよ。わたしの意見に賛成できないからって無視ばかりする人となんて、一緒にやっていけないわ。たとえ会うたびに膝から力が抜けてしまうような人だとしても」

「ランチタイムにベンに会いに行きたくなっちゃったわ」ジェーンが椅子の上でもぞもぞと体を動かした。「リチャードはデスクの下でいったいなにをしていたの?」

「あなたが考えているようなことよ」エミリーは思いだしてため息をついた。「しかも上手なの」

「絶対ベンに会いに行くわ。戻りは遅くなるから」

「彼の唇を噛んであげてちょうだい」

「そうするわ」ジェーンはレポート用紙を手にとった。「それはそうと、本当にメモをとることがあるの？」

「そうだわ」エミリーは書類を引き寄せ、ジェーンに文案を読み始めた。「リチャード・パーカーへのメモ……」

ジェーンがリチャードに届けたメモには、予想どおりの反応が返ってきた。

「二番に彼からよ」一時間後、ジェーンが告げた。

リチャードだと思うだけで、エミリーはめまいを覚えた。しっかりしなさい、だらしないわよ。エミリーは自分をしかりつけ、電話をとった。

「エミリー・テートです」

「やあ、エミリー・テート」リチャードが甘い声で返した。

「そんな声を出さないで。いつものあなたらしく話してよ。でないと、なにも考えられなくなってしまうわ」

「今夜一緒に食事をしよう」

「あなたの家で、ベッドのなかでなら」

ランチからどうだい。ぼくのベッドはランチをとるのにうってつけだよ。十分後にロビーで会おう」

「だめよ」エミリーは自分でも驚くほどきっぱりした口調で言った。「その前に少し仕事を片づけないと。それじゃあ、聞いて。ルビーに関するメモはもう読んだ?」

「ああ」

「それで?」

リチャードはため息をついた。「本物のルビーを使う余裕はないよ」

「余裕がないなんてことはないわ」エミリーは冷静になるよう気をつけた。「予算のなかから融通して。この二点だけはどうしても譲れないの。本物のルビーを使うことと、宣伝のために映画に出すこと」

「だめだ」リチャードが答える。

「やってみてよ」エミリーはねばった。「ほかの予算を削ってみて。このふたつはどうしても必要なの。ほかのことでは文句を言わないから」

「エミリー……」

「やるだけやってみて。まだ試してもいないじゃない」

長い沈黙があった。「もしだめだったら、ぼくときみの仲はどうなる?」

エミリーはその声に緊張を聞きとった。「それでもベッドのなかで夕食をとるわよ。セックスを盾になんかしないわ。それにわたしだってノーとは言えないくらいあなたを求めているんだもの」

受話器の向こうから、ため息のような音が聞こえた。

「リチャード?」

「ちょっと息をさせてくれ。きみのぼくに対する影響力ときたら、すごいものなんだから」

「そう、わたしもあなたには息をしていてほしいわ。うんとしてちょうだい。でもルビーと映画のことも考えてほしいの。あなたならできるでしょう、リチャード。大事なことなのよ」

「うまくいくとは思えないよ、エミリー」

「ちっとも聞いてくれないのね」エミリーは言葉を切ったが、もう一度だけ試みた。「大事なことなの。お金ならあるはずよ。わたしたちはパートナーなんでしょう?　ノーだなんて言わないで。なんとか方法を考えて」

「きみにノーと言うのは不可能だな。仕事が終わったら、きみを連れ帰っていいんだね?」

「シャワーを浴びて、着替えをしたいの」エミリーは答えた。「そうしたらあなたのところへ行くわ。でももう、テーブルも、クロゼットも、デスクも、床もお断りよ」

「古風だね」リチャードは言った。「ベッドに押し倒すことにするよ」

「愛しているわ」

「もう一度言ってくれ」

「愛している。あなたは本当にエゴイストだけれど、でも愛しているわ」

「ぼくも愛している。シャワーは急いでくれよ」


その夜ふたりはリチャードの大きなベッドで愛しあった。お互いの体を探索しあい、ふたりの体が言葉さえ必要ないほどぴったりと合うことがわかった。それでも互いに相手の声を聞くのが好きだったから、おしゃべりもやむことはなかった。

エミリーの不安はすっかり消えた。完璧《かんぺき》な恋人、完璧な人生のパートナーが現れたらぴんとくるものだ、などという考えを、エミリーはずっとばかにしていた。ジェーンが言うには、彼女はベンに出会って一週間とたたないうちに、彼しかいないとわかったそうだ。

そしていま、エミリーにもそれがわかった。

リチャードが自分のことをどう思っているのかは、それほど自信がなかった。彼が自分を大事に思ってくれていることはわかる……それがわからないほど愚かではない。だが男性の場合、必ずしもそうした感情に責任がともなうわけではない。たぶん結婚のことまでは考えていないだろう。

「結婚したら、ここに住もう」リチャードが彼女を抱き、髪にキスしながら言った。「職場にも近いし、きみのところより広い」

エミリーもそう言おうと考えていたのだから、怒る理由はなかったが、それでも彼女はいらだった。

「プロポーズを聞き逃してしまったのかしら?」エミリーはリチャードから体を離し、冷ややかにきいた。

彼の顔がぱっと赤くなった。「もう言ったじゃないか。ひざまずいて頼んでほしいのかい?」

エミリーの気持は和らいだ。「そうね、この前のはすてきだったわね。でも、ひざまずかなくてもいいから、プロポーズの言葉はちゃんと聞かせてほしいのよ」

リチャードは彼女を引き寄せてキスした。「ぼくと結婚してくれ、エミリー・テート。残りの人生をふたりでこんなふうに過ごせるように」

「いいわ」エミリーは手を彼のわき腹に滑らせ、そのたくましい筋肉を感じながら答えた。「喜んで」

リチャードは体を震わせて彼女の上にまたがると、熱いキスを浴びせかけた。彼女のなかでおさまりかけていた炎が、ふたたび燃えあがる。リチャードは彼女のなかに指を入れ、そこがあたたかく湿っているのを感じてうめき声をもらし、体を押しつけた。リチャードがその気になっていることに気づき、エミリーは必死になって彼を押し戻そうとした。

「リチャード、待って、だめよ」

エミリーは叫んだが、彼はなかに入ってきた。体を震わせ、彼女のなかでのぼりつめる。

やがてリチャードに満たされた彼女は、彼の腕にぐったりともたれかかった。

体を合わせたまま、ふたりは荒い息を整えた。ふいにエミリーが彼の胸に頭をつけて泣きだした。

「なんだい？」リチャードがあわててきいた。

「ちっとも聞いてくれないのね」エミリーは小声でつぶやいた。「わたしがこんなに言っているのに、あなたはちっとも聞いてくれない」

「なんだい？」リチャードは彼女を抱きながら、もう一度尋ねた。「愛しているよ」

「聞いてって言っているのよ」エミリーは涙をのみこんだ。「わたしは避妊のためにペッサリーを使っているの」

「わかっているよ」リチャードは当惑して彼女を抱きしめた。「ぼくが避妊具を使おうかって言ったら、きみは……」

「ペッサリーのときは、あなたにフォームを使ってもらわなければならないの。一回ごとに……新しい……フォームを」

「ああ」リチャードは強く彼女を抱きしめた。

「待ってって言ったのに」

「聞いていなかったんだ」

「わかっているわ」エミリーはつぶやき、天井を見つめた。「わかっている」

その夜遅く、リチャードがエミリーに、子供は大好きだ、仕事を辞める必要はない、なにもかもうまくいく、一生きみの面倒を見るなどと誓い、彼女を安心させるのに疲れきって眠ってしまったあとで、エミリーは真っ暗ななかで天井を見つめて考えた。

これは思っていたより大変なことだ。とんでもなく大変なことだ。リチャードをかえなくてはいけない。わたしがなんとかしなくては。

けれど、もうなにも思いつかなかった。とうとうエミリーは彼に対する愛情と不安と情熱のために疲れきり、眠りに落ちた。

朝になり、ふたりはもう一度愛しあった。リチャードは性急にならないよう充分に気をつけた。それでいて優しく、力強く、情熱的だった。仕事に向かうとき、エミリーは肉体的にはすばらしく満ち足りていたが、胸に巣くった不安がその気分を台なしにしていた。

「日数はちゃんと数えていた？」

エミリーが昨夜のことを話すと、ジェーンは尋ねた。

「安全日のことを言っているんだったら、大丈夫。心配はないわ」エミリーはもう一度カレンダーを見た。「でもわからないわね。もしかしたら今月は排卵日が遅かったかもしれないし」

「心配しているの？」

「子供のことは、まだ別に。リチャードのことは、とてもね。彼がわたしの言うことを聞いていなくて、髪を引っこ抜きそうになったっていうのは、まあ笑い話ですむわよ。でも聞いていなかったせいで子供ができてしまったら、とんでもないわ。次はいったいどうなるかしら」エミリーは頭を振った。「それでいて彼はわたしのことを深く愛しているのよ。理解できないわ」

「本当ね」ジェーンは眉をひそめた。「でもあなたの言うことが正しかったわね。それはささいな欠点どころではないわ」

エミリーは惨めな気分で頭を振った。

「そうそう、リチャードから気をそらしてくれる話があったわ」ジェーンは伝言を記したメモを渡した。「あなたが出社する前にローラから電話があったの。例の映画に出す気があったら、シズルを明後日までに送ってくれって。なんて返事をしておく？」

エミリーは少しのあいだ思案を巡らせた。リチャードはノーと言ったが、これはとても重要なことだ。リチャードが彼女に心底夢中なのがわかるのと同じように、エミリーにはそのことがはっきりとわかった。この直感のおかげで彼女は現在の地位を手に入れたのだ。いまさら無視することはできない。

リチャードはノーと言った。

でもたぶん、わたしには聞こえなかったのよ。

「広告担当からデザイン試作のボトルは届いた？」

「二本来たわ」

「一本にシズルを入れて、至急ローラに送って」

「リチャードの了解はとったの？」

「彼は予算を調整してみてくれるって言ったわ」まあ、それに近いことをね。

ジェーンはもう一度尋ねた。「でもリチャードは了解したの？」

エミリーはジェーンを見た。「ノーとは言わなかったわ」

「あら」ジェーンはちょっと考えた。「そうね。そういう手があるとは考えなかったわ。すぐローラに品物を送るわ」

「それから広告担当に電話して、写真撮影で使ったルビーをどこで借りたのか調べて。買いとりにするから」

「彼があなたのことをすごく愛していてくれることを願うわ」ジェーンが部屋を出ていきながら言った。「この首がかかっているんですもの」

リチャードはランチミーティングがあったので、エミリーはジェーンと一緒にセレスティアルに行った。

「ねえ、あなたはなにかやり方を間違えているんじゃないかしら」ジェーンがガーリックチキンを食べながら言った。

エミリーは少し考えた。「わたしはずいぶん我慢しているわよ」

「それが問題なのよ」ジェーンはフォークをエミリーのほうに向けた。「うるさく言いたてて、自分がなにをしてるのか彼に気づかせなくちゃ」

「彼も努力はしてるのよ」

リチャードをかばうエミリーを、ジェーンは頭を振って遮った。「彼の要求を無視して、自分でコントロールできないということがどんなにいらいらすることか、思い知らせてやらないといけないわ」

「だから、ルビーと映画の件でそうしているわ」

「仕事でじゃだめよ」ジェーンは頭を振った。「彼を後ろ盾にして、好きなことをやっているんだと思われるだけよ」

「じゃあ、どこで?」

「彼が唯一あなたを平等に扱ってくれるのはどこかしら?」

「そんなところ、どこもないわ」

「ベッドよ」

エミリーは考えた。いつもながら、ジェーンは正しい。ほかの状況でどんなにリチャードが独裁者のようにふるまったとしても、ベッドの上ではわたしを女神のように扱ってくれる。話を聞かないことがあったとしても、それは情熱のあまりであって、わたしの気持に無関心だからではない。

「そのとおりね」エミリーは認めた。「だから？」

「だから、そこがあなたの攻めどころなの」

「いやよ」エミリーはびっくりしてジェーンを見た。「いくらわたしの気持をわかってもらうためでも、彼を縛りつけてセックスなんてするわけないでしょう。そんな安っぽいことできないわ」

「ちゃんと話を聞いて」ジェーンがにやりと笑った。「どうやらリチャードと一緒にいすぎたようね。すっかり伝染しているわよ」

「わかったわ」エミリーはフォークを置き、聞く姿勢になった。「説明して」

「ベンとわたしである晩試してみたんだけど……」

「ああ、ジェーンったら」エミリーはまたフォークをとった。「倒錯的なセックスで彼の気持をかえることなんてできないわ」

「倒錯的なんかじゃないわ」ジェーンは少し考えた。「それほどはね。それに彼の気持をかえることはできるわ。サラダを食べてしまいなさいよ。少し買い物に行かなくちゃ」

「なんの買い物?」

「いちごにキャンドル。それと、前にわたしが買ったような、セクシーなピンクのレースの下着」

「気が進まないわ」

「信じなさいって」ジェーンが励ます。「効き目はあるわ。保証する。今度こそ、彼はあなたの話を聞くようになるわよ」

5

五時ちょうど。エミリーは自分のオフィスに座り、すぐ隣の床に置いた紙袋をじっと見ていた。そこにはジェーンの考えた計画に必要なものが入っている。

やっぱりできない、とエミリーは思った。自分でもばかみたいな気がするだろうし、リチャードにだって笑われる。もちろん、それはいちばんましな場合で、彼が強い愛情を持ってくれていたとしての話だ。それでもきっと、もう二度とわたしの言うことなど真剣には聞いてくれなくなるだろう。

ジェーンがドアをノックした。「わたしは帰るけれど」

「いろいろありがとう、ジェーン」エミリーはためらった。「でも……」

「でも、やっぱり実行するつもりはない」ジェーンが引きとって続けた。

「だって、あまりにもわたしらしくないんだもの」

「それが恋人をデスクの下にしのばせながら、電話で上司と話していた女性の言うことかしら？」

「あれはわたしが考えたんじゃないわ」

「そうね。でも今度のはそうよ」

エミリーが首を振るのを見て、ジェーンはため息をついて肩をすくめた。

「とにかくそれはとっておきなさいって。いちごは食べちゃっていいわ。でもほかのものはしまっておきなさいよ。そのうち気がかわるかもしれないし」

「そうは思わないけれど」ジェーンの向こう側を見て、エミリーは目を見開いた。「しいっ。彼が来たわ」

リチャードはドアのところで立ち止まった。「やあ、ジェーン」そしてエミリーに話しかける。「ちょっと用事ができたんだ。あとで迎えに来てもいいかな。そうだな、八時くらいに?」

「なにがあったの?」

「ジョージとヘンリーと三人でミーティングだ。資金について。きみは出なくていいだろうって言っておいたよ。ゆっくりしていればいい。ミーティングが終わってから遅い夕食にしよう」

「あなた、考えなかったの?」エミリーは注意深く尋ねた。「わたしがそのミーティングに出たがるかもしれないって」

リチャードは顔をしかめた。「なぜきみが資金についてのミーティングに出たがるんだい？」

エミリーは胸の前で手を握りあわせた。「わたしのプロジェクトですもの」

「あとでちゃんと伝えるよ。わざわざ時間を無駄にする必要はないだろう？」

「最初にきいてくれれば、わたしだってすなおに同意したと思うけれど」エミリーは大きくため息をついた。「きいてもくれないなんて」

「悪かったよ」リチャードは落ち着かなげに謝った。「でも、どっちにしてもきみは出ないんだろう。どうしてこんな話をしなきゃならないんだ？」彼はジェーンのほうを見た。

「きみはまだなにか用事があるのかい？」鋭い声できく。

「ええ」ジェーンはエミリーのデスクまで行って紙袋をとり、エミリーの前にすとんと置いた。「これを忘れないでくださいね」

エミリーはジェーンを見てうなずいた。「あなたの言うとおりね。忘れないわ」

「なにが入っているんだい？」リチャードが尋ねた。

「びっくりするものよ」エミリーはすました笑顔を向けた。「迎えには来なくていいわ。自分でそっちに行くから。シャンパンを冷やしておいてね」

リチャードはちらりとジェーンを見た。ジェーンは落ち着きはらってほほえみ返す。

「わかった。じゃあ八時に」リチャードは釈然としない様子でジェーンを、それからエミリーを見て、頭を振りながら出ていった。

「わたし、やるわ」エミリーは言った。

「そうこなくちゃ」ジェーンが答える。

エミリーはデスクに頭をつけてうめいた。ジェーンがそんな彼女の背中を慰めるようにたたいた。


八時にエミリーはリチャードの家のドアベルを鳴らした。バッグを落とさないようにして、紙袋といちごの入った銀のボウルのバランスをとる。ナイトガウンと笑顔だけをまとったリチャードがドアを開けた。エミリーの姿を見て、彼の笑みは消える。彼女はまだビジネススーツに身を包み、髪をピンでとめ、書類を読むための眼鏡をかけていた。

「いちごはいかが?」エミリーは尋ねた。

「ありがとう」リチャードは受けとり、一歩下がって彼女をなかに入れた。

銀のワインクーラーに入ったシャンパンと、銀の縁どりのグラスがふたつ用意されていた。

エミリーは大きく息をついた。「これ、ベッドルームに持っていかない?」

「いいとも」リチャードは彼女の様子に少しとまどっているようだ。

彼はエミリーのあとからベッドルームに入り、彼女がサイドテーブルにシャンパンとグラスを置くのをじっと見ていた。

「いちごは持ってきた？」エミリーはそう言って彼からボウルを受けとり、シャンパンと一緒にテーブルの上に置いた。「マッチはある？」尋ねながら、紙袋から白く太いキャンドルを出す。

「あるよ」リチャードが彼女の腕をとった。「なにをするつもりだい？」

「今夜はちょっと趣向をかえてみようと思って。マッチは？」

リチャードは彼女が部屋中に何ダースものキャンドルを並べるのを見ていた。

「火災保険に入っていてよかった」

エミリーが全部に火をともし、電気を消すと、リチャードがつぶやいた。部屋中がキャンドルの炎に照らされている。昼間のように明るく、それでいてずっと柔らかな光だった。

リチャードは彼女に近づいた。

「話があるの」エミリーが言った。

「あとにしよう」リチャードの手が彼女に伸びる。

「いいえ」エミリーは胸の前で腕を組んだ。「いますぐよ」

いつになく頑固な彼女の表情を見て、リチャードはため息をついた。「わかったよ」ベッドの端に腰かける。「なんだい？」

エミリーは唇をなめた。「わたしはあなたを愛しているわ。結婚したいとも思っている。でもあなたがわたしをパートナーと認めてくれるまで、できないわ」

リチャードはひどく驚いたようだった。

「認めているよ」

「いいえ。あなたはなにが大事でなにがそうでないか、全部自分で決めてしまうじゃない。わたしの話をいっさい聞かずに」反論をしようとするリチャードを、エミリーは手を上げて制した。「ルビーと映画の費用の件、予算を検討してくれた?」

「エミリー、そんな金はないよ」

「検討してみてくれた?」

彼の顔を見れば、検討などしていないのはわかった。

「あなたは検討してもくれなかった。わたしが不可能じゃないと訴えたときから、もう結論を出していたからよ」エミリーはためらったのち、決然と続けた。「あなたはわたしの話を聞こうともしない。あなたをとても愛しているけれど、真剣に相手をしてくれないような人とやっていくことはできないわ」

「真剣に相手をしているよ」リチャードは愕然《がくぜん》として言った。「きみはぼくにとって世界でいちばん大切な人だよ」

エミリーもそれが本当なのはわかっていた。そして、彼がまたもや話を聞いていないことも。

エミリーはもう一度言ってみた。「あなたはきっと、わたしの決定権をどれだけ奪っているか、わかっていないのよ。このままではだめなの。でもそれであなたとわたしがいがみあうことになれば、会社にとっても時間とお金のロスだわ」

「エミリー、それは前にも話しあったじゃないか」

「会社のためだけじゃないわ」エミリーは大きく息をついた。「わたしはこうしてあなたといるときも、もっと自分で物事をコントロールしたいのよ」

「きみはそうしているじゃないか」リチャードは腕を差しだした。「さあ、こっちへおいで」

「だから、そういう態度を言っているのよ」エミリーは一歩あとずさりした。「あなたは〝こっちへおいで〟と言ったら、わたしが飛びついていくとでも思っているんでしょう」

「わかった」リチャードは立ちあがった。「ぼくが行くよ」

「違うの。わたしが望んでいるのはそういうことじゃないのよ」

「それじゃ、なにが望みなんだい?」リチャードはだんだんいらだってきた。

エミリーは大きく息を吸いこんだ。「ひと晩だけ、わたしの言うことになんでもしたがうと約束してほしいの」

リチャードは不安げな顔をした。「〝なんでも〟の例をあげてくれ」

「だめよ」エミリーは彼を見た。「今夜わたしが欲しければ、わたしを信じて。そしてわたしの言うとおりにすると約束して」

「いいだろう」ついにリチャードは折れた。

「約束して」

「約束する」

「名誉にかけて?」エミリーは尋ねた。

「いったいなにをするつもりだ?」

「名誉にかけて?」

「名誉にかけて」疲れたようにリチャードは頭を振った。「こういうのはいやだな」

「それが大事なところよ」エミリーは言った。「わたしだって、こんなのいやよ。でもあなたは毎日こんなふうにわたしを扱っているのよ」

「だから教えてやろうというわけかい?」

「いいえ。わたしの言いたいことを実演するの。あなたは言ったって聞かないだろうから、かわりに見せてあげるのよ」

「わかったよ」乗り気ではない様子をあらわにして、リチャードはうなずいた。「それで、なにをすればいいんだい?」

エミリーは大きく息をついた。「ナイトガウンを脱いで、ベッドに横たわって」

リチャードはナイトガウンを脱ぎ落とし、用心深い目でエミリーを見ながら、裸でベッドに横たわった。彼は裸でもすてきだった。こんなのわたしだって恥ずかしいわ、とエミリーは心のなかでつぶやいた。男性のこんな姿をまともに見ることなんて、まずないもの。

「じゃあ、最初のルールよ。いいと言うまでわたしに触れないこと」

「なんだって？」リチャードは身を起こした。

「誓ったでしょう。名誉にかけて」エミリーが釘《くぎ》を刺す。

「こういうのは、本当にいやだな」文句を言ったものの、リチャードはうつぶせになり、自分のグラスにシャンパンをついだ。

エミリーは向きをかえ、彼に背中を向けてベッドの足もとに立ち、チェストの上の大きな鏡に映る自分の姿を見つめた。

地味なチャコールグレーのスーツに分厚い眼鏡。色気もなにもない。まるで人造人間のように見える。でもこのスーツの下にはすばらしい体があるのよ、と彼女は考えた。そして彼はそれが大好きなのだ。エミリーは眼鏡をはずし、チェストの上に置いた。

振り返ってリチャードと目を合わせる。彼はうんざりした顔で少し寒そうにしていたが、ひとりでシャンパンを飲んでいた。エミリーはゆっくりとジャケットのボタンをはずし、チェストの上に落とした。

「全部脱いでしまえよ」リチャードが言い、にやりと笑って彼女にグラスを掲げた。

エミリーはベッドの横に回り、ベッドの端に片足をかけた。履いているのはハイヒールだった。

「新しい靴だろうね？」リチャードが笑いをこらえて尋ねた。

おかしいでしょうね、と彼女は考える。笑ってなさい。エミリーはもう一方の足を彼の反対側に下ろした。彼女の両脚が彼のおなかの上でアーチをつくり、彼の腰のあたりの羽根布団にハイヒールが深く埋もれた。

リチャードはたじろいだ。「ヒールに気をつけて」

エミリーは愚かなことをしている気がしたが、いまさら引き返すわけにはいかなかった。脚に指を滑らせてスカートを腿まで引きあげ、ガーターをはずした。目は一瞬たりともリチャードから離さない。ガーターはピンク色だった。

リチャードが突然興味を示した。

いい感じだわ、とエミリーは思った。やりとおせそうだ。

スカートのポケットに手を伸ばし、シズルのボトルを出した。エミリーはボトルのストッパーをはずし、興奮におののきながら腿の内側をなぞる。さっと肌がかたく引きしまり、彼女は驚きに体を震わせた。リチャードのほうを見おろしたとき、ふたりの目が合った。エミリーは彼の気をそそるためというより、興奮に駆られて上唇をなめた。けれどリチャードはグラスを置き、彼女に手を伸ばしてきた。

「だめよ」エミリーの声に、彼の手が下に落ちる。

エミリーは指先で腿の内側を撫《な》で、なめらかなナイロンの上を滑る指の感触に目を閉じた。体を走る感覚に気持を集中させ、こんなことでリチャードは興奮するのだろうかといぶかしんだ。彼女のほうは驚くほど興奮してきた。シズルは熱を帯び、かすかに肌がうずいた。呼吸がわずかに荒くなる。

目を開けると、リチャードがまだじっと彼女を見つめていた。

エミリーは片手でガーターの留め具をはずした。

リチャードは興味津々だった。エミリーはもう一度ストッパーに香水をつけ、前にかがんでそのガラスを彼の喉に滑らせた。開いたブラウスの胸もとが彼の目のすぐ前まで近づき、豊かな胸に張りつくピンクのレースが見えることも、肌であたためられた香水が彼の鼻先で香ることもちゃんとわかっていた。

手を伸ばしてきたリチャードを、エミリーは押し戻した。「だめよ」

リチャードはちょっとためらったが、両手を自分の頭の後ろに回した。

エミリーは香水をテーブルの上に置き、ナイロンのストッキングの下に指を滑りこませた。腿からふくらはぎへとゆっくりストッキングを下ろしながら、肌を滑るナイロンと自分の指の感触に意識を集中させる。片方の靴を脱ぎ捨てると、爪先からストッキングを脱ぎ、丸めたナイロンで彼の胸をなぞった。リチャードは頭の後ろで手をぐっと握りあわせたが、体は動かさなかった。

エミリーはベッドから下りて彼の横に立ち、もう一方の靴を脱ぎ捨てた。それからもう一度彼に背中を向け、身をくねらせてスカートのファスナーを下ろした。腰から滑り落ちるスカートを、体をかがめて受けとめる。短い黒のスリップが背中にずりあがることも、ピンクのレースの下着がじらすようにちらりと一瞬見えることも、もちろん計算ずみだ。

スカートが床に落ちた。

「すてきだ」リチャードが手を伸ばした。「こっちへおいで」

「約束したでしょう」エミリーはふたたび彼のほうに振り向いた。

リチャードは手を頭の後ろに戻してほほえんだ。

エミリーはベッドに上がり、彼の体に触れないようにその上にまたがった。いまやブラウスと短い黒のスリップという姿だった。ゆっくりと自分の上で動く彼女を、リチャードはじっと見つめている。エミリーは体を片側に傾け、残るガーターの留め具もはずした。手を後ろに回してスリップの下のガーターベルトをはずし、床に落とす。

エミリーは香水のボトルをとってストッパーを腿の内側に滑らせ、またその熱とうずき——じりじりする感覚——を味わった。そしてボトルをベッドの上に置き、ストッキングの上から腿の柔らかい肌を撫でた。撫でるたびに信じられないほど快感が高まり、呼吸が荒くなっていく。

エミリーが目を上げると、リチャードが興奮に目をぎらぎらさせ、魅せられたように彼女に見入っていた。わたしは手も触れずに彼をこんな気持にさせることができるんだわ。

エミリーは自分の力を実感し、わくわくした。さらに肌を撫でると、計画のことなど忘れてしまいそうになった。自分のなかに燃えだした熱と、リチャードの顔に表れた欲望の色に意識を集中させる。徐々に手を上にずらし、ピンクのレースの上をなぞる。エミリーは一瞬目を閉じ、舌先で唇をなめながら自分の手の感触を味わった。目を開けると、リチャードが体を彼女のほうに傾けている。

「きみはすごいな」リチャードは頭の後ろに組んだ手をはずしそうになった。

エミリーが即座にそれを制す。

「わかったよ」リチャードはまた体の力を抜いた。「でも早くしてくれよ」

エミリーはストッキングを下ろし、足から引き抜きながら、彼の体の反対側に脚を下ろした。

「ああ、エミリー」そうつぶやいて、彼はまた頭の後ろから手を伸ばしてきた。

さあ、やるのよ。エミリーは自分を促した。ジェーンがやったのだから、わたしにだってできるわ。

ストッキングを持ったまま、エミリーはすばやく彼の顔に体を倒した。リチャードの唇に胸を探られているあいだに、ストッキングを彼の両手首に巻きつけ、後ろに引っ張った。

「なにをするんだ?」リチャードは両手を引き離そうとしたが、彼女はすでにストッキングの端を真鍮《しんちゅう》のベッドフレームに結びつけていた。

「あなたが約束を守れるようにね」エミリーはささやき、ふたたび彼にまたがって身を起こした。

「やりすぎだよ、エミリー」リチャードはストッキングをぐいと引っ張った。「ほどいてくれ」

「なあに？」エミリーはにっこり笑ってきき返した。「聞いてなかったわ」彼に一挙手一投足を見つめられながら、ゆっくりとブラウスのボタンをはずす。シルクのブラウスの前がするりと開き、両の乳房を覆うピンクとシルバーのレースが現れた。

エミリーが肩を引いてブラウスを後ろに落とすと、リチャードの呼吸はにわかに苦しげになった。シルクのブラウスが脚の上に落ちる。彼は低いうめき声をあげた。

エミリーは手を上げ、ヘアピンを抜いた。豊かな黒髪が肩に流れ落ちる。彼女は前かがみになってリチャードのおなかの上に髪をたらし、その巻き毛に指を通してさっと体を弓なりにそらし、髪を背中に流して頭を軽く振る。

「エミリー、頼むよ」リチャードがうなった。

エミリーは彼を見返しながら、体を覆う黒いシルクのスリップに片手を這《は》わせ、冷たい生地を撫でおろすと、肌にそってゆっくりと持ちあげた。まずヒップにつけた濃いピンクのレースの切れ端が、ついで腹部が、そしてピンクのレースの薔薇《ばら》に覆われた豊かな胸が、彼の目に映った。

エミリーがスリップを床に落とすと、リチャードは目をつぶった。「ほどいてくれ」

「なあに?」エミリーは柔らかくきき返した。「聞いていなかったわ」

エミリーは彼のほうに体を傾け、銀のボウルからいちごをとった。「いちばんみずみずしいいちごを探したのよ」

彼女はさらに体を傾けた。両の乳房がレースからこぼれ落ちそうだ。エミリーはちょっと動きを止め、華奢《きやしや》なブラジャーに胸の重みがかかる感触をたしかめた。そしていちごを彼の前に掲げて舌を這わせ、彼の唇すれすれのところで、その冷たい果実に歯を立てた。いちごを口にくわえて吸っているとき、果汁が彼の胸にこぼれた。

「ごめんなさい」エミリーは体をかがめ、彼の肌の上にこぼれた汁をなめとった。

熱を帯びた彼の体に比べ、エミリーの唇は冷たかった。リチャードは彼女の唇の下で身をよじらせた。「ほどいてくれよ」彼が頼む。

エミリーは無視した。

「なにをしようっていうんだ?」

「わたしがしたいことを、なにもかもよ」エミリーは彼にキスし、舌を差しこんだ。たまりにたまった不満と欲求で、彼のキスは狂おしいほど熱く、激しかった。彼女は体を離し、じっとリチャードを見つめた。陶酔した目で、腫《は》れた唇に舌を走らせる。

「今夜抱かせてくれる気はあるのかい?」リチャードが低く抑えた声でうなった。

「あるわよ」エミリーは答えた。「ひと晩中でも。わたしのすべてをお好きなように。わたしがその気になったらね」

「もうその気になっているじゃないか」リチャードは彼女に押しつけようと体を持ちあげた。「熱くなっているのはわかってるよ」

「それがいつかは、わたしが決めるの」エミリーは体を引き、彼の腰をそっとまたいでボウルからもうひとついちごをとった。下着のレースが彼のこわばりをさっとかすめる。

リチャードはエミリーの下で腰を突きあげたが、彼女は体を起こし、届かないよう脚を上げた。彼がまた力を抜くと、エミリーはまた触れるか触れないかの位置にまたがり、彼を見おろした。

見つめる彼の目の前で、エミリーはいちごの先を噛《か》み、その切り口を喉もとから胸のふくらみに滑らせた。果汁の跡が肌の上で光り、じりじりと燃えているようだ。エミリーはめまいがするほどの興奮を覚え、目を閉じて胸の谷間でいちごを押しつぶした。

「熱いわ」エミリーはつぶやいた。

「わかるよ」

エミリーは目を開け、自分を見つめるリチャードを見た。さっきより目が穏やかになっている。

「続けて」リチャードは促した。「見ていたいんだ」

エミリーは握っていた手を開いてつぶれたいちごを見た。そしてそれを口に入れた。唇の端から果汁がこぼれる。彼女の舌がそれをなめとるのを見つめて、リチャードは荒い息を吐いた。

エミリーが両手で体のわきをなぞりながら腕を胸の下で交差させると、乳房がレースのブラジャーからはみださんばかりに盛りあがった。手を背中に回してブラジャーをはずし、背中を弓なりにして胸を解放する。そのあいだも自分を見つめるリチャードから目を離さず、求められている快感にひたった。

「きみはきれいだ」欲望のあまりリチャードの声はかすれた。

エミリーは彼に触れそうで触れない位置でわずかに体を揺すった。かすかに体が触れあう。「見ていて」彼女はゆっくりと、おなかを下へと撫で、脚のあいだのピンクのレースの下に両手を滑りこませた。目を閉じ、そっと撫でながらうめき声をもらす。目を開けると、リチャードの顔にはほほえみが浮かんでいた。しかし、その目は欲望で輝いている。

「手をほどいてくれ」

エミリーは前に体を倒して、ボウルからもうひとついちごをとり、その冷たい果実をかじってまた果汁を彼の上にこぼした。リチャードのたくましい体の上で果汁をすすり、乳首に舌を這わせて彼を身震いさせる。それからいちごを口に含んで噛みつぶし、前にかがんで彼にキスした。

「さあ」リチャードはせきたてた。

エミリーは笑った。起き直って彼の腰の上でそっと体を動かす。そしてベッドから滑りおり、彼の横に立った。ピンクのレースに指をかけ、ヒップから引きおろして床に落とす。裸になり、ふたたび彼の上にまたがった。長い髪が彼の胸をくすぐる。ほとんど彼に触れそうになるまで、ゆっくりと体を沈みこませる。リチャードの高まりがかすかに彼女自身に触れた。

エミリーは彼の目をのぞきこみ、そこに欲望と愛情を認めた。「いいわ」手を伸ばしてストッキングの結び目をほどき、彼の両手を自由にすると同時に自ら彼の高ぶりを受け入れた。

エミリーが覆いかぶさるとリチャードは声をあげ、体を回転させて彼女をあお向けにし、両手で彼女の腕を、胸をまさぐり、彼女の顔をはさんで荒々しくキスをした。そのあいだも、エミリーのなかで彼は激しく動き続けた。エミリーは彼にしがみつき、信じられないような快感にあえいだ。リチャードの熱く、強く、激しい行為が彼女を攻めたて、さっきまで彼女が漂っていたぼんやりとした欲望のふちからあっという間に引きずりだし、絶頂へと導いた。エミリーが彼の背中に爪を立て、声をあげて達するのと同時に、彼も震えながら達した。

リチャードは体を震わせ、大きくあえぎながら彼女をしっかりと抱きしめた。

「二度とこんなことはしないでくれ」やっと息がつけるようになると、リチャードが言った。「気がおかしくなりそうだったよ」

「気に入ると思ったのよ」エミリーはささやいた。

「気に入ったよ。でも二度とごめんだ。ちょっと激しすぎる」リチャードは彼女にキスした。最初は柔らかく唇に、それから彼女の体を探りだした。果汁でべたべたした肌をなめ、何度も何度もキスを繰り返す。愛の行為で体はくたくただったが、それでもなお彼女を求めてやまなかった。

「すてきだったわ」エミリーは眠そうに言った。

「そうだね」

リチャードは羽根布団を引っ張ってふたりの上にかけ、彼女が眠りに落ちるまでゆっくりと背中を撫で続けた。彼のほうはとても眠れなかった。三十分ほどたってエミリーを起こしたとき、彼はまだ狂おしいほどに彼女を求めていた。ふたりはさっきよりもさらに激しく愛しあった。

次の朝目覚めると、リチャードはひとりきりだった。一瞬、エミリーは帰ってしまったのかと思ったが、キッチンのほうから音が聞こえてきた。

エミリーは彼のナイトガウンを着て、厚切りのフランスパンとシナモンを加えたとき卵、生クリームでフレンチトーストをつくっていた。天国にいるのかと思うようないいにおい

かった。

が漂っている。

リチャードは後ろから彼女に近づき、その首筋にキスをした。エミリーは彼にもたれかかった。

「ゆうべはききもしなかったけれど」エミリーが尋ねた。「いちごは好きだった?」

「うん」リチャードはしっかりと彼女を抱きしめた。「ゆうべみたいな食べ方はとくにね。またやろう。縛るのはなしで」

「フレンチトーストの上にいちごとシロップ、どっちをかける?」エミリーがきいた。

「いちご」リチャードは答えた。

エミリーは厚切りのパンにシロップをかけ、彼に皿を手渡した。

「エミリー?」

「食べて」彼女は快活に促した。「さめちゃうわ」

リチャードは裸のまま当惑した顔でテーブルについた。エミリーは自分の皿を持ってきて彼の向かいに座り、自分のトーストにもシロップをかけた。

「今日は大事なミーティングね」エミリーは言った。

リチャードは皿の上のシロップを見おろしてため息をつき、食べ始めた。「遅れていこう。ミーティングは十一時すぎまでやっている」

エミリーはトーストを噛んだ。「生クリームでつくったのは初めてよ。すごくおいしいわね」

「おいしいよ」リチャードは答えて、もう一度言った。「ミーティングには遅れていこう」

エミリーは彼にコーヒーカップを渡した。「もう少しついでもらえる？」にっこりほほえんで頼む。

「いいよ」リチャードは立ちあがってコーヒーをつぎ、カップを渡した。「ミーティングには遅れていこうよ」

もう一度繰り返したが、エミリーはまるで彼の言葉など聞こえなかったかのように、完全に無視した。

「コーヒーをごちそうさま、ダーリン。ジェーンといくつか見直さなければいけないことがあるの。少し早めに出るわ」

「でもエミリー」リチャードは混乱した。

彼女はカップをとり、キッチンから出ていった。

「エミリー！」リチャードは声をあららげた。

エミリーが戸口から顔をのぞかせる。「なにか言った？　聞いていなかったわ」輝くようなほほえみを投げかけた彼女は、ベッドルームへ消えた。

リチャードはしばらくトーストをにらんでいたが、立ちあがり、彼女を追ってベッドルームに入っていった。エミリーはいなかったが、バスルームで水の流れる音が聞こえた。

「わかったよ、エミリー」リチャードはバスルームのドアに向かって叫んだ。「きみの言いたいことはよくわかった。無視されるのは本当にいらいらする。無力だというのは、ストレスがたまるよ。もう出てきてくれ」ドアノブを回そうとしたが、鍵《かぎ》がかかっていた。

「エミリー！」

「聞こえないわ、リチャード」エミリーが叫び返した。「水を出しているのよ」

水は永遠に流れ続けるかのように思えた。エミリーがそれを止めると、彼はまたドアに向かって叫んだ。「エミリー、出てきてくれ！　話をしたいんだ」

ドアが開き、エミリーがスーツを着て出てきた。彼女はリチャードの頬にキスをした。

「会社で会いましょう、ダーリン」エミリーはそう言って彼の腕をすり抜けた。

リチャードは玄関まで追っていったが、彼女がドアを開けると、後ろに下がった。「まったく、きみって人は」

エミリーは彼に指を振ってみせると、背後でドアを閉めた。

「なんてことだ」リチャードは大股に歩いてベッドルームに着替えに行った。

出社するとすぐにリチャードはエミリーに電話をかけたが、ジェーンが出てエミリーはいないと告げた。彼は階段を駆けおり、ジェーンの前を大股で通りすぎた。けれどもエミリーのオフィスは本当にからっぽだった。

「彼女はどこに行ったんだ？」リチャードはジェーンにくってかかった。

「ご自分をなんだと思っていらっしゃるんです？」ジェーンは冷静な口調で応じた。

リチャードは黙りこんだ。

「彼女はあなたのパートナーであって、所有物ではありません。あなたが用事があるからといって、ここにいなければならない理由はありませんわ」ジェーンは腕を組み、彼を見すえて続けた。「それにあなたにも頭がおありなら、まずは彼女の言うことに耳を傾けてください。彼女はやるべきことをよく心得ています。この半年で会社に四百万ドルもの利益をもたらしたんですから。あなたはまだ利益をあげてはいないでしょう？」

リチャードはジェーンをにらみつけた。青い目が怒りで鋭く光っている。

ジェーンは少しもひるむことなくにらみ返した。「たとえ価値があっても彼女の話は聞きたくないとおっしゃるのなら、ご自分の仕事のためだと思ってください。必要な資金をもらえずにシズルが失敗したとなれば、彼女が責任をとるいわれはありませんわ」

「彼女は際限なく金を使ってしまう」リチャードの目が和らいだ。「ぼくが必要なんだ」

「たしかに」ジェーンもほほえんだ。「彼女は予算管理にかけては素人です。でもあなたもマーケティングに関しては素人ですわ。予算の専門家が香水を売ったことはないでしょう。でもエミリーには売ることができます。あなたが話を聞いてくださりさえすれば。無視せずに彼女の話を聞いて、必要なお金をつくってあげてください。彼女はあなたのアドバイスにしたがって、このキャンペーンでやりたかった多くのことをあきらめました。それはよかったんです。彼女はあなたからいろいろなことを学んだんですわ。前より慎重になり、重要な二点だけに的を絞るようになりました。シズルを売る要《かなめ》になると直感したふたつ——ルビーと映画です。けれどあなたは、彼女の手助けをしようとはなさらなかった。ただノーと言うだけ。検討さえなさらなかった」

リチャードの顔から怒りが消えた。「やはりぼくが聞いていなかったということだね」

「彼女は一時間後にミーティングに出ます」ジェーンが言った。

リチャードはなにか言いかけたが、くるりと向きをかえ、エレベーターのほうへ歩いていった。彼が帰ってしまうと、ジェーンは女性用トイレに行った。

エミリーは洗面台の上に座ってジェーンを待っていた。

「帰ったわ」ジェーンが声をかける。

「それで？」

「さあね」ジェーンは壁に寄りかかった。「打ちあわせたとおりに言ったわ。秘書からこんな口のきき方をされるのは初めてだって顔をしていたわよ」

「それでも、あなたのことをただの秘書だと思っているのなら、あまり真剣にはとらないでしょうね」

「それはもう、彼自身の問題ね」

「どうなることか」

「ミーティングでは爆弾を落とすつもり？」

「ええ」エミリーはひょいと洗面台から飛びおりた。「ふたつともね。一緒に来る？」

「もちろん」ジェーンは答えた。「ビデオ係を受けもつわ」


ミーティングでのエミリーは生き生きとしていた。香水を紹介し、ほかの役員たちにもうずきの感覚がわかるように試させ、主なターゲットと商品の展開について説明した。彼女は終始リチャードの視線を感じていたが、目を上げてみると、意外にもにらんでいるのではなかった。リチャードの目には誇りと、彼女に対する称賛の念があふれていた。

そうよ、とエミリーは心のなかでつぶやいた。わたしってたいしたものでしょう。

「パラダイスと同様のキャンペーンを行いますが、中身は違います」エミリーは話を続けながら、広告担当がつくってくれた大きな見本写真のパネルをイーゼルにかけた。「ごらんのようにボトルはパラダイスと同じですが、色は白ではなく、黒です。ガラスのストッパーには、ダイヤモンドではなくルビーを模したものを用います」

一同はうなずいた。

「たとえパラダイスを使ったことがなくても、このダブルの効果が消費者の目を引き、自然と手にとらせることになるはずです。セクシーでありながら洗練された感じを味わいたいときはパラダイスを、思いきりセクシーで奔放な感じにしたいときはシズルをつけてもらうのです。たとえばパラダイスのときは思いもしなかったような部分に、シズルをつけてみるというのもいいでしょう」

男性役員の何人かは、心によぎったエロティックな想像を隠すためにいつにも増して真剣な顔をしてみせた。女性役員のひとりはサンプルのボトルを手にとった。

「それに、どんな女性も心のなかに天使の部分と悪魔の部分を持っていますから、どちらの香水も必要なのです」エミリーの言葉に、その女性役員はにやりと笑った。いけるわ、とエミリーは思った。広告にぴったりの文句だ。

「オープニングや展示においては、パラダイスのときのように本物の宝石を使うのかね?」副社長のヘンリー・エバドンが質問した。

「そうです」エミリーはまっすぐにリチャードを見た。「ルビーについては手配ずみです。注文書は今日の午後ミスター・パーカーに回します」

リチャードは眉をつりあげた。

「なにかおっしゃいましたか? ミスター・パーカー」エミリーは尋ねた。「よく聞こえませんでしたが」

思いがけず、ヘンリーが口をはさんだ。「いい案だ。ダイヤモンドは大あたりだったからな。製品にも品格が出る。とてもいい案だよ、エミリー」

「ありがとうございます、ヘンリー」エミリーはちょっと言葉を切った。「ですが、肝心なのはここからです」

リチャードがため息をついた。わたしがなにを言うつもりかわかっているのね、とエミリーは考える。

「シズルははでな宣伝にもってこいの製品です」エミリーは説明した。「わたしはロサンゼルスに連絡して、成功しそうなはででセクシーな映画を探し、一本見つけました。けれど、彼らが提示してきた額は法外だとミスター・パーカーはお考えに……」

リチャードが顔をしかめるのを見て、エミリーはためらった。きっと特定の映画について話しあいなどしただろうかと記憶を探っているのだろう。

「もちろん、彼の考えはもっともです」

リチャードはまたエミリーに向かって眉を上げた。

「それでわたしも再考いたしました。ミスター・パーカーのすばらしいアドバイスのおかげで、まさにうってつけの映画を見つけることができました」

エミリーは大きく息をついた。これは大きな賭《かけ》だ。

「大学を出たばかりの若手監督が撮った低予算の映画です。けれど、彼は天才です。この映画はきっと『セックスと嘘《うそ》とビデオテープ』の再来になります。カンヌ映画祭の賞を総なめにするかもしれません。そこにわが社の製品を出すのです。マスコミが映画のことを詳細にとりあげるようになれば、シズルはアメリカ中の雑誌に掲載されることになるのです。それも無料で」

ヘンリーは頭を振った。「マニア好みの小作品だろう。それでは意味がない」

「意味はあります」エミリーは自信ありげにほほえんだ。「人生に賭はつきものです。パラダイスもそうだったではありませんか。それにこれはうまくいきそうな手応《てごた》えを感じるんです」

ヘンリーは眉をひそめた。「わたしは賭というのは気が進まんね。費用はどうやって捻《ねん》出《しゅっ》するんだ、リチャード？」

エミリーは体をかたくした。

「ほかをとり崩して調整します」リチャードが答えた。

ありがとう、とエミリーは目で感謝の意を表した。ふい打ちを食らわせたというのに、リチャードは彼女のためにうまくやってくれた。実際、嘘までついてくれている。

「このラフプランを見てください」リチャードは数字の並んだ書類を配った。「雑誌の広告料を削減すれば、映画への出費はまかなえます。ともかくこれが成功すれば、それ以上宣伝費がかかりません。ルビーのほうは投資物件として扱うので、広告費ではなく投資資金で購入します」

エミリーは渡された書類を見た。嘘ではなかった。リチャードは本当にやってくれたのだ。ミーティングまでの短い時間に。今度こそ彼はちゃんと話を聞き、行動してくれたのだ。

胸が痛くなるほどの彼への愛情が、エミリーのなかに満ちあふれた。

ヘンリーはうなずいた。「だが無名の監督に無名の役者の映画では……」頭を振る。

「でもこの映画は、映画史上におけるエロティシズムの革命を起こすはずです」エミリーはリチャードから話を引きとって続けた。「もちろんわたしの言葉だけで納得していただけるとは思っていません」

ジェーンに合図すると、彼女は部屋の前方にあるビデオデッキの再生ボタンを押し、明かりを消した。

「彼らは今週、シズルを使うシーンを撮影する予定です」エミリーは説明した。画面上ではふたりの役者が近づくところだった。「ですから、実際に製品が出るところはお見せできません。でもこのシーンをごらんになれば、この映画の可能性がわかっていただけるはずです」

エミリーはテーブルをぐるりと回ってリチャードの隣に腰を下ろした。ふたりの役者が抱きあう。二度目だというのに、そのシーンはエミリーを驚くほどエロティックな気分にさせた。なかほどまで過ぎたころ、リチャードが彼女の膝に手を置き、ゆっくりと撫でながら少しずつスカートを押しあげていく。

リチャードとわたしでこのテープをとっておこう、とエミリーは考えた。即席の媚薬《びやく》みたいだわ。もっとも、そんなものわたしたちには必要ないけれど。でも、あったとしても悪くない……。

ビデオが終わると、ジェーンは明かりをつけ、デッキの電源を切った。リチャードは手を離した。

これが終わったらリチャードとミーティングをしなくては。エミリーはひそかに思った。熱烈な、ふたりだけのミーティングを。このあとすぐに。

テーブルを囲む役員たちは、みんな少しぼうっとした顔をしていた。

ヘンリーが咳払《せきばら》いをし、椅子の上で背筋を伸ばした。「雑誌の広告を削るのは本来ならあまり賛成でききんが、リチャードの予算案には文句がない。それに映画のほうは、たしかに……興奮がある。無論、ポルノではないが」彼は急いでつけ加えた。

ほかの役員たちもぼそぼそと賛意を示した。

ヘンリーはネクタイをまっすぐにして続けた。「それにエミリーがそこまで強く映画に出すことを推すのなら、やはり賛成するべきだろう」ヘンリーはリチャードに向かって慇《いん》懃《ぎん》に笑ってみせた。「細かいことはともかく、ことマーケティングに関してはエミリーの意見にしたがうのがいちばんだということが、前回の例でわかっているからな」

「ええ」リチャードもほほえんだ。「ぼくにもそれがわかったところです」

「そうか」ヘンリーは満足げに椅子にそり返った。「きみたちはいいチームのようだな。シズル、か」彼はエミリーに視線を移し、なにげない声を装った。「余分なのはあるかな？　妻に持って帰ってやりたいんだ。うちのは、その……新製品に興味があるんでね」

「もちろんですわ」エミリーは試作品を手にとった。「これをどうぞ」

ジェーンが彼女の後ろで小さく『ロッキー』のテーマを口ずさんだ。

みんなが出ていったあと、三人は会議室に座っていた。

「やったわね」ジェーンが伸びをした。「わたしたちってすごいわ。われら三人の愉快な仲間が、みんなをしたがわせてしまったのよ」

リチャードはジェーンを見た。「寛大だね。このみごとな決議はきみたちふたりが成しとげたものなのに」

「でも予算を可能にしたのはあなたよ」ジェーンは彼ににっこりとほほえみかけた。「わたしたちだってそれほどうぬぼれてはいないわ。誰のおかげで成功できたのかぐらいちゃんと心得ているわよ、ねえ、エム？」

「もう行って」エミリーがジェーンに言った。「われら〝ふたりの〟愉快な仲間には、まだやることが残っているのよ」

ジェーンは愛想よく笑った。「さっきのビデオを持って、ベンに会いに行ってもかまわないならね。わたしたちまだ見ていないのよ。失敗したわ」

「午後は休みにしていいわよ」エミリーは答えた。「わたしは忙しいから」

ジェーンが出ていくと、これみよがしにドアの鍵をしめて、リチャードはエミリーを振り返った。

「わたしはシズルをつけているの」エミリーが言った。「これは強い男を思いのままに操ってしまうのよ。あなたは強い男よね」立ちあがり、リチャードの目の前のテーブルに座って彼の肩に手をかける。

彼はすぐにエミリーを膝のあいだに引き寄せた。

「ね？　すごい製品だって言ったでしょう」誇らしげにエミリーは言った。

「これからはきみの言うことをちゃんと聞くよ」

「もう、そうしてくれたわ。予算を見直してくれたじゃない」

「予算のことだけじゃない」リチャードは両手で彼女の背中を撫でた。「ゆうべと今朝のきみの態度は、まさにダブルパンチをくらった感じだったよ。でもおかげでやっと、きみのメッセージに気づいたようだ」彼女のブラウスをスカートから引きだし、その下に手を入れてレースに覆われた胸を包んだ。「これからはちゃんと聞くよ」彼は繰り返した。

「ホックは前よ」

エミリーの言葉にリチャードはしたがった。「ほかに言いたいことはない？」彼女をテーブルにのせながら尋ねる。「ちゃんと聞いているよ」

「そうね」エミリーは自分の上に彼をぐいと引き寄せてささやいた。「愛しているわ。わたしをじりじりさせて」

恋人たちのシエスタ

リンダ・ラエル・ミラー

■主要登場人物

オリヴィア・スティルウェル……作家の助手。
エロル・マコーリー……オリヴィアのおじ。作家。
エステバン・ラミレス……牧場主。
ペピート……エステバンの部下。
マリア……ラミレス家の家政婦。
レオネシオ・デ・ルカ・サンタナ……エステバンの仇敵。武器商人。

1

オリヴィア・スティルウェルは後ろ手に手首を縛られ、ジープに放《ほう》り込まれていた。車体がガタンと大きく揺れるたびに、さびついて薄汚れた床に体をたたきつけられて打ち傷が増えていく。こんな危ない目にあわせられたからには、うんとボーナスを弾んでもらうわ。恐怖のあまりすっかり麻痺《まひ》してしまった頭の片隅で、オリヴィアはぼうっと考えた――そのためにも、なんとしても生きて帰らなくては。

容赦なく照りつけるメキシコの強烈な太陽は、ノースリーブの白いコットンのブラウスとカーキ色のスラックスなどなんなく突き通して、じりじりとオリヴィアの体を焦がしていく。汗とほこりにまみれた顔や首には、肩まで伸びた赤褐色の髪がべったり張りついている。まるで熱湯でゆで上げられようとしているロブスターよろしく、はさみならぬ両手を縛り上げられたまま、この暑さの中をあと一キロでも揺られつづけたら、吐き気を催してしまうだろう。

だがオリヴィアは、この人さらいたちに車を停《と》めてほしいとは思わなかった。かといって、おぞましいなりゆきに向かってこのまま進みつづけるのもごめんだ。

オリヴィアは目を閉じて闇《やみ》の世界に逃げ道を求めた。だが、結局そこも安息の場にはならなかった。何年も前に見たB級映画の残虐なシーンが次々と、生々しく頭に浮かんできてしまう。

これから先のことは考えたくない。かといっていまのこの状況にも耐えられそうにない。必然的にオリヴィアは、思いを過去へと引き戻していった。

きょうの朝までは、オリヴィアの人生はすべて順調に、思いどおりに運んでいたはずだったのだ。

主に女性向けに恋とスリル満点のロマンス冒険小説を書いているおじのエロルが、小説の舞台や背景の調査スタッフとして大学を卒業したばかりのオリヴィアを雇い入れたのは、五年前のことだった。オリヴィアはすぐにその仕事が好きになり、そつなくこなすようになっていった。そしてしだいに経験を積み重ねていき、ついにはほかのスタッフを指揮する立場となって、おじが指示する現地調査の仕事の中から自分のやりたいものを選べるまでの権限を得るまでになった。

だが、斬新《ざんしん》なアイデアを次々とひねり出し、一生懸命仕事に励んだ結果としていまの地位を築き上げたのに、まわりの人間はそれをオリヴィアの努力のたまものとはみなさなかった。オリヴィアはエロル・マコーリーのただひとりの肉親であり、彼に手塩にかけて育てられた愛娘《まなむすめ》なのだから、いまの地位も当然おじから与えられたものだと、ほとんどの人が思い込んでいるのだ。

だからこそこんな悲惨な状況の中にあっても、オリヴィアの心の片隅には、がんばっていつか自分の真価をまわりに認めさせたいという意識がうずいていた。

もう何百回目になるのか、ジープがはね上がってまたしてもオリヴィアの右の頰が床にたたきつけられた。もうたくさん。欲しいと言われれば、こんな仕事はもうだれとだって代わってあげるわよ。

涙が目にあふれてきた。まだ涙が出るくらい、体の中に水分が残っていたのかと思ってほっとする。オリヴィアは鼻をすすり上げた。ほんの数時間前にはホテルのテラスで、鮮やかな赤と白のストライプの日よけの下、強烈な日差しから守られて、満ち足りた気持ちで優雅に朝食を楽しんでいたというのに。二週間の現地調査の仕事を首尾よく終えて——エロルはいま、莫大《ばくだい》な遺産を相続したアメリカ娘が幾多の試練や障害を乗り越えて、メキシコ人の闘牛士と結婚する話を執筆中なのだ——自分へのごほうびに、ガイドブックで知った人里離れた芸術家村へ陶器を買いに行くのを楽しみにしていたのに。

オリヴィアは自宅に陶芸用のろくろと小さな窯を持っていた。実は彼女は陶器作りが得意で、陶芸展覧会やアート・ギャラリーで自分の作品を売りたいという野心を抱いていた。刺激と冒険に富んだいまの仕事はもちろん愛しているが、その反面、オリヴィアは別な生き方をも追い求めていた。陶芸家として身を立てることと、子供を産み育てることだ。もっともこのふたつには、あまり関連性はなかったが。

ホテルのベルボーイに行き方を教わってから、彼女はレンタカーに乗り込んで芸術家村へと出発した。

ところが砂漠のどこかで道を間違えてしまったのだ。そこから始まった恐怖の出来事は、きっとあのホラー作家のスティーヴン・キングをタイプライターに釘《くぎ》づけにすることだろう。

まずは俗世から離れたリゾートタウン、サン・カルロスを出たときには快調そのものだったはずの小型のセダンが、オーバーヒートしてしまった。ラジエーターの水がたぎる湯となって噴き出して、ボンネットの中でシューっとうなりをあげた。もちろん、エンジンはもう二度と動こうとしなかった。

それでも、オリヴィアはあわてたりはしなかった。なにしろこれまでコロンビアやモロッコやネパールといった、世界でもとりわけ自然の厳しい土地、エロルの言う〝空気のいい場所〟でこれと似たようなトラブルに陥ったことが何度もあるのだ。きょうは水筒を持ってきているし、バッグの中には日焼け止めローションと野球帽も入っている。それにこの先をもう少し歩いていけば、目ざす芸術家村に行き着けるものと、オリヴィアは信じて疑わなかった。

向こうに着きさえすれば、きっと村のだれかがホテルまで送っていってくれるだろう。サングラスをかけ、顔と腕に日焼け止めローションをたっぷりすり込み、派手なピンクの野球帽をかぶると、オリヴィアは余裕たっぷりの足取りでわだちのついた砂の道を歩きだした。砂漠の生き物が何匹か、足もとをかすめてちょろちょろと道を横切っていく。どきっとしながらも、彼女はその生き物たちの大きさや色合いを記憶に刻みつけた。より細かい情報をたくさん持ち帰れば、エロルも喜ぶだろう。おじはいきいきと目に浮かぶような情景描写をたくさん織り込むのが好きなのだ。

だが、かれこれ一時間以上歩きつづけても、芸術家村は影も形もなかった。四方を見渡しても、目に映るのは砂漠とサボテンと、そしてはるか彼方《かなた》に連なる山々の影ばかりだ。暑さに全身汗びっしょりになりながら強気に歩きつづけてきたオリヴィアの中に、はじめて冷たい恐怖が走った。

そのとき、砂漠を貫く一本道のはるか向こうに、茶色の砂煙を巻き上げてくる一台のジープが見えた。

ジープはどんどん近づいてくると、オリヴィアの横でキーッと停まった。ライフルを手に、値踏みするようないやらしい目でこちらを見ている男たちを目にした瞬間、オリヴィアは彼らが自分を助けるつもりで車を停めたのではないと悟った。彼女はぱっときびすを返すと、道路をはずれて砂漠の中に駆け出した。だが炎のように熱い砂がサンダルの底を焦がして足を焼きつけ、たちまち男たちに捕らえられてしまった。

きっとレイプされて、そのまま砂漠の真ん中に置き去りにされるんだわ。オリヴィアは必死に叫び、抵抗した。ふたり組の山賊《バンディード》の若いほうの男が、オリヴィアの頬を打とうと手を振り上げた。すると年かさの男が相棒の手首をつかまえて抑え、スペイン語で怒鳴りつけた。

だが結局、オリヴィアは両手を背中にまわされ、手首を縛り上げられた。足首も同じように縛られ、口にはさるぐつわをかまされた。男たちともみ合っているあいだに、帽子はどこかになくなっていた。

それからいったいどのくらいこうして走りつづけているのか、オリヴィアは時間の感覚を失っていた。もう何日も過ぎたような気がする。でも、たぶん数時間しかたっていないはずだ。

オリヴィアは低くうめきながら、床の上でのたうった。苦い胃液がこみ上げてきて、鼻とのどが焼けるようにひりついている。体じゅうの骨と筋肉がずきずき痛む。だが、なによりも苦しみをあおり立てるものは恐怖だった。メキシコで若い女性が誘拐され売られていく、安っぽいB級映画の身の毛もよだつようなストーリーが頭にこびりついて離れない。

ジープがいきなりがくんと停まって、オリヴィアは前のシートに激しく打ちつけられた。心臓と肺が胸の中でぶつかったような衝撃だ。

年かさの男がシャツを汗びっしょりにさせて、後ろのシートにまわってきた。オリヴィアの腕をぐいとつかんで、床の上に起き上がらせる。オリヴィアの目に一瞬、男の姿が蜃《しん》気楼《きろう》のようにゆらりと揺れて映った。このまま意識を失ってしまいそうだ。

男はふたたび鋭い語気のスペイン語で何事かつぶやくと——くだけた言葉で、しかも早口でしゃべったのでオリヴィアにはなにを言っているのかわからなかった——バンダナのさるぐつわをはずしてオリヴィアの唇に水筒の口をあてがった。彼女は死にもの狂いで中身をむさぼった。男はオリヴィアを怒鳴りつけ、少しずつゆっくり飲めとわからせるまで、水をお預けにした。オリヴィアがうなずくと、冷たい液体がふたたび口の中に流れ込んできた。鉄と硫黄の臭《にお》いがする水は、どんな美酒よりもおいしかった。

やがて男は水筒を引っ込めると、また横になれと身ぶりで命じた。しかたなくオリヴィアが従うと、男は市場で観光客目当てに安っぽい装飾品やテーブルクロスと並べて売られているような、ストライプ模様の毛布を彼女の体にすっぽりとかぶせた。ジープはふたたび走りだした。

分厚い毛布に包まれて、その暑さといったらもううだるようだったが、彼女はすぐに男の配慮を理解した。この毛布に守られていなければ、文字どおり生きたまま強烈な太陽に丸焼きにされていただろう。

ジープはひたすら走りつづけ、オリヴィアの意識はしだいに途切れがちになっていった。

まだまだやりたいことはたくさん残っているのに。陶芸の世界で名を成したいし、結婚して子供も欲しい……いやよ、死にたくないわ！　でも、もしかしてこのまま白人奴隷として売春組織にでも売られてしまう運命なら、死んだほうがましかもしれない。

どちらの道を選ぶか、わたしに選択権があればの話だけれど。

途中でもう一度水分補給の休憩がとられたが、そのころには彼女は夢の世界を漂っていた。コネチカットに戻って、独立戦争前の時代に建てられた壮麗なおじの屋敷の屋根裏の作業場で楽しそうにろくろをまわし、地元の工芸品展で展示即売に出品する壺《つぼ》や花瓶やフルーツ皿の制作に熱中している夢だった。

メキシコの灼熱《しゃくねつ》の暑さもしだいに弱まってきた。代わりに忍び寄ってきた肌寒さに、オリヴィアは夢から過酷な現実の世界に引き戻され、窮屈そうに背中をよじらせた。ふたり組に感謝する気にはなれないが、上にかけられた毛布はありがたかった。

体じゅう打ち身だらけのオリヴィアなどおかまいなしに、ジープはガタガタと先を急いだ。道路のくぼみやわだちなど平気で乗り上げていくし、ときにはいきなり脱輪したりして、シートを床に固定しているボルトの出っぱりの上に体をたたきつけられる。オリヴィアは身をくねらせて、毛布の下からなんとか片目だけのぞかせた。銀色に輝く星々が、真っ暗な夜空を一面に埋め尽くしている。

さよなら、オリヴィア。まだやりたいことはたくさんあったのにね。

これで死んでしまうのかと思うと、悲しくて胸に熱いものがこみ上げてくる。わたしはまだ二六なのよ。さようならを告げるには、あまりにもこの世は美しすぎる。

ジープは山道を上がったり下がったりして、ようやく停まった。ふたり組とは別の複数の男たちがスペイン語でなにか話している声を聞きながら、オリヴィアは意識を失った。

わたしは死んだはずなのに。気がついたとき、オリヴィアはまずそう思った。いま彼女は、調度類すべてが白いリネンでおおわれた部屋に横たわっていた。ところどころに淡いパステルの色がアクセントを添えている、ひんやりと心地よい部屋だ。開け放された窓の向こうには、紺碧《こんぺき》の海がきらめく雲母《うんも》のような波頭をたてて、真っ白な砂浜を洗っている。

オリヴィアは声を出そうとした。が、のどがひりついて声にならない。体を起こすと、オリヴィアは自分が敷いている凝った刺繍《ししゅう》の上等なシーツにてのひらをすべらせた。気がつくと、上質のコットンのゆったりとしたローブを着せられている。太陽にさらされて赤く焼け、皮がむけた腕には、痛みを静めるなめらかな薬用ローションが塗られていた。

ベッドサイドのテーブルには冷たい水の入ったクリスタルの水差しと、いっぱいに果物を盛った同じクリスタルのフルーツボウルが置かれている。優雅で贅沢《ぜいたく》な品々に囲まれながらも、オリヴィアは恐怖に身を凍らせた。あのバンディードたちに連れてこられたのだとしたら、わたしは助けられてここにいるわけじゃないのよ。たぶんここは、さらってきた白人女性を集めておくアジトなんだわ。わたしはきっとこれから南米に売られていくのよ。それともひょっとしてリビアあたりか……。

そうとなったら、とにかくまずは服を探し出さなくては。そしてテラスを乗り越えて、ここから脱出するのだ。いざとなったら来た道を歩いて逃げることも辞さないし、運がよければ車を盗み出せるだろう。キーがついていなくてもかまわない。前の準備調査のとき必要があって、イグニッションをショートさせてエンジンをかける方法は身につけてある。

打ち身と日焼けの痛みに身をすくませながら、オリヴィアは上掛けをそっと押しのけて、天蓋《てんがい》つきの優雅なベッドから這《は》い出した。だがすぐに膝がなえて、手織りの白い敷物の上にくずおれてしまう。

オリヴィアは這いつくばるようにしてベッドに戻った。ほんのちょっぴり体を動かしただけで、頭はがんがん鳴るし、胃がむかむかする。早くここから逃げ出さなくてはならないというのに、体が言うことを聞いてくれないなんて。

いきなりドアが開いて、オリヴィアは恐怖に息をのんだ。だが部屋に入ってきたのは、六〇歳前後の柔和な面立ちのメキシコ人女性だった。中肉中背の体に薄いピンクのコットンのドレスを着て、足は裸足《はだし》だ。顔には穏やかな笑みを浮かべている。

もしこの女性が白人奴隷の売買に荷担しているとしても、きっと本人はそうとは知らずにやっているのにちがいないわ。女性はスペイン語でこんにちはと言うとベッドに近づいてきた。サン・カルロスのホテルを出てからはじめて、オリヴィアは意味のわかる言葉を聞いた。

オリヴィアはたどたどしいスペイン語で、英語が話せるかどうかたずねてみたが、女性は悲しげに首を振っただけだった。

「マリア」女性はそう言って、自分を指さした。そして今度はこの部屋の客人に向かって、身ぶりで名をたずねる。

「オリヴィア」捕らわれの身のオリヴィアが答えた。

マリアはにっこりほほえむと、水差しの水をグラスに注《つ》いで、そっとオリヴィアの唇に持っていった。

オリヴィアはありがたくその水を飲んだ。胃のむかつきがしだいに収まっていく。天井を見上げながら、彼女はふっくらした枕《まくら》に背をもたせかけた。たずねたいことは山ほどある。だが、このいかにも人のよさそうなマリアにあれこれきいてみたところで、張りつめた神経がますます参ってしまうだけだろう。

いつの間に眠ったのか、ふたたび目覚めたときには、テラスのドア越しに差し込む日の光は石の床に細長く伸びていた。ドアが軽くノックされた。またあの親切なマリアだろうと、オリヴィアはすっかり落ち着いていた。

ノックの主が部屋に入ってくるまでは。

やや背の高いその来訪者は、オリヴィアがいままで見たこともないほど美しい姿の男だった。豊かな黒髪は長めに伸びて、つややかにサイドに流れている。まるで上質の白檀《びゃくだん》のような淡いクリーム色の肌と、目をみはるほど白く輝く歯。だが、オリヴィアがなにより も引きつけられたのは、その目の色合いだった。メキシコ人に圧倒的に多い茶色や黒ではなく、まるで吸い込まれそうな深いスミレ色をしている。

とうとう白人奴隷ブローカーのボスがやってきたんだわ。のどが痛くて声も出ないはずなのに、オリヴィアは口を開けてかすれた泣き声をもらした。

男は足を止めると、なにかを警戒するようにそっと後ろを振り返り、にっこりほほえんでからドアを閉めた。

オリヴィアは声にならないうめき声をあげながら上掛けから這い出ると、手探りでフルーツボウルの赤いザクロをつかみ、力いっぱい部屋の向こうに投げつけた。ザクロは男の顔をそれ、ドアにぶつかって割れた。「近寄らないでよ、この人でなし!」

男は手袋をはめた手を腰にあてて、笑い声をあげた。彼は脇《わき》の縫い目に沿って銀色の飾り鋲《びょう》を縫いつけたコットンのパンツに身を包み、膝下までの黒いブーツをはいていた。クリーム色のシャツは胸の途中までボタンが開いている。まさにエロルが小説の中で描く架空のヒーローのようだ。

「こんなに威勢のいい女を自分のために買えたとはうれしいね」男は口を開いた。

2

エステバン・ラミレスはフルーツ弾の集中攻撃に備えて身構えた。なにしろベッドサイドのフルーツボウルには、リンゴやバナナ、それにザクロやオレンジが、まだまだ山盛りになっている。だが、なにも事は起こらなかった。彼の美しい客人は、ベッドの真ん中に膝をついて起き上がったまま、激しい嫌悪の目で挑戦的に自分をにらみつけているだけだ。

エステバンは自分の心の中で眠っていた感情がふつふつとわき上がるのを感じた。自分はいま、なにとは知れないものの扉を開けてしまったのだ。もう二度といままでの自分の世界には戻れないだろう。

エステバンははっと自分の思いから離れた。なんだか感傷的になってしまっている。

彼はこの女性に哀れみを抱いた。もっとも当人にしてみれば、たとえこんな境遇に追い込まれても、哀れみなんてまっぴらごめんだろうが。エステバンは彼女の気を静めるように両手を差しのべた。彼女の身に危険はないこと、そしてこちらに敵意がないことを伝えたいと願って。

「名前はなんといいますか?」エステバンは美しい英語で丁寧にたずねた。恐ろしい目にあったうえにメキシコの強烈な太陽に痛めつけられたのだから、彼女が心になにか痛手を受けたとしても無理はない。

「それがあなたになんの関係があるのよ?」一瞬口ごもってから、彼女は辛辣《しんらつ》に言葉を返してきた。形のいいバストの下で腕組みをして、あごをきっとこわばらせながら。真っ赤に焼かれた肌は火ぶくれや打ち身の跡でおおわれていたが、それでも彼女には見る者の心を動かす本質的な美しさがあった。まるでさまざまな表情を見せるメキシコの風景のようだ。

エステバンは息をのんだ。アメリカにはよく出向くけれど、こんなに生意気で威勢のいい女に出会ったのははじめてだ。彼女の気の強さに腹が立ちながらも、惹《ひ》きつけられてしまう。

「わたしをここから解放しなさい」彼女はさらにたたみかけてきた。「もし解放しない気なら、どんなことをしてでも警察を呼んでみせるわ!」

彼女の負けん気の強さが痛快なのと、ちょっぴり安心したせいで、エステバンは声をあげて笑いだした。あのブルーグレーの瞳の奥の心は、こんな状況にあっても抜け目なく冷静に働いているらしい。「ここはメヒコでもとりわけ人里離れた場所です」彼は自分の国をスペイン語風に発音した。「大丈夫、連邦政府軍《フェデラレス》の世話になるより、ぼくの世話になったほうが気楽というものですよ」エステバンは腕組みをした。「もう一度たずねます、セニョリータ。名前はなんといいますか?」

「そっちの名前はなんていうのよ?」彼女は追いつめられたサソリのように、むきになってかみついた。

まずはこの客人に、身の危険はないと安心させてやらなくてはいけなかったんだな。ぼくがまっさきに彼女の恐怖心を静めようとしなかったことがマリアにばれたら、きっとお仕置に馬の鞭《むち》で打たれてしまうぞ。だが、エステバンはこのぴりぴりしたやりとりが楽しくてならなかった。この女性のそばにいると、なんだか乾いたのどに、きりりと冷たい井戸水が流れ落ちていくようだ。「エステバン・ラミレス」彼は唇の端にかすかな笑みを浮かべながら、彼女に折れて先に名乗った。

彼女は片方の眉をつり上げながら、顔にかかるつややかな赤褐色の髪を後ろに払いのけた。「エステバン。それって、スティーヴンのスペイン語読みでしょ?」エステバンがうなずくと、美しい客人は彼の全身にじろりと視線をあてた。まるでその名前が彼にふさわしいかどうか裁定を下そうとしているみたいだ。もしふさわしくないという結論に達したら、彼女なら自分でこれがいいと思った呼び名に変えてしまいかねない。「あなたは人に気安く〝スティーヴ〟って呼ばれるようなタイプには見えないわね」

エステバンは笑いたくなるのをこらえた。だがアメリカ人だった祖母譲りのスミレ色の目は、きっとおかしそうに躍っているにちがいない。「そうだね。ぼくも〝スティーヴ〟は自分にはあまり似合わないと思う」彼は言葉を切った。たくみに平静を装っているつもりだが、実は彼女にすっかり気持ちを乱されている。

「わたしはオリヴィアよ」彼女はようやく、しぶしぶではあったが名前を口にした。「オリヴィア・スティルウェル。だけど、それがなんだっていうの？　奴隷に名前なんて必要ないじゃない」

「あなたは奴隷なんかじゃありませんよ、ミス・スティルウェル――〝ミス〟でいいのかな？」エステバンはラテン系独特のしぐさでかすかに肩をすくめて、さりげない声でたずねた。だがなぜかふいに、この牧場や祖父が遺《のこ》した銀の鉱山や、自分が所有しているもののすべて、自分の夢のすべて、そして自分自身の運命さえもが、彼女の答えひとつにかかっているような感覚にとらわれた。

驚きだな。彼女のことがもっと知りたくてたまらない。

「わたしが既婚者だったら、自由にしてくれるつもりなの？　処女をお望みだったのなら、当てがはずれたわね」

エステバンの胸の鼓動は乱れた。オリヴィア・スティルウェルに親密な男性がいようがいまいが、そんなことは自分が気にすることではないではないか。だが、彼は気になってならなかった。「さっきも言ったとおり、あなたは捕らわれの身ではない。具合がよくなったら、どこへなりと出てお行きなさい」

オリヴィアはさも疑わしげに、美しいブルーグレーの目を細めた。「わたしは誘拐されて、自分の意志とは無関係にここに連れられてきたのよ、セニョール・ラミレス。それにあなたはさっき、わたしを買ったって言ったじゃないの！」

「たしかにぼくはあなたを買った。そのほうがあなたのためだと思ったんだ。このまま別な客に引き渡すよりね」彼はふたたび肩をすくめてみせた。

「わたしは家に帰りたいのよ」

「だったらお帰りなさい。体の具合がよくなったら」

「いやよ。わたしはいますぐここから出たいの。コネチカットのおじに電話させてくれれば、おじはすぐに迎えの手はずを整えてくれるはずだわ」

つまり彼女には夫も恋人もいないわけだ。エステバンはそう当たりをつけた。もしそういう男性がいるのなら、おじに電話するなんて言わないはずだ。そうとわかると、妙にうれしさがこみ上げてくる。だが、彼女がここから去っていってしまうのだと思うと、うれしさも束《つか》の間、失望に胸がつぶれそうだ。

ふたつの相反する感情に板ばさみにされて、エステバンは自分自身に無性に腹が立ってきた。ぼくは世界じゅうのどんな女だって、そう、彼女よりずっとあか抜けた美女だって自分のものにできるはずじゃないか。こんなそばかすと火ぶくれだらけで鼻っぱしらの強い、別にどういうこともない赤毛の小娘なんて願い下げだ。

そうさ。

「ここからいちばん近い電話までは、二四〇キロ離れています」エステバンはなるべく穏やかに話そうと努力した。あなたは捕らわれの身ではないからと、もう二度も念を押したはずなのに、彼女はまだそれを信じようとはしないらしい。

日に焼けて、これ以上赤くなれるとは思わなかったオリヴィアの顔が、怒りにさらに赤みを増した。「だけど、おじさんが心配するのよ！」

「メヒコでは何事ものんびりと運ぶのです」

これしきのことで引き下がるオリヴィアではなかった。ふつうならとうにどうにかなってしまいそうな、恐ろしい経験を切り抜けてきたのだ。「緊急時に備えて、短波受信機があるはずでしょ。それでメッセージを中継できるはずだわ」

エステバンはため息をついた。「いいや。われわれはこの土地で、自分たちの祖父の時代と同じような暮らしをしているのでね」エステバンは彼女の視線がベッドサイドのテーブルにある灯油ランプをとらえ、それから、もっと当世風の家なら電気の照明器具が取りつけてあるはずの天井に移っていくのを目で追った。どうやら彼が言っている意味を理解したらしい。「温水機とキッチンの電化製品を動かしている発電機は一台ありますが」

オリヴィアはとまどった顔で何度も頭を振った。「ラジオもないの？」まるで疑い深い旅行客のような口ぶりだ。「テレビも電話も、ファックスも？」

エステバンは思わず笑みをこぼした。ベッドサイドに近寄ってオリヴィアをそっと腕に抱きしめてやりたいけれど、そんなことをして彼女をおどかしたくはない。「申し訳ないが、このあたりは遅れている土地柄でね。マリアならバッテリー式の小さなテレビを持っています。だけど、あなたがスペイン語吹き替えの古いアメリカの子供向けドラマをおもしろがるとはとても思えないが」

オリヴィアは唇をとがらせてさっとベッドにもぐり込むと、すねたようにあごの下まで上掛けを引っ張り上げた。「それじゃ、あなたになにを頼んだってどうしようもないわね、セニョール・ラミレス」

エステバンは苦笑いを浮かべながらドアノブに手をかけた。とにかくも自分はこの客人に対して、こちらの言い分を納得させようと努力したのだ。彼女が自分の言葉をまったく信じようとしないことに、エステバンはひどく気分を害されていた。彼は自分の心の誠実さをなによりも大切に、誇りに思っているのだ。「おや、そうかな、ミス・スティルウェル？　もしぼくがいなかったら、あなたはいまごろきっと、いっそひと思いに死んでしまいたいと願うことになっていただろうね」

オリヴィアは恐怖に一瞬大きく目を見開いたが、やがてその目にはふたたび怒りの炎がともされた。「それじゃ、あなたにこの家の中に捕らわれたことを感謝しろっていうの？」

オリヴィアはきっとなって言い返した。

エステバンはため息をつくと、部屋を出ようとしてドアを開けた。だが上掛けの下にある彼女のほっそりした体から強烈な磁力が放出されて、エステバンの心も体も、すべてが引き寄せられた。彼はありったけの意志の力でその磁力を振り払った。「ぼくは無分別にもひとりで砂漠に出て迷ってしまうような、どうしようもないヤンキー娘から感謝されようとは思っていない」内心の葛藤《かっとう》を押し隠すかのように、彼の言葉はとげとげしかった。

エステバンがドアを後ろ手に閉めたとたんに、ふたつ目のフルーツ弾がドアにぶつかった。

エステバンはにやりと笑いながら廊下を歩きだした。

深い愛着を抱いてはいるが、人里離れたこの牧場は、ときとして孤独をかきたてる。だがどうやら少なくともこれから数日間は、あの元気旺盛《おうせい》なオリヴィア・スティルウェルがぼくの静かな生活に活気を与えてくれることだろう。

エステバンが出ていってからほどなく、マリアがおいしそうなガスパチョの昼食を持ってきてくれた。彼女の細やかな心遣いを思うと、オリヴィアは床に散らばったフルーツの残骸《ざんがい》を見て気恥ずかしくなった。彼女がおずおずと野菜入りの冷たい濃厚なスープをすすっているあいだに、マリアは表情豊かな唇にものやわらかな笑みを浮かべて床をきれいにしてくれた。

「あなたが英語を話せたらいいのに」空になった皿を膝の上から片づけてくれようとするマリアに向かって、オリヴィアは話しかけた。「そうしたら、わたしたち、いろいろとおしゃべりすることができるのにね。エロルおじさんのことや、わたしが陶芸で賞をもらったことや。あなたにはこの家の主人のことをききたいのよ。本当にいやなやつだわ――わたしのおじさんじゃなくて、セニョール・ラミレスのことよ。でもきっと、あなたは彼のことが大好きなんでしょうね」

ところどころの単語しかわからないようだったが、それでもマリアはオリヴィアの言葉に耳を傾けていた。オリヴィアが話すのをやめると、彼女はふたたび笑みを浮かべて、やさしくなにか言葉を返した。

マリアが部屋を出ていくと、オリヴィアはベッドから出て、まだがくがく震える足で部屋続きのバスルームへとよろけながら歩いていった。なにはともあれこの家は、外ではなく部屋の中にトイレがある。オリヴィアは少しばかりほっとした。

ベッドに戻ると、オリヴィアはここから脱出する方法を考えようとした。だが、頭がひどくぼんやりしていてちっとも集中できない。きのうあんなふうに、脳の奥まで太陽に蒸し焼きにされたことを思えば、無理もないことだが。オリヴィアは目を閉じると眠りに落ちた。数時間後に目覚めたときには、マリアがベッドサイドのランプに火を入れていた。部屋の隅の籐《とう》の白いテーブルの上には、軽い食事が並べられている。

「ブエナス・ノーチェス」マリアが〝こんばんは〟と声をかけた。

ランプの明かりが部屋の中になごやかな雰囲気をかもし出して、オリヴィアは自分がこの家に事実上軟禁されているのだということを忘れてしまいそうだった。夕食はライスと、ほどよくスパイスのきいたチキンの胸肉のソテー。それに赤とグリーンのピーマン、ニンジンとタマネギという色どりも鮮やかな付け合わせが添えられていた。

マリアがきれいに平らげられた皿を下げに部屋に戻ってくると、オリヴィアは「ありがとう《グラシアス》」と繰り返した。マリアはにっこりほほえんだ。

マリアが部屋にいてくれるあいだは、自分がいま見知らぬ土地であすをも知れない運命に置かれているのを忘れていることができる。だが、マリアがふたたび出ていってしまうと、オリヴィアは言いようのない寂しさに襲われた。たとえ言葉は通じなくても、彼女がそばにいてくれると気持ちがなごむし、それに彼女のいたわりに心から感謝していたのだ。

この牧場に連れてこられたときに、汗とほこりにまみれた体を洗ってくれたのはマリアだったし、熱にうなされて見た夢の一場面のように、ぼんやりと覚えているのだが、すり傷を消毒してくれて、火ぶくれに薬用ローションを塗ってくれたのもマリアだったのだから。

なんだかじっとしていられなくて、オリヴィアは思いきってテラスに出てみようと決めた。もしかしたらテラスの下に、地面に向かって格子窓が続いているかもしれない。もしそうなら、何日かして体力が回復したら、その格子窓を伝い下りて逃げることができるだろう。それに望み薄かもしれないが、ひょっとしてここが一階だということもありえるではないか。

オリヴィアはフレンチドアの掛け金をはずしてテラスに出てみた。とたんにまるでだれかに胸を突かれたように、熱帯の風景の美しさにあっと息をのんだ。

ここはオリヴィアが誘拐されたときに記憶に焼きついている、あの見渡すかぎり砂とサボテンばかりのメキシコではない。そう、ここでは星のきらめく空を背にヤシの木が風に揺れ、夜の闇《やみ》の中でもその色の鮮やかさがはっきりとわかるほど青く澄みきった水の上に、銀色の月明かりが揺らめいている。

テラスの下は大理石とれんがで埋められた中庭になっていた。大きな噴水、ピンクやブルーや黄色の、まるでエデンの園のような色とりどりの花々、錬鉄製の白いベンチ。月と星々からこぼれる明かりと、ガラスの器の中で揺らめく平たいろうそくの炎が、中庭をぼんやりと照らしている。

その光景にうっとりと魅せられ、オリヴィアは下へ下りられそうな箇所を探して手すりに沿ってテラスを進んでいった。だが、格子窓もなければ伝っていけそうな木もない。中庭にしつらえてある、四メートルほど下の大きな屋外風呂に飛び込むしか方法はなさそうだ。オリヴィアはそれが向こう見ずな行動だとは思わなかった。

オリヴィアが浴槽を眺めているうちに、エメラルド色の水がぶくぶくと泡を立てて渦巻きだした。そして突然、エステバンがどこからともなく姿を現した。一糸まとわぬみごとな裸体のまま、ろうそくの炎に揺れる影だけを従えてタイル張りの通路を歩いてきた彼は、ゆっくりと浴槽の中に体を沈めた。

部屋に戻るべきだとわかっているのに、オリヴィアはしばしうっとりと彼の姿に目を奪われてしまった。彼が目を上げて、中庭を囲んでみごとに咲き乱れている純白のランのように白い歯を見せて笑うと、オリヴィアの顔にかっと血が上った。

「一緒にどうかな？」エステバンが問いかけた。

裸の姿をじっと見つめていたのを知られてしまったことが気恥ずかしくて、オリヴィアはうろたえているのを取り繕うと高飛車な態度に出た。「あなたはわたしを買ったのよ。だったらそう命令すればいいことだと思うけど」

エステバンは笑い声をあげた。暖かな夜の闇を伝わってテラスまで届いたその声は、オリヴィアの胸をうずかせ、体の芯《しん》を熱く揺さぶった。「もしぼくがここに下りてくるように命じたら、きみはすなおに従うのかい？」

「もちろん、従うわけないわ」

エステバンはオリヴィアを見上げたまま、両手を広げて肩をすくめた。「ほらね」あきらめ顔でため息をつく。「近ごろではおとなしい女奴隷を見つけるなんて、至難の技に近いんだ」

浴槽に飛び込まなくてよかった。オリヴィアはそっと下唇をかんだ。ちょうどエステバンのウエストあたりまでしか深さがないことを考えると、ここから飛び込んだりしたら頭《ず》蓋骨《がいこつ》が砕けていたことだろう。「たしかあなたは、ここには電気がないって言ったはずよね」とにかく話題を変えようと、オリヴィアは彼にむきになって問いただした。自分がエステバンの虜《とりこ》の身になっているという事実が、なんだか急にいやなことに思えなくなってきてしまったのだ。

「このことかな？」エステバンは渦巻く水面を指さして言った。「ポータブル発電機が一台あると言ったはずだ。実はもう何台かあるが」

オリヴィアはいかめしく腕組みをした。「わたしにまだなにか隠していることがありそうね、セニョール・ラミレス。すぐにわたしをここから解放なさい」

「どうぞご自由に」エステバンは中庭の向こうに広がる無限の闇を指し示した。「北に向かって行きなさい。持てるだけ水を持って、今度はもう二度と誘拐されることのないように。今回に限っては、きみはとても運がよかったのだから」

たしかに彼の言うとおりだわ。だが、それがまたしゃくにさわる。「でしょうね」オリヴィアはぎこちなくあいづちを打った。「感謝してるわよ」

エステバンはたくましい両腕を浴槽の縁にかけ、泡立つ湯の中でゆったりと体を伸ばした。暗闇なのではっきりとは見えないけれど、きっと彼はあの美しい官能的な目を閉じて、湯の温かいうねりに身をゆだねているにちがいない。

「どういたしまして、オリヴィア」エステバンはリラックスした、だが投げやりな声で言葉を返してきた。「砂漠で行き倒れになりそうになったら、いつでも人さらいたちにここに連れてきてもらうといい。ぼくは喜んできみを買うよ。もっとも二度目ともなれば、もうきみにあんな大枚ははたかないだろうが」

からかわれているのはわかっていたが、オリヴィアには冗談にはとれなかった。「もちろんお金は返すわよ。銀行と連絡が取れたらすぐにでも……」

闇の中でエステバンが目を開けたのがわかった。テラスの石の手すりに隔てられていても、薄いナイトガウンを通して彼の視線が体に熱く感じられる。

「では、そう願います」エステバンは丁寧に言葉を返した。「ただし、ぼくは金ならもう十分に持っている。借りを返すなら、もっと別な方法を考えなさい、ミス・スティルウェル」

3

エステバンはわたしをからかっているだけだわ――そうよ、いくらここが時代錯誤の、現代社会とかけ離れた土地だからって、わたしを買った代金を体で返せだなんて。だが、どうしても不安を消しきれずに、どぎまぎとうろたえてしまう。オリヴィアは身を翻して部屋に逃げ込むと、後ろ手にぴしゃりとテラスのドアを閉めた。

メキシコの太陽でもこれほど熱くはできないほどに、頬が燃えて激しく脈打っている。ロマンティックに揺れるほのかなランプの明かりの中で、オリヴィアは頬に手をあてたまま立ち尽くした。どんなに否定したいと願っても、頭の中に広がるエロティックな妄想ときめく感情を消し去ることができない。

大学時代に一度だけ恋した思い出があるほかは、オリヴィアにはこれといった男性経験がなかった。ただひとり体を許したその男性との経験だけで、セックスというものを知っているつもりになっていた。

だが、いまエステバン・ラミレスに出会って、オリヴィアは自分の認識を疑いだした。

頭が、ではなく、体が彼女にそう教えるのだ。エステバンと同じ部屋にいるだけで、全身に熱いときめきが走ってしまう。どんな会話を交わしていようが関係なしに、体が燃えてしまうのだ。

オリヴィアはふたたびベッドにもぐり込んだ。だが一糸まとわぬエステバンが、まるで山猫のように妖《あや》しいまでにしなやかに中庭を横切ってくる光景が目に焼きついて、自分の中で妄想がどんどん広がっていくのを止めることができない。

エロルの本の中で繰り広げられる男と女の営みを思い起こして――ノースウエスタン大学時代に付き合っていた、あの夢想家の詩人とのおっかなびっくりの行為とは似ても似つかない――彼女は体を熱く震わせた。彼の引きしまったたくましい体が自分の上に悩ましくのしかかってくる感覚を、肌にまで感じてしまう。

自分の中に吹き荒れる欲望の嵐《あらし》を静めようと、オリヴィアはかたく目を閉じた。唇をぎゅっとかんで心の中を空っぽにしようとしても、みだらな妄想が果てしなく目の前に広がっていく。本や映画の中に出てくる激しいラブシーンなんて、いままで作り事だと思っていたけれど……。まるで目に見えない奔流に押し流されてしまいそうで、オリヴィアは腕を伸ばすと夢中でベッドの支柱にしがみついた。ひょっとしてわたしの中には、いままで自分でも気づかなかった未知なる部分が眠っているのではないかしら。エステバン・ラミレスのような男性でなければ呼び覚ますことのできないような――。

「いいかげんにしなさい！」たわいもない妄想を今度こそ断ち切ろうと、オリヴィアは自分を叱《しか》りつけた。わたしを買ったのは奴隷商人の手から守るためだとエステバンは言っているけれど、そんなの嘘《うそ》かもしれないわ。本当は彼こそが犯罪組織の一味――白人奴隷のブローカーで、わたしが買い手がつきそうな体調に戻るまで、ここで面倒をみようという魂胆じゃないかしら。そうでなかったら、どうしてわたしがおじさんに連絡を取りたいと言っても協力しようとしないの？

オリヴィアは眠ろうとしてかたくなに目を閉じた。だが、昼間たっぷり眠ってしまったのでちっとも睡魔は訪れない。目を開けて天井を眺めながら、オリヴィアはあらためてこれから自分に待ち受けているとんでもない運命に思いをさまよわせた。

まず考えられる筋書きは、どこかの強欲な男に奴隷として買われて慰みものにされるか、あるいは売春行為を強要される。そう思うと、背筋に戦慄《せんりつ》が走る。もうひとつの筋書きは、エステバンとこのベッドに横たわり、いままで本の中だけで知っていた世界に誘《いざな》われる。すると今度は、どっと汗が吹き出してきた。

こんなに目まぐるしく体が熱くなったり寒くなったりしていたら、朝になるころにはきっと肺炎にかかっているわ。落ち着いて、冷静にかまえなきゃ。

明け方近くになって、オリヴィアはようやくまどろみに落ちた。さまざまな色が入り乱れ、いくつもの感覚の波にぐるぐると翻弄《ほんろう》される夢の中へと。朝になって目が覚めると、まるでひと晩じゅう岩だらけの地面に大きな釘《くぎ》でレールを打ちつけていたような疲労感を覚えた。

だが、椅子の背に自分のブラウスとスラックスがかかっているのを見つけると、彼女はすぐに元気を取り戻した。ところどころのほころびはきれいに繕われ、洗濯して、きちんとアイロンもかけてある。下着も一緒にそろえてあった。自分の服に着替えれば、囚人のような気分も少しは薄れるというものだ。

オリヴィアは手早くシャワーを浴びると、マリアがきのうつけてくれたアロエの薬用ローションを体に塗ってから服を着た。髪をとかし、歯を磨いてベッドを直すと、彼女はここに運ばれてからはじめて、この部屋のドアの外へと思いきって足を踏み出した。

屋敷はまわりをぐるりとテラスつきの中二階に囲まれていて、その下が中庭になっていた。凝った形の植木鉢に花々がみずみずしく咲き誇り、石のベンチに取り巻かれた噴水は満々と水をたたえている。どこかで鳥が低くさえずるのが聞こえてくる。

オリヴィアははやる心を抑えて、石の階段を階下《した》へと下りていった。いまおじが執筆中の本にこの家の造りの描写を入れたら、もっとそれらしい雰囲気が出せるだろう。紙とペンを見つけて書き留めるまで、オリヴィアは見たもののすべてを記憶にとどめておきたかった。

だんだん度胸がついてきて、オリヴィアは家の中を丹念に探検しはじめた。一階にはまず会食用の大きなダイニングルームがあった。ということは、こんな人里離れた屋敷にいても、エステバンは客を呼んでもてなすことがあるのだろう。書斎の壁には英語、スペイン語ばかりか、フランス語の本も並んでいる。つまりこの家の主人は、高い教育を受けてきたらしい。凝った彫刻が施されたどっしりした机は、彼がいいものを見極める目を持っていることを物語っていた。

ありとあらゆるトレーニング用具一式が備えられた小さな部屋に入っていくと、オリヴィアはひとりほほえんだ。なるほど、だからエステバンはあんなに筋肉質の引きしまった体をしているのね。日ごろからバーベル挙げに励んでいるわけですもの。

光輝く海に面した屋敷の正面側には、天井から床までガラス張りになった、広々として優美なサンルームが居間から張り出していた。やわらかなベージュ色を基調に、ターコイズブルーと淡いピーチカラーがさりげなく配されたこの部屋は、外に広がるエメラルド色の海とひとつに溶け合って、神秘的な雰囲気をかもし出している。

ここにこうしてたたずんで、自然の営みが奏でる静かな調べにゆったりと身をまかせていると、心が洗われ、とぎ澄まされていくようだ。まさにこれぞメキシコと言える、このえりすぐられた色と風合いのハーモニーを陶芸で表現できたら。

「おはよう」

ふいに声がして、オリヴィアはびっくりして身をかたくした。振り返ると、三段下って居間へつながる石の階段の戸口にエステバンが立っていた。「おはよう」オリヴィアはつとめてさりげない口調で言った。エステバンがどれほど自分の心を乱しているかを、自分でもいままで知らなかった心の中の未知なる部分をどれほど激しく揺さぶっているかを、気どられたくなかったのだ。

彼は例によって縫い目に銀色の飾り鋲《びょう》を一列に縫いつけた、ほこりまみれの黒い乗馬ズボンをはいていた。そしてこれまたほこりまみれの白いシャツの胸もとをはだけて、汗だらけの引きしまった胸をのぞかせ、その上に短い革のベストを重ねている。

もしほかの男性がこんな服装をしたら、きっとこっけいに見えるだろうとオリヴィアは思った。だがエステバンだと、なぜか危険な香りのする幻想の世界へと引き込まれてしまいそうになる。

エステバンはみごとに汚れきった自分のいでたちを見下ろした。「どこか変かな?」

オリヴィアは気恥ずかしさに頰を熱くした。彼に目を奪われたのはほこりにまみれているせいではないし、彼もそれを承知のうえできいているのだ。「こういうところを管理していると、いろいろと大変な仕事もあるみたいね」オリヴィアはいったん言葉を切った。「ところで、ここはいったいなにをしているところなの?」

エステバンがにっこりほほえむと、オリヴィアは目がくらみそうになった。「知っていると思っていた」彼は腕組みをして戸口に寄りかかった。「ここは牧場《ランチョ》です。ぼくたちはここで馬と牛を育てている。それにここには銀の鉱山もふたつばかりある」

そんなのみんな嘘じゃないの？　きっと白人奴隷売買か、さもなければ麻薬取り引きの隠れ蓑《みの》よ。そう考えると、オリヴィアは思わず目をみはって一歩あとずさった。

エステバンは一瞬いぶかしげな顔を見せてから、ふたたびその心を惑わすまばゆい笑みでオリヴィアをとらえた。「ご心配なく、ミス・スティルウェル。もしぼくがきみをベッドに引きずり込んで、有無を言わさず慰みものにするつもりだとしたら、いままで悠長に自分を抑えていると思いますか？」

オリヴィアはほっとすると同時に心を傷つけられた。もちろん、彼のベッドに引きずり込まれて、慰みものになどされたくはない。だが、オリヴィアはこの男性に対して、とても生々しい幻想をかきたてられていた。そして、彼がそれに気づいておもしろがっているにちがいないのがたまらなかった。

彼の質問を品よくかわす言葉が見つからなくて、オリヴィアは黙って背を向けると窓の外に心を奪われているふりをした。外の景色はたしかにすばらしいが、いまは自分の後ろに立っている男性のことしか考えることができない。

エステバンの手を肩に感じて、オリヴィアはたじろいだ。彼が近づいてきたのに気づかなかった。

エステバンの手の感触は、はっとするほどやさしくやわらかだった。この人は詩人なのかもしれないわ。危険なジャングルの野獣のような心を持つ山賊《バンディード》なんかじゃなくて。彼がオリヴィアをくるりと振り向かせた。そして不敵さの中にとまどいをのぞかせた美しいスミレ色の瞳で彼女の顔をまじまじと見つめると、そのままくちづけた。

オリヴィアは身をこわばらせた。過去の恋愛経験も、そしてゆうべの悩ましい夢でさえ、こんなキスがこの世にあることを教えてはくれなかった。まるで稲妻に抱きすくめられているようだ。

エステバンはオリヴィアの唇を味わい尽くすと、今度は唇を開かせた。さらに深く求めてくる彼の唇は甘く、それでいて執拗《しつよう》だ。日の降り注ぐサンルームの真ん中で、オリヴィアは彼のくちづけにすっかりとろかされてしまった。熱い情熱が体の中で、ぐるぐると渦巻いている。

エステバンがようやく唇を離しても、オリヴィアはまだ胸のふくらみを彼の引きしまった胸板に押しあてていた。胸のつぼみはつんとかたくなっている。自分でも理解できないこの欲望の激しさに、オリヴィアは呆然《ぼうぜん》となった。

エステバンはオリヴィアの頬をそっとなでると、そのまま手をすべらせて彼女の唇を親指でなぞった。

「すまない」彼が口を開いた。「きみはこの家の客人だ。こんなことをしてはいけなかったんだ」

オリヴィアはなにも答えることができなかった。なにか言ったら、そのままわっと泣きだしてしまいそうだった。彼の稲妻のようなくちづけに圧倒され、自分がいままで知らなかった世界の扉を開けてしまったことにおののいて、まだ頭が混乱している。いつの間にかエステバン・ラミレスは、オリヴィアを別人に変えてしまったのだ。いままでにないほど大胆で、いきいきと生気にあふれ、自信に満ちた自分がここにいる。

エステバンはまるで赤の他人を見るような目で彼女の顔をのぞき込んでいたが、やがてきびすを返すと、革の乗馬用手袋をはめながら部屋を出ていった。

オリヴィアは中庭の噴水の中央に立っている石像よろしく、身じろぎもせずにじっとその場に立ち尽くした。エステバンに戻ってきてほしいと思いながらも、彼が行ってしまってほっとしていた。彼にともされた欲望の炎は、まだ自分の中でくすぶっている。彼に植えつけられた切ない思いが胸にこみ上げてきて、どうにかなってしまいそうだ。

だが、それでもなんとか理性を取り戻すと、オリヴィアはふたたび家の中を歩きまわりはじめた。広々として風通しのいい明るいキッチンでは、マリアがせっせと立ち働いていた。オリヴィアはマリアに無理やりテーブルに座らされ、朝食に焼きたてのトウモロコシ入りパンとフルーツと、そしてプディングかヨーグルトらしきものを食べさせられた。

食事を終えて汚れた皿を洗おうとしたが、白いエプロンを振りまわしてなにやらスペイン語でまくしたてるマリアに、キッチンから追い出されてしまった。外のポーチを見ると、ベンチの上に大きな麦わら帽子が置いてある。オリヴィアはさっそく日よけにその帽子をかぶって、屋敷のまわりを探検しに出かけた。

厩舎《きゅうしゃ》のそばでは、エステバンと数人の男たちが砂ぼこりを巻き上げ、大声で声をかけ合いながら忙しそうに仕事に励んでいた。強烈な太陽の光がまだ回復しきっていない体に突き刺さる。オリヴィアは早々に屋敷の中に引き上げた。さらに屋敷の中をくまなく見てまわった末に、ふたたび書斎に足を踏み入れ、何冊か並んだ革表紙のアルバムの一冊を引っ張り出した。アルバムのページはみな、英語とスペイン語の新聞、雑誌からの切り抜きで埋められていた。どの記事もすべて、〝エル・レオパルド〟なる人物の危険をいとわぬ英雄的行為をほめたたえている。エル・レオパルド――豹《レパード》のことだ。

オリヴィアの体に震えが走った。このスクラップブックはマリアが作ったものにちがいない。ということは、この〝エル・レオパルド〟というのはエステバン・ラミレスその人にほかならないではないか。身をおののかせながら、オリヴィアは英語で書かれている記事のいくつかにざっと目を通してみた。内容はさっぱりわからない。わかるのは、エステバンがもうひとつの顔を持っているということだけだ。

すっかり混乱してしまって、オリヴィアはふたたび屋敷の外に出ると、白い砂浜に向かって駆り立てられるように足を急がせた。レパード。もしこんなに頭がはっきりしていなければ、わたしはおじさんの小説の中の世界に迷い込んだのだと思い込むことだってできるのに。もしこんなにおびえる必要もなかったら、この事態をもっと楽しむことだってできるのに。そうよ、こんなにエステバンに惹《ひ》かれてなどいなかったら。

この別名はエステバンにぴったりだと、オリヴィアは認めざるをえなかった。彼は豹《ひょう》のしなやかな身のこなしと、たぐいまれなる強靭《きょうじん》さを併せ持っている。それに凶暴さも備えているにちがいない。きっと豹のように獲物にそっと忍び寄り、地の果てまでも追いつめ、そしてのどを引き裂くのだ。

オリヴィアは熱帯の木々が両側に生い茂る小道を、砂浜に向かって歩きつづけた。心の中はますます混乱している。

レパード。やっぱり最初に思ったとおり、エステバンは白人奴隷商人か麻薬取り引きの元締めなのよ。さもなければ、ただのバンディードか。だけど彼は、わたしの体が回復したらすぐに家に帰っていいと言ってくれたわ。それに、いやらしくからかったりしたけれど、結局わたしをベッドに引きずり込んではいない。ということは、わたしを誘拐したあのふたり組は、最初から彼の手下ではなかったということになるのかしら。

過去にも何度か、どうしていいのかわからない状況に陥ったことはあるが、こんなに頭を悩まされることははじめてだ。

青々と茂るヤシの木立に囲まれた小さな入り江に出ると、オリヴィアは帽子を取り、サンダルを放《ほう》り出して葉陰の砂浜に座り込んだ。粒の細かい真っ白な砂は、すくい上げると指のあいだからさらさらとこぼれ落ちて、砂糖のようだ。

人目につかないこの小さな内海の入り江には、なぜか人の気持ちを落ち着かせるものがあった。千々に乱れたオリヴィアの心もしだいに穏やかさを取り戻そうとしている。目の前の不安とは裏腹に、なんだかエデンの園に憩っているような気分だ。

とうとう誘惑に駆られて、オリヴィアはブラウスとカーキ色のスラックスを脱ぎ捨てると、穏やかな水の中へそろそろと入っていった。ウエストまでの深さの水面に、心が震えるようなロイヤルブルーの空が映し出されている。水はあまりに澄んで清らかで、水底に転がるほんの小さな白い丸石まで見ることができた。まだ熱にほてる肌に、水の冷たさが心地よい。この入り江の至福の静けさを心ゆくまで味わおうと、彼女は頭まですっぽりと水に潜った。

ところが、髪の先からしずくを垂らしながら水面に顔を出してみると、エステバンが砂浜に立って、こちらを見つめているではないか。

エル・レオパルド。驚くことすら忘れて、オリヴィアはぼうっとまぶしげにその姿に向かってつぶやいた。彼はまさに豹のように、音もなくひそかにそこに現れたのだ。

4

いまさら遅いとは思いながらも、オリヴィアは両腕を体にまわして胸のふくらみを隠した。彼が水辺に立っているのを見てこちらが驚いたのに負けず劣らず、エステバンのほうも彼女が水の中にいるのを見てびっくりしている様子だ。だからといって、気を許すことなどできない。この状況がこのまま危険な事態にも発展しかねないのだから。

「ここでなにをしている?」腰に手をあてて、エステバンが問いただしてきた。形のいい頭のてっぺんから高価な革のブーツの先まで、体じゅうほこりにまみれている。

オリヴィアはあんぐりと口を開けた。自分のほうがそう質問するつもりだったのに。

「なんですって?」一瞬ためらってから、かすれた声できき返す。

「ここはぼくだけの秘密の場所だ」

エステバンの答えを聞いて、オリヴィアはふたたびエデンの園に迷い込んだようなときめきに震えた。わたしはイブ、そして水辺に立っている彼はアダム――。

「それは悪かったわね」オリヴィアはむっとして言葉を返した。

ったの。それだけよ」

オリヴィアはどぎまぎと答えた。「海で泳ぐのに、いちいち許しを得る必要はないと思

「悪いと思っているようには見えないな」エステバンがまばゆい笑みを見せる。

するとエステバンはいきなり服を脱ぎはじめた。「ここは海じゃない」冷ややかに言い放つ。「自然のわき水でできた泉だ」彼は言葉を切ると、首をかしげてじっとオリヴィアをうかがった。「それに、海で泳ごうなんてばかなまねはしないでもらいたい、ミス・スティルウェル。潮が速くて危険だし、サメもうようよしている」

サメや潮の速さなど、いまのオリヴィアにはどうでもいい問題だった。「よかったら、あなたの水浴びはあとにしてもらえないかしら」彼がシャツを脱ぎ、スラックスのベルトに手を伸ばすのを見てますますあせりながらも、オリヴィアは愛想よく言った。

エステバンは首を振り振り、砂の上に座り込んで片方のブーツに手をかけた。「きみがあとにすればいい」そう言い返すと、もう片方のブーツも脱いで脇《わき》にぽいと放《ほう》り出す。どうやらいらだっているらしい。「まったく。聖母様《マドレ・デ・ディオス》。きみたちアメリカ女性ときたら、まるでわがままな女王さまだ。口では女の自立だの個人の自由だのと唱えるくせにね」

オリヴィアは目を細めて彼を見据えた。水の中にしゃがみ込み、腕で胸のふくらみを隠してみても、ガラスのように透明な水がうらめしい。「そんなこと言われる筋合いはないわ。わたしはなにも、あなたの男の沽券《こけん》を侵害したわけじゃないのよ。ただ、あなたが水

浴びするのはあとにしてもらえないかとお願いしているだけじゃない。だいいち、あなたがそこに座ってこっちをじろじろ見ていたら、出ようにも出られないでしょ？」オリヴィアは一気にこれだけまくしたてると、息を継いだ。「それから、いくらわたしのことが気に食わないからって、わたしの国の女性すべてを侮辱するような発言はやめていただきたいわ！」

エステバンは立ち上がるとスラックスを脱ぎはじめた。目をそらそうとするオリヴィアに、まぶしい笑みを投げかける。「ぼくは暑くてほこりだらけで、しかも疲れているんだ、ミス・スティルウェル」オリヴィアの反論にも少しも動じていない。「朝からずっと、この泉で水浴びするのを楽しみにしていたんだよ。だから、ぼくと一緒に水浴びするのがいやなら、きみが出ていくんだ」まるで主人《パトロン》が使用人《ペオン》に命じるように言いきると、エステバンはしぶきを上げて水の中に入ってきた。

必死に目をそらそうとするのだが、オリヴィアの視線はまるで磁石のように彼に引きつけられていく。

すごいわ。ミケランジェロだって、こんなみごとな肉体を彫刻で表現できやしない。この完璧《かんぺき》な美しさを作り出せるのは、きっと神さましかいないわ。

気がつくとエステバンは、クリスタルのように透明な水の中、オリヴィアのすぐ目の前に立っていた。まるでここだけ時が止まって、すべてが凍りついたような瞬間がふたりを包む。

「きみはとてもきれいだ」エステバンのせりふはぶっきらぼうで、美術館で芸術作品でも鑑賞しているような口調だった。

「見ないでよ」オリヴィアは手厳しくはねつけた。だがその声には相手を圧する勢いがこもっていない。いまはただ、エステバンが自分の中に呼び起こした、いままで経験したことのない熱い感情にとまどうばかりだ。

エステバンはさもおかしそうに声をあげて笑った。「それは無理だな」笑いが収まると、肩をすくめて目を躍らせる。

オリヴィアは泉のほとりの、自分の服が置いてあるところへとにじり寄った。そして泉からさっと這《は》い出ると、服をつかんで木立の葉陰に飛び込んだ。急いで服を着ようとしたが、肌がひりひりしていて、ついいらだってしまう。

「これがあなたの客のもてなし方なの？」オリヴィアはぶつぶつとぼやいた。「わたしはただ、あんなひどい目にあったあとだし、ひとりでゆっくり水浴びできたらと思っただけよ。なのにまったく……」

エステバンはふたたび笑い声をあげた。その声につられて、オリヴィアは思わず彼に視線を向けた。彼の髪やまつげ、褐色の胸毛にからむ水のしずくに、太陽の光がきらきらと反射している。「行かないで」彼は穏やかな声で訴えかけた。「きみの貞操のことなら心配しなくていい。ぼくが約束する」

「あら、そう」オリヴィアはつっかかった。泉から追い出されて、内心怒り心頭なのだ。

「それじゃあなたは、行い正しき怪傑ゾロってわけね!」

「お願いだ」エステバンは威厳をくずさず、穏やかに繰り返した。「ここにいてくれ」

オリヴィアは絶対に立ち去るつもりだった。だが、結局は太陽の日差しに温められた砂の上に座り込んだ。この楽園を離れて現実の世界に戻りたくなかったし、実を言うと、危険なほど魅力的で、それでいてしゃくにさわるこの男性のそばからも離れたくなかったのだ。それにあんまり動きまわりすぎて、体がすっかりだるくなっている。

「あなたに言われたからここにいるわけじゃないのよ」オリヴィアはあごをつんと上げた。ぬれた肌にブラウスがべったり張りついている。「ここにいたいからいるの。それだけ」

水の中に沈んだエステバンの下半身が、ゆがんだ鏡に映る像のようにゆらゆらと揺れている。

「わかっているさ」エステバンは心からそう言った。「石けんをこっちに放ってもらえないかな?」

なんということはない頼みだった。彼が持ってきた石けんは、すぐ手の届くところにある。オリヴィアは彼の言葉に従った。するとエステバンは髪の毛を洗いだした。男が女の前で髪を洗うという行為は、妙に親密な感じがする。

オリヴィアの体はかっと熱くなった。頭は勝手にとんでもないことを想像している。オリヴィアは胸に引き寄せた膝に額をのせて、胸の鼓動が静まることを願った。困ったことに、自分とエステバンがひんやりとしてほの暗い部屋のベッドのなめらかなシーツの上に横たわるイメージが、頭につきまとって離れなかった。このままじゃだめ。すぐに屋敷に戻るのよ。だが、彼女は立ち上がろうとしなかった。いつもの意志の強さはすっかり影をひそめてしまっている。

エステバンが隣に腰を下ろすのを感じて、オリヴィアははっと身をかたくした。ぬれてひんやりとした肌が体に触れる。目の隅でうかがうと、彼は腰のあたりにタオルを巻きつけているだけで、ほかにはなにも身につけていない。

「だめよ、そんな」オリヴィアはつぶやいた。

エステバンはオリヴィアのあごに手をかけると、そっと自分のほうに向かせて、くちづけた。悩ましく唇をむさぼりながら、彼の手はオリヴィアの胸のふくらみを包み、親指がつぼみをじらして熱く脈打たせる。

興奮に震えるオリヴィアの体を、エステバンはゆっくりと砂の上に押し倒し、その横に体を寄せた。オリヴィアは彼の体を押し返さなかった。エステバンの誘惑があまりに甘く、あまりに強烈だったからだ。だが、オリヴィアにはわかっていた。ためらいながらも、自分は自らの意志でこの誘惑に屈しようとしていることを。

唇を合わせたまま、エステバンはオリヴィアの上にのしかかっていった。体の中で波打つ血潮がオリヴィアの肌を熱くする。ふたりをさえぎるものは、オリヴィアの服と一枚のタオルだけだ。

ようやくエステバンは、名残惜しげに唇を離した。情熱的なキスの余韻にオリヴィアが息をあえがせたのも束《つか》の間、今度はうなじにキスの雨を降らされて、声にならないあえぎをもらす。ブラウスの前を開かれ、つんと上を向いた胸の先を口に含まれて、オリヴィアはあらがうことも忘れて夢中で彼の髪に指を埋《うず》めた。胸のつぼみをついばむエステバンの唇は炎のように熱く、とろけるように甘い。

オリヴィアが砂の上で狂おしく身をもだえさせているのを見ると、エステバンは仰向けになって彼女を自分の上にのせた。熟しきった果実のように、オリヴィアの豊かなバストがエステバンの唇にこぼれかかる。エステバンはオリヴィアの脚に脚をからませ、ヒップをつかんでそっと前後に揺らし、そのやわらかな肌にかたく引きしまった自分の体をすり合わせた。そうしているあいだも、甘やかな胸のつぼみを貪欲《どんよく》にむさぼりつづける。

オリヴィアはなにもかも忘れて、官能の波に翻弄《ほんろう》された。

いままでおじの本の中でしか読んだことがなかったなにかが、自分の中で起ころうとしている。自分の世界を根底からくつがえしてしまいそうななにかが。

永遠とも思える狂おしい愛撫《あいぶ》の果てに、オリヴィアはとうとう昇りつめ、絶頂へと身も心も解き放った。めくるめくような悦《よろこ》びのうねりに背中を弓なりにそらせ、頭をのけぞらせて、のどから絞り出すような声をあげる。体を突き抜ける悦びのうねりがやがて静まり、オリヴィアが彼の横にぐったりと倒れ込むまで、エステバンは彼女の熟しきった果実をついばみつづけた。

「エル・レオパルド」まだもうろうとした意識の中で、オリヴィアはぼんやりとつぶやいた。

とたんにエステバンは彼女の肩をつかんで、砂の上に起き上がらせた。「いま、なんと言った?」

胸をはだけたまま、オリヴィアは甘い余韻に酔いしれながら彼の目をのぞき込んだ。

「あなたを〝エル・レオパルド〟って呼んだのよ」当惑した声で、ようやく答えを返す。

「なぜその名を知っている?」エステバンはオリヴィアの肩を揺さぶった。

オリヴィアは答えに詰まった。書斎で見たあのスクラップブックのことは、言わないほうがよさそうだ。あれはきっと彼の秘密なのよ。彼は自分の過去の華々しい栄光をわたしに知られたくないのかもしれないわ。

たとえそれが、どんな種類の栄光だとしても。

「エル・レオパルド——レパードの噂《うわさ》をたまたま耳にしただけのことよ」オリヴィアは答えた。彼にじっと見つめられて、体がまだうずいている。「それがあなたのことだとは、すぐに想像がついたけど」

エステバンはオリヴィアの肩を放した。彼の手が引っ込められて、オリヴィアは内心寂しかった。

「だれかぼくのことをその名で呼ぶやつはいなかったか?」長い沈黙のあと、エステバンは口を開いた。目はオリヴィアではなく、エメラルド色に揺らめく泉の水面《みなも》を見つめている。「ここの牧場《ランチョ》の者には見えないような男を見かけたりしなかったか?」

オリヴィアは片手をエステバンの肩に置き、もう一方の手で気もそぞろにブラウスの前をかき合わせた。ためらいがちに笑みを浮かべたが、唇が引きつった。「そんなことはなかったわ。だいいちわたしは、ここに雇われている男の人たちの名前だって、ひとりも知らないのよ」オリヴィアは落ち着いて答えた。「いったいどうしたの、エステバン? それがなんでそんなに気にかかるの?」

エステバンはスラックスをつかんで、いきなり立ち上がった。腰に巻いたタオルをはずして、はらりと砂の上に落とす。見るか目をそらすかは、オリヴィアの好きにしろというわけだ。

オリヴィアは目をそらした。

「いまはなにも話すことができない」服を身につけながら、エステバンは答えた。「屋敷に戻りたまえ、オリヴィア。そしてランチョの中を歩きまわっても危険がないことをぼくが告げるまで、屋敷から外には出ないでもらいたい」

心が乱れているせいか、エステバンの英語がぐっと堅苦しくなった。オリヴィアは彼に心安らぐ言葉をかけてやりたい衝動に駆られた。だが、いまでさえ自由を拘束されているわが身にまた新たな束縛が加えられるのかと思うと、そんな気持ちはすぐに消し飛んでしまう。

「そんなのごめんだわ」オリヴィアはそっけなく答えた。「わたしはモグラじゃないのよ。太陽と新鮮な空気が必要なの。それにわたしはここに捕らえられているんじゃないって、あなたずっと言ってたじゃないの」

エステバンの視線はメキシコの灼熱《しゃくねつ》の太陽よりも厳しかった。「ぼくはたしかにそう言ったし、事実そのとおりだ。嘘《うそ》はつかない」

オリヴィアはすっくと立ち上がると、腰に手をあてて彼と顔を付き合わせた。「あなたの言ってることはめちゃくちゃよ」憤然と言い返す。「わたしをここに足止めしておきたい、とりあえず当面のあいだだけでも。だけどどうしてなのかは話してくれない。そして今度は、わたしの身に危険が降りかかるかもしれないとほのめかす。だけど、やっぱりなにも説明してくれない。そんなの不公平じゃない？」

「そのほうが面倒がない」エステバンはすべてをそのひと言で片づけた。そして迫りくる危機に肩をいからせながら、壮麗な屋敷へと続く小道に足を踏み出した。オリヴィアはそのあとに続いた。彼の命令に従う気などさらさらなかった。ただこの豊かな緑に囲まれた美しい泉が、もはやエデンの園とは思えなくなってしまっただけだ。

〝レパード〟として生きた自分の過去をオリヴィアに呼び戻されて、エステバンは突き上げる不安を抑えることができなかった。襟足の毛がまだ逆立っている。いま考えてみたら、オリヴィアが牧場にやってきたときから、なにか危険が迫りくるような雰囲気を肌に感じていたのだ。かつての〝レパード〟としての本能のすべてが、なにかがおかしいと警告を発している。かつてゲリラ部隊の陣頭に立って戦い、その結果恐ろしい敵を何人も作ってしまった過去からもう何年もたっているのに、依然として衰えることなくとぎ澄まされた冷徹な本能のすべてが。あのアメリカ娘の魅力にぼうっとなって、いままで自分は本能の奥で鳴り響く警鐘に耳をふさいでいたのだ。

なんとも自分らしくない。

エステバンは後ろを振り返った。むっつりした顔で、のろのろとあとについてくるオリヴィアを見つめながら、途方もない可能性が脳裏をかすめる。ひょっとして彼女はぼくの敵の一味で、ぼくに復讐《ふくしゅう》するためにこの牧場に送り込まれてきたのだとしたら……。

おまえは頭がどうかしているんだ。エステバンは目の前に続く小道にまっすぐ目を戻しながら、自分に言い聞かせた。いままで自分が生きのびてこられたのは、〝レパード〟としての自分に恨みを持つ仇敵《きゆうてき》たちの力を、決して侮ったりはしなかったからだ。とにかく、なにがどうなっているのかを正確に把握して、しかるべく手を打とう。

とりあえずは、オリヴィア・スティルウェルの身に害が及ばないようにはからわなくては。それとも、オリヴィア・スティルウェルがほかに害を及ぼさないようにか……。

5

いきり立ったオリヴィアは荒々しく自分の部屋のドアを開けた。どうやらマリアが部屋に来ていたらしい。フルーツサラダとおいしそうなサンドイッチの昼食が、籐《とう》のテーブルの上に用意されているし、ベッドの上には淡い靄《もや》のように薄く透けた生地の、エメラルドグリーンのロングドレスがふわりとのっている。袖《そで》がゆるやかに広がり、ネックラインにはドレープをふんだんにあしらった、肩をあらわにするデザインのドレスだ。この家の家政婦の無言の思いやりを感じて、高ぶった心がすっと静まっていく。オリヴィアはエメラルドグリーンのドレスに顔を近づけた。おそらくマリアのものなのだろう。エステバンのアメリカ人の客が、ブラウスとスラックスの着のみ着のままにならないようにと、きれいにそろった細かい縫い目で丁寧にサイズを詰めてある。

美しいドレスはひとまずそのままにしておいて、オリヴィアは部屋続きのバスルームに入り、冷たい水で顔を洗った。だが、決して洗面台の鏡に映る自分の顔には目を向けようとしなかった。情熱の余韻にうずいて自分の目が妖《あや》しく輝き、頬が赤く染まっているのを見るのがこわかったからだ。

バスルームを出ると、オリヴィアはまるで自分の高名なおじにエスコートされて、これからホワイトハウスでの晩餐会《ばんさん》に臨むようなおごそかさで、この豪奢《ごうしゃ》な牢獄でのたったひとりの食事のテーブルについた。ひと口大のサンドイッチを優雅につまみ、フルーツサラダを食べ終えると、例のドレスを空っぽのクロゼットにかけ、サンダルを放《ほう》り出してベッドに手脚を伸ばした。

誘拐されてここに連れてこられるあいだにできた打ち身と火ぶくれはまだ治っていなかったし、それにさっきの泉のほとりでの出来事で、すっかり体がけだるくなっている。オリヴィアはあくびをすると、目を閉じてとろとろと眠りに落ちていった。

どれほど時が過ぎたのか、複数の物音が――せわしない靴音や物がぶつかる音やひそひそ声が、オリヴィアの眠りの中に忍び込んできた。しだいにその音はオリヴィアを平和な夢の世界から引きずり出していく。ついに彼女は恐怖に襲われてベッドにがばっと起き上がった。一瞬目の前が真っ白になり、マリアのやさしさも、ターコイズブルーの泉のほとりでのエステバンとの夢のひとときも記憶から消し飛んで、ふたり組に拉致《らち》されたときの恐怖だけが生々しくよみがえる。そうよ、わたしはまだ山賊《バンディード》たちの魔の手の中にあるんだわ。

やがて目の前がはっきりしてきて、何度か深呼吸を繰り返すうちに、オリヴィアは自分がいまどこにいるのかを思い出した。いろいろと不審な点は残っているが、いまのところここではわが身は安全で、しかも至れり尽くせりにされているのだと。

しかし、オリヴィアが自分を安心させようとしているのをよそに、屋敷の中では何事かが始まろうとしていた。廊下に人の気配を感じるのだ。

ブラウスをつかんではおり、くしゃくしゃに乱れた髪をなでつけながらベッドから下りると、オリヴィアはドアノブをつかんでそろそろとまわした。

廊下にはふたりの男が立っていた。まるで二〇世紀初頭の革命の風雲児パンチョ・ヴィリャの一隊のような時代がかったいでたちで、ふたりとも手にはライフルを抱えている。オリヴィアは思わず片手で胸を押さえて息をのんだ。

「セニョール・ラミレスはどこなの？」勇気を奮い起こして、鋭い声で問いかける。

ふたりの護衛は同時に口を開いた。だがスペイン語で早口にまくし立てられて、頭が追いつかない。オリヴィアがわかったのは、このふたりは彼女を部屋から出さないか、もしくはだれも部屋に入れないようにと命じられているということだけだった。どちらにしても、ありがたくない話だ。

「もういいわ」精いっぱい強気を装って、オリヴィアはふたりを黙らせた。「自分で彼を見つけるわよ」そう言って、彼女はドアから出ようとした。とたんにふたりの護衛がオリヴィアの目の前で本物のライフルを互いに交差させて、バリケードを作った。

これで疑問のひとつは解けた。自分はこの部屋に閉じ込められたのだ。

オリヴィアは決して取り乱すまいと念じた。「セニョール・ラミレスをここに呼びなさい！」こうすれば多少なりとも相手が恐れ入ってくれるかと、右手の人指し指で床をぐっと指し、声を荒らげて男たちに命令する。ふたりに意味が通じるように、一語一語を区切って、はっきりした口調で。

すると背の高いほうの男が薄汚れた手をオリヴィアの肩にかけて、静かに部屋の中へと押し戻した。そしてふと思い出したように、ベストのポケットから折りたたんだメモを取り出して彼女に渡した。

〝このふたりはきみを守るためにここにいる。だから彼らを困らせないでほしい〟エステバンの筆跡は力強かった。〝もしあまり心細いようなら、こっちに来てぼくと一緒に眠ってもけっこうだ。Ｅ・Ｒ〟

「これじゃまるで、どんどんおじさんの小説みたいな展開になっていくじゃないの！」オリヴィアはむきになって顔を赤らめた。エステバンは自分をベッドに招いた。しかも、自分はその招待に応じたくてたまらない。彼女はメモをくしゃくしゃに丸めると、廊下に向かって投げつけた。メモは口髭《くちひげ》を蓄えたふたりの護衛の目の前をかすめて飛んでいった。

そんなことにはおかまいなしに、護衛のひとりがうやうやしくドアを閉める。そして一瞬ののちには、カチリと鍵《かぎ》がかけられた。

いらだち、怒り、とまどい、そして恐怖——次々と押し寄せる感情の波にのみ込まれて、オリヴィアは目の前が真っ暗になった。いまはエステバンのことを考えてはいけない。彼のことを考えると、自分の内面の奥底にひそむ、望んでもいない欲望を呼び起こされてしまう。そこでオリヴィアは、頭の中をおじのことへと切りかえた。

オリヴィアがいまこのメキシコで捕らわれの身となり、あすをも知れない運命にあるのも、そもそもはエロル・マコーリーが、ブラックマーケットの世界を背景に社交界の華と闘牛士の恋物語を書こうと思い立ったせいだった。なのに当の本人は、コネチカットにある一七五〇年代に建てられた優雅な邸宅か、コロラド州はベイルの高級リゾートか、さもなければジョージアの海岸のビーチハウスにでものんびりと引っ込んで、いまごろ白ワインでも飲みながら、長年来の秘書兼友人であるジェームズとおしゃべりにでも興じているにちがいない。そうよ、わたしの持っているいちばん高いイタリア製のパンプスを賭《か》けてもいいわ。わたしがバンディードに誘拐され、ほこりだらけの田舎道を延々と運ばれてレパードと呼ばれる男に売られてしまったなんて、ふたりとも知る由もないでしょうよ。

オリヴィアは腕組みをして、いらいらと部屋の中を歩きまわった。さらに始末の悪いことに、もしオリヴィアがなんとか無事にアメリカに帰りつけて、今回の顚末《てんまつ》を話したとしたら、エロルはそれこそ目を輝かせて、事の始めから終わりまでをこと細かに説明してくれと迫ってくるに決まっている。こういう冒険談は、おじの格好のねたなのだ。そうよ。

わたしのことを大変だったねとねぎらうどころか、気前よくボーナスを弾んで、また同じような目にあいそうな、あやしげな国行きの航空券を買ってくれるのが目に見えているわ。オリヴィアは部屋の真ん中でふいに足を止めた。たしかにおじさんは変わり者かもしれない。昔からふつうと違っていたかもしれない。でも、わたしはおじさんを愛している。ああ、おじさんに会いたいわ。いまから一五年前、一一歳のオリヴィアはニューイングランドの堅苦しい寄宿学校に押し込まれて、鬱々《うつうつ》とした日々を送っていた。そんなある日、オリヴィアの両親がフランスで交通事故で亡くなった。するとエロルはすぐに途方に暮れた姪《めい》を引き取りに来て、そのままコネチカットの公立学校に——自分の好きな服を着て通学でき、授業が終われば毎日家に帰れる学校に転校させてくれたのだ。

昔を思い返してオリヴィアはため息をもらした。たしかにおじとの生活は型破りだった。なにしろ彼女のピアノの発表会や学校の催しの折りには、おじとその友人のジェームズがいつも生徒の父母にまじって、仲よく並んで客席に座っていたのだから。だがオリヴィアにとっては、実の父や母よりもエロルが親と思えた。おじのそばにいるといつも自分が愛され、守られていると感じることができた。街の人たちも広い心で変わり者のおじを受け入れてくれた。街にはほかにもいろいろな芸術家が住んでいて、彼らが変わり者だということを承知していたからだ。

オリヴィアはベッドの端に腰を下ろすと、顔をくもらせた。自分が心からおじを愛していることを、おじとの暮らしに満足しきっていることを、どことなく後ろめたく思う気持ちがいつも暗くつきまとう。両親のことをなつかしく思わないなんて、両親の死を悲しまないなんて、ひどく不実な気がするのだ。だが本音を言えば、彼女はジャック・スティルウェルとスーザン・スティルウェルのことをあまり覚えていなかった。娘が六歳になる日を待って、両親はオリヴィアを寄宿学校に押し込めた。そしてそれっきり、電話も手紙もよこさず、訪ねてくることもなかった。エロルが迎えに来てくれるときはよかったが、そうでないまま夏休みやクリスマス休暇を迎えると、オリヴィアは学校に居残るか、さもなければ親戚《しんせき》の別荘に追い払われ、集まった大人たちには無視され、同年代の子供たちにはいじめられて過ごすしかなかった。

だから、オリヴィアにとって自分の本当の意味での子供時代は、つまり愛に包まれた幸せな子供時代は、母の弟が自分を引き取って彼の風変わりな生活の中に受け入れてくれた、一一歳のときから始まったといえるのだ。

オリヴィアの目に涙があふれてきた。途方に暮れて心細かった一一歳のあのとき、エロルは自分のそばにいてくれた。そしてそれからも、なにかあればいつもおじは自分を守ってくれた。でも、わたしはもう一人前の大人だわ。この苦境は自分の力で切り抜けなくてはいけないのよ。

でも、どうやって？

エステバンは居間に張り出したサンルームの窓辺に立って、太陽が海を炎のように真っ赤に染めながら沈んでいくのを見つめていた。海辺の泉から戻ってすぐにシャワーを浴びても、冷たい水しぶきは彼の体の奥で燃えさかる欲望の炎を消すことはできなかった。だがいまは、オリヴィアのやわらかさの中に自分自身を埋《うず》めたいという欲望よりも、もっと差し迫った問題が目の前にある。

遠い昔に葬り去ったと思っていた過去がよみがえってきたのだ。

一〇年前、エステバンは長年のイギリス留学を終え、さらに自分を磨くべくヨーロッパ大陸に渡った。だが新たな土地で自由気ままな生活を送るエステバンに、彼の祖父が帰国するよう求めてきた。

祖父の命令に背くことなど考えられなかった。祖父アブエリトは、メキシコの人里離れた土地に広大な牧場を持つ、単なる一富豪の枠を越えた絶大な権威を備えた人物なのだ。エステバンの父親は、この牧場の近隣にある裕福な家に生まれた、甘ったれで世間知らずの次男坊だった。そして、まだ若くわがままだったアブエリトの娘が彼の子供を、つまりエステバンを宿して産むと、結婚を拒んでひとり姿をくらましてしまった。やがて母親が落馬事故で亡くなってからは、マリアの手を借りながらも、母に代わって彼を育ててくれたのは、だれあろうこの祖父だった。

祖父の跡を継いでこの牧場の主《パトロン》になるのだと、エステバンの将来は昔から決められていた。たとえ彼自身がどんなにその未来に背こうとしても。だがヨーロッパから帰国してみると、祖父の健康状態は衰えつつあった。そしてこの威厳の塊のような老人と何度か激しい口論を繰り返した末、とうとうエステバンは腹を決めたのだった。

純血種の牛や優秀な馬の育て方、そして銀の鉱山の経営管理。エステバンは身につけなくてはならないことのすべてを意欲的に学んだ。銀の鉱山はそのころにはもうほとんど産出量がなくなり、事実上閉山状態になっていたが、最初に銀を産出したその日から、祖父がその収益を抜け目なく方々に投資していた。その利益はアメリカとスイスの銀行に預金され、利子が利子を生んで莫大《ばくだい》な金額にふくれ上がっていった。

とはいえ、外の世界から切り離されたこの牧場の生活の寂しさは、エステバンにとってはつらいものだった。とくに祖父が亡くなってからは。自分の仕事をこよなく愛してはいたが、それでもときどきどうしようもなくやるせなくなって、食事ものどを通らず、夜も眠れなくなってしまうのだ。

エステバンがあの〝アメリカ人〟に出会ったのは、ちょうどそんなふうに落ち込んでいたとき――憂さ晴らしにメキシコシティーに繰り出した折りのことだった。エステバンはあの男のことを頭の中で呼ぶときは、いつも名前ではなくその国籍を使っていた。トム・キャッスルベリーだ、と男は名乗ったが、そんなことは毛頭信じてはいなかった。

それからの数カ月間、エステバンの行くところに必ず、〝アメリカ人〟が待っていたかのようにひょっこりと姿を現すことが繰り返された。そしてしだいにこの年上の男はエステバンに接近していき、ついには彼に冒険心をそそるような複雑怪奇な話を打ち明けた。とある国の危険な独裁政権が、メキシコの荒野の中に軍事戦略上の作戦基地を作ろうとしている、というのだ。そして〝アメリカ人〟は、さる諜報《ちょうほう》機関の身分証明書と自分の話を裏づける証拠をエステバンに示した。要するに男は、彼のほかにも目をつけた何人かを、敵国の諜報活動を阻止するスパイ要員に引き入れようとしていたのだ。

あれから何年もが過ぎたいま、こうして静かな窓辺にたたずみながら、エステバンはあのころのことを思い出して苦い笑みを浮かべた。刺激と冒険を味わいたくてうずうずしている血気盛んな若者にとって、あの男の誘いはどれほど魅力的だったことか。

そして結局、エステバンは男の申し出を受け入れ、さらには与えられた使命以上の働きをしてしまった。敵国軍が軍事装備や小型ミサイルまでひそかにメキシコに持ち込みだしたので、ゲリラ隊を組織して敵の駐留地を襲撃したのだ。もちろん、敵は激しく応戦した――そのとき受けた傷跡がいまも体に残っている。だが、何度もゲリラ戦を繰り返した末に、ついに敵側は計画を断念して中米から撤退した。

アメリカ政府もメキシコ政府も、表向きにはこの件にはいっさい関与していない。

エステバンのコードネームはエル・レオパルド――レパードだった。メキシコシティーの小さな酒場《カンティーナ》で最後に〝アメリカ人〟と接触したとき以来、エステバンはこの名が呼ばれるのを耳にしていない。だが、あのときのあの諜報員の最後の言葉は、いまも頭に刻みつけられている。〝用心しろ。たしかに今回はわれわれが勝ったが、あのミサイル基地計画が実現すれば、たんまり金を稼げたはずの連中がメキシコにはうようよしているんだ。中にはエル・レオパルドの正体を知っているやつもいる。きみは危険な敵を何人も作ってしまったんだよ〟

水平線に沈みゆく太陽に背を向けながら、エステバンの胸には彼の言葉がこだましていた。自分の身を危険にさらすことなど、さほど恐れてはいない。むしろ危険が迫れば、全身の神経がさえわたり、いきいきとしてくるくらいだ。だが自分は、軽率にもオリヴィアをこの危険に巻き込んでしまった。もし彼女の身になにか起こったらと考えるだけで、激しい恐怖が突き上げてくる。

ふとわれに返ると、エステバンはマリアがそばに立っていることに気がついた。しばらく前からそこにそうしていたのだろう。マリアはほほえみながら、エステバンにブランデーの入ったグラスを差し出すと、スペイン語で話しかけてきた。

「部屋に閉じ込められてしまったと知って、かわいいオリヴィアはすっかりご機嫌ななめですよ。あなたに会わせろと言っているわ」

エステバンは憂いに沈んだ顔で、ブランデーをひと口すすった。先刻泉から屋敷に戻ってみると、使いの者がアメリカ政府からの伝言を携えて待っていた。トム・キャッスルベリーが、エステバンにエル・レオパルドという名を与えたアメリカ人の諜報員が、安モーテルの一室で殺されているのが発見された、というのだ。事態を重く見たアメリカ国務省は、ほかにも暗殺の標的と目される人物に対して、彼の不審な死を通告しておく必要があると判断したらしい。

自分の身になにが起ころうと、エステバンは別に恐れてはいなかった。だが復讐《ふくしゅう》に燃える敵たちが、自分がオリヴィアに特別な関心を抱いていることに気づいたら、彼女をどんな目にあわそうとすることか。そう考えると、エステバンはすぐに全幅の信頼を置いているふたりの男を、オリヴィアの部屋の外に護衛に立たせたのだった。

エステバンはありがとうとうなずきながら、空になったグラスをマリアの手に戻した。「ミス・スティルウェルが」自分の国の言葉で、静かに答えを返す。「なにをどうしろと言おうと、別に彼女の自由だよ。だけどぼくはこの家のパトロンだ。女から指図を受けるつもりはない」

マリアは片方の眉を上げた。「女は女でも、あの人は違うようにわたしには思えますよ」

マリアは異を唱えた。「あの人の運命はこの家に、そしてあなたに結びついているんだわ。美しいメロディーに甘い歌詞が結びついて、すてきな恋歌ができるみたいにね」

エステバンはマリアの額にそっとくちづけた。マリアは彼の育ての母であり、そしていまは大切な友だった。「またアメリカのメロドラマに病みつきになっているんだね」エステバンはちゃかした。だが心の中では、ひそかに空想が広がった。オリヴィアが自分のベッドに横たわり、自分と同じテーブルに座り、自分と馬を並べてこの愛する土地を駆ける。そしていつか自分の子供を身ごもり……ああ、オリヴィアと体を重ねたい欲望が、狂おしいほどに募ってくる。

エステバンは乗馬ブーツの拍車をカシャカシャと鳴らして、中庭を突っ切って正面玄関へと向かった。上を見上げたい衝動をあえて抑えて、バルコニーの下を通り過ぎながら。たとえかつての敵の脅威を絶つことができたとしても、どのみちオリヴィアとの未来など望むべくもないのだ。エステバンは悲しげに自分に言い聞かせた。オリヴィアはぼくのことを悪者だと思い込んでいる。そのうえふたりは異なる社会に生きているのだ。どう考えても不可能なことなんだ。エステバンは自分の中で結論を下した。オリヴィア・スティルウエルを速やかに、そして永久に自分の人生から消し去ってしまうのが、結局自分の幸せなのだと。

6

ひとり部屋に閉じ込められ、やり場のない怒りといらだちにオリヴィアの心は荒れ狂うまま、時が過ぎていく。やがて数時間もたったころ、マリアが豪華な革表紙の本を数冊と小さなビロード張りの箱を手に部屋に入ってきた。

もう少し休んでから、夕食のためにドレスに着替えるようにと、マリアは伝えた。箱の中には対になったアンティークの銀の髪飾りが入っていた。高価な装丁の英語版の文学全集は、せめてもの気晴らしにということらしい。

本を読めることがありがたくて、オリヴィアはマリアのやさしい心遣いにうなずいて感謝の意を伝えると、ゆったりとベッドに落ち着いて『ジェーン・エア』のページを繰った。

このオリヴィアの愛読書は、あすをも知れないいまの境遇を忘れさせ、しばしのあいだ心に安らぎを与えてくれることとなった。

夕闇《ゆうやみ》が迫ってくると、オリヴィアはマリアが体に合うように直してくれた、あのふんわりとしたエメラルドグリーンのセクシーなドレスに袖《そで》を通した。赤褐色の豊かな髪はゆるく結い上げて、アンティークの櫛《くし》飾りをつけた。ドレスのデザインはいかにもメキシコ風だったが、古風な形にまとめたヘアスタイルに銀の髪飾りをつけたオリヴィアは、自分でも驚くほどに十九世紀末のアメリカのたおやかなレディーさながらの美しさをかもし出している。

そう、バスルームの鏡からこちらを見つめ返しているのは、いまのいままでわたしが知らなかったオリヴィアなのよ。鏡の中の彼女はセクシーで洗練されていて、女としての自分の魅力を知り尽くしている。そしてその魅力で、自分がこうと心に決めたことはどんなことでも思いのままにしてしまうのだ。

鏡の中に訪れた、この新たな大人の女としての自分はいまだけの幻ではないと、本能的にオリヴィアは悟った。この新しいオリヴィアは、自分の中に居場所を作ろうとしているのだ。輝ける新たな夢と希望をいっぱいに詰めたトランクを抱えて。

オリヴィアはあでやかにほほえんだ。鏡の中のオリヴィアも、もちろんあでやかにほほえみ返した。「ずっと前から、あなたのことを待っていたのよ」彼女はそっとつぶやいた。

だが、喜んでばかりはいられない。自分は依然として部屋の中に閉じ込められたままなのだ。まずはこの問題をなんとかしなくては。

やがてエステバン自らが、オリヴィアを迎えに現れた。オリヴィアの姿を見て、彼の美しいスミレ色の瞳はとろけそうになった。彼がなにかスペイン語でつぶやくと、意味はわからなくても、その言葉がまるでやさしい愛撫《あいぶ》のように肌に感じられてしまう。オリヴィアははっとして自分を叱《しか》りつけた。

「わたしは部屋に閉じ込められるなんてごめんだわ」彼女はかすかに震える声で、だがきっぱりと言った。「もしあなたがわたしを信頼していないなら、わたしの友人のふりをするのはやめてちょうだい」

ゆったりとしたシャツにきらめく銀の飾り鋲《びょう》をあしらった黒い革のベストを重ね、黒いスラックスに身を包んだエステバンは、息をのむほどにりりしかった。「ぼくはきみを信頼している」彼はおもむろに口を開いた。「もっとも、どうしてなのかは自分でもわからないが」そう言いながら、オリヴィアに腕を差しのべる。「今夜のきみはとてもきれいだ」彼はオリヴィアをエスコートして、神妙だが不服そうな顔で戸口に立つ護衛ふたりの前を通り過ぎた。

オリヴィアの体に甘いおののきが走った。だがだからといって、そう簡単に彼に対する不信の念を捨てるわけにはいかなかった。自分がいま置かれている状況を変えるように、彼に約束させなくてはならない。「それじゃ、護衛をつけるのはやめてもらえるわね？」

エステバンは肩越しに振り返ると、静かな声で男たちに何事か告げた。ふたりはすぐに持ち場を離れて姿を消した。

「さあ」エステバンはオリヴィアに視線を戻した。「これでいい」そう言うと、廊下の先のアーチ形をしたダブルドアの奥へと、オリヴィアを誘《いざな》っていく。

エステバンのプライベートな居室であろうその続き部屋は、キャンドルの明かりにほのかに照らされていた。薄暗くてよくは見えないが、がっしりした質のいい調度類に飾られた広々とした部屋だ。部屋の反対側には同じようなダブルドアが開かれていて、その向こうには大きなテラスが続いている。開け放されたドアからのぞく空には星がきらめいていた。

オリヴィアの目の隅にエステバンのベッドが映った。どっしりした支柱に囲まれ、天蓋《てんがい》におおわれた大きなベッドだ。みだらな予感が広がって、オリヴィアは思わず息をのんだ。

このままずっとここにとどまりたい。新しい大胆なオリヴィアが胸の中でつぶやく。メキシコの濃密な夜の闇に溶け込んで、エステバンにすべてを与えたい。彼の生命の種をこの体の中にはぐくんで、彼のように美しい男の子を産みたい。そして、ここに窯とろくろを置いて、この地の神秘的な美しさを陶芸で表現してみたい。

キャンドルの炎がゆらめき、熱帯の花々の官能的な香りが暖かい夜の空気を包み込んでいるテラスに、マリアがディナーのテーブルを用意してくれていた。銀製のワインクーラーの中には、ワインがひと瓶冷えている。テーブルにはフランス製の高価なリモージュの陶器の皿と、おそらく先祖伝来の品であろう銀食器がふたり分並んでいた。

オリヴィアは古き時代のマナーに乗っ取って、エステバンに椅子を引かせて優雅に席についた。自分がいままでとまったくの別人になったような気がしてくる。この数日のあいだにあまりにショックなことが多すぎたおかげで、わたしの中に新しい別の人格が生まれてしまったのかしら。

エステバンとロマンティックな月明かりと、そしてふたりの後ろに控えた暗い寝室がほのめかすものの妖《あや》しい魔力に魅せられて自分を見失うまいと、オリヴィアは口を開いた。

「それじゃ、もうわたしは部屋に閉じ込められなくていいというわけね。あんなことは野蛮だもの」

エステバンは真のワイン通のやり方で、作法どおりにうやうやしくワインの味を確かめると、オリヴィアのグラスをなみなみと満たした。「メキシコの危険な砂漠地帯をひとりでうろつきまわるような女の身になにが降りかかろうと、野蛮呼ばわりできる筋合いはないと思うが」

オリヴィアはため息をついた。この美しい土地を、この男性のもとをもはや去りがたくなっているというのに、ふたりのあいだには心を通い合わせるものが芽生える兆しも見えない。結局ふたりは異なる社会に、異なる環境に、そして異なる世紀に、どう考えても結びつくことのできないふたつの世界に生きているのだ。「だけど、人間どこにいたって――砂漠の中でも贅沢《ぜいたく》な部屋の中でも、結局危険はついてまわるものじゃないかしら」オリヴィアはしみじみとつぶやいた。

エステバンはオリヴィアの言葉の意味するところに気づかぬふりはしなかった。彼もまた自由を尊重する人間だ。彼がこの牧場を愛してやまないのも、ひとつには広大な自分の土地を、まるで一九世紀の山賊《バンディード》のように縦横無尽に自由に走りまわれるからなのだ。

「ああ」エステバンはうなずいた。「だが、まったく危険のない人生なんて、たぶんつまらないかもしれない」

オリヴィアはワインをひと口すすった。芳醇《ほうじゅん》な味わいの極上品だ。エロルならきっと大絶賛して、友人という友人全部に箱ごと送るように注文することだろう。「あなたは一年じゅうここに住んでいるの？」くつろいだ気分になって、オリヴィアはたずねた。

「いや」エステバンはナイフとフォークを優雅に操りながら答えた。「サンタフェに別荘があるし、それに旅行もよくする」

オリヴィアはいままで自分が旅したさまざまな国や都市を思い起こして、ふたたびため息をついた。「わたしもよ。でも、いまはどこかひとつの土地に落ち着いて、いままで自分がこの目で見て心に感じてきたことのすべてを、自分の芸術に注《つ》ぎ込みたいなと思うの」

「芸術？」エステバンは興味をそそられたらしい。ふたりはぶつかり合いながらも友情を感じはじめていたし、体を許し合ったも同然の関係ではあったが、彼はまだ陶芸にかけるオリヴィアの情熱を知らなかった。

ふたりの奇妙で危険な関係もしばし忘れ、オリヴィアは自分が陶芸で得た賞やささやかな成功を熱っぽく彼に語った。「もちろん、たいしてお金はもうからないでしょうね。少なくともしばらくのあいだは。でも、そんなことは問題じゃないの。わたしはけっこう高給取りだし、あんまりお金を遣わないほうだから、かなり貯金があるのよ」

エステバンはほほえんだ。「きみの子供のころの話を聞かせてくれ。きっと髪はお下げで顔はそばかすだらけ。おまけにいつも膝小僧をすりむいていたんだろうね」

オリヴィアはおかしそうに笑った。「最初のふたつは正解よ。わたしはお下げでそばかすだらけだったわ。だけど、膝小僧をすりむくようなおてんばは許されなかったの。エロルおじさんがわたしを寄宿学校から救い出してくれるまではね」オリヴィアは自分の過去を手短に、だがありのままに語り、そして話し終わると自分を愚かしく感じた。いつもなら口にするのがつらくて、人に打ち明けたりはしないはずなのに。

エステバンはお返しに自分の祖父のことを、この牧場での子供時代のことを彼女に語って聞かせた。エステバンもまたヨーロッパの寄宿学校に入れられていたが、彼の場合はその学校生活がプラスに作用していた。新世界アメリカ大陸生まれの気質と、旧世界ヨーロッパで身につけた教育とが結びついて、オリヴィアもうらやましくなるような、ゆったりとした優雅さと余裕が身についているのだ。

エステバンの語り口はワインのようになめらかで、心地よくオリヴィアの心を酔わせていった。ときめくなと言われてももう手遅れだ。たとえオリヴィアが死にそうに空腹だとしても、彼に甘い言葉で誘われたら、すぐにでもテーブルを立って彼のベッドに直行してしまうにちがいない。

食事が終わると、エステバンは椅子の背に体をもたせかけた。なんだか急に目をくもらせ、思い悩んだ顔になる。「十分に用心してほしい、オリヴィア。連中が……」

マリアのスクラップブックにあった切り抜きを思い出して、オリヴィアの心臓が恐怖に高鳴った。「連中って？」

「ぼくの敵たちだ」しばらく躊躇《ちゅうちょ》した末に、エステバンは口を開いた。「もし連中がきみの存在に気づいたとしたら――気づいていないと信じたいが、あいつらはきみを格好の復《ふく》讐《しゅう》の手段にしようとするだろう。連中はこういうチャンスを長いあいだずっと狙《ねら》っていたんだ」

オリヴィアの背筋に寒けが走った。「だけど、だれもこの屋敷の中には入れっこないわ」彼女は言い張った。「護衛の男たちがそんな連中を中に通すはずがないもの」

エステバンはじっと考え込んでからうなずいた。「もちろん、ぼくは自分の部下たちを信頼している」

なにか言わなくてはと、彼女は必死に言葉を探した。「そういうことなら、いつでもわたしをアメリカに送り返してくれていいのよ」なんてことを言うのよ。お願いだから、そんなことはしないと答えて。

エステバンはじっとオリヴィアの顔を見つめてから、答えを口にした。「ぼくたちふたりのあいだには、なにかが始まろうとしている。ぼくはそれがなんなのか見極めたいんだ」

オリヴィアは夜空にきらめく美しい星々を見上げてため息をついた。星空に浮かんだ月が夜の海に、熱帯の木々の木立に、そしてはるか彼方《かなた》に連なるいかつい山影に、銀色の光を投げかけている。「わたしもよ」オリヴィアはぽつりとつぶやいた。

エステバンの手が伸びてオリヴィアの手を包み込んだ。彼の手に込められたひたむきな力強さに、オリヴィアの体じゅうの血がわき上がる。エステバンの親指は、オリヴィアの手首の内側の敏感な部分へとしなやかにすべっていった。「この屋敷の中は自由に動きまわってもかまわない」不本意な譲歩なのか、彼の声はざらついていた。「だが、護衛なしでは決してテラスに出ないでくれ」

オリヴィアはこのささやかな勝利がうれしかった。なのに自分の中のなにかが、この勝利をすなおに喜ばせようとしない。オリヴィアはワインをひと口すってから皮肉っぽくたずねた。「だけどわたしたちはいま、そのテラスにいるんじゃなくって？」

彼のたくましい肩がすっとこわばった。「そう、ぼくがきみのそばについている。それに中庭には、マノリートとルイスが見張りに立っている。そうでなければ、テラスではきみの安全は守れないんだ」

オリヴィアは答える言葉を失った。心は激しく揺れている。いったい自分はどちらを恐れているのか、もうわからなくなってきた。得体の知れないエステバンの敵にさらわれてしまうことなのか、それとも古着を脱ぎ捨てるように、現代的な社会に生きる自分の生活を捨ててもかまわないと思えるほど〝レパード〟を深く愛してしまったことなのか。ここでエステバンと暮らすなんて、まるで小説のページの中に飛び込むようなものでしょうね……。

だけど小説の世界では、ヒーローやヒロインは最後には死んでしまうことだってあるんだわ。そう考えると、彼女のロマンティックな夢想はしぼんでしまった。だが、体じゅうの血はまだ激しくわき立っている。エステバンのなにげないしぐさのひとつひとつにも、ますます情熱をかき立てられてしまう。

結局、エステバンは彼女をベッドへは誘わなかった。ワインの酔いにぼうっとなったオリヴィアをエスコートして、部屋へと送ってくれただけだった。

その夜オリヴィアは、うつうつと寝つけなかった。欲望に体がうずいて眠れなかった。

朝が訪れると、オリヴィアは思いきって決心した。

自分が描いたささやかな未来の夢は、しょせん夢でしかない。この生きる時代の違うのどかな楽園を出て、自分が生きてきた世界に帰るのだ。阿片《あへん》やコカインにおぼれるように、エステバンの愛の行為の虜《とりこ》になってしまったいまとなっては、もう以前のように愛せなくなってしまった世界に。エステバンに対する熱い思いは、深く激しい欲望となってオリヴィアの体の奥に刻まれてしまっている。だからこそ、ここから出ていかなくてはならないのだ。

忘れなくてはならないのだ。

オリヴィアは顔を洗うと、よれよれになったブラウスとスラックスに着替えた。籐《とう》のテーブルの上には、以前のようにもう朝食は用意されていなかった。つまり、屋敷の中を自由に歩きまわっていいと言ったゆうべのエステバンの言葉に嘘《うそ》はないわけだ。オリヴィアは部屋を突っ切ってドアまで行くと、思いきって重いドアのノブをまわしてみた。鍵《かぎ》はかかっていなかった。それにきのうは廊下で張り番をしていた無骨な牧場の男たちの気配もない。

オリヴィアは階段を飛ぶように駆け下りていった。エステバンの記事の切り抜きを集めたスクラップブックがまだあるか確かめようと、書斎にそっと忍び込む。だが、あのスクラップブックはもうどこかに消えていた。最初に見たときに〝レパード〟の英雄的行為について書かれた英語の記事を読まなかった自分を、オリヴィアは心の中でののしった。

でももしかしたら、最初からわたしはすべての真実を知りたくなかったのかもしれないわ。

オリヴィアはキッチンへと向かった。

キッチンではマリアがバターをボウルに入れてかきまぜていた。にっこりほほえんで、明るい光が差し込む窓のそばのテーブルをすすめてくれる。外に面して開かれたドアの敷居に座っているのは、エステバンの部下の男だ。オリヴィアがテーブルに座って朝食を食べているあいだ、男はライフルを膝にのせたままあくびばかりしていた。

食事を終え、皿を洗って片づけてしまっても、オリヴィアはまだキッチンにぐずぐずしていた。マリアはおそらくエステバンのものであろうコットンのシャツをまとめてアイロンがけしながら、スペイン語のラジオ番組を聞いている。それに耳を傾けているふりをしながら、オリヴィアは戸口に座り込んでいる護衛の男をじっと監視した。

たぶん男はゆうべ寝ずの番をしていたのか、でなければ、しようのない怠け者なのだろう。さっきから大あくびばかりしていると思ったら、今度は戸口の柱にだんだん体が傾いてきた。オリヴィアははやる心を必死に抑えつけた。勘のいいマリアに、自分がいま企《たくら》んでいることを気づかれたくない。

そのまま永遠とも思える時が過ぎて、ようやくマリアは気持ちよくアイロンのかかったシャツを抱え、機嫌よく鼻歌を歌いながらキッチンを出ていった。もしかしたらなにか忘れ物を取りに戻ってくるかもしれないと思い、オリヴィアはじっと一分間待ってから、ドアに向かって駆け出した。

すでにグーグーいびきをかいている護衛の男の横をすり抜けるのは、造作もないことだった。

女の直感がオリヴィアを離れ屋の格納庫へと導いたのかもしれないし、あるいは運がよかったせいなのかもしれない。とにかくオリヴィアは、いちばん大きな格納庫の扉を夢中で引き開けた。そして、ほこりだらけの防水シートの下の、ひと目でそれとわかる四角い形のものを見つけて胸を躍らせた。キャンバス地のシートの端をつまんで持ち上げながら、オリヴィアの心にはここから立ち去れる喜びと悲しみが渦巻いた。

その前時代的な印象とは裏腹に、エステバンは現代社会と完全に縁を切ってしまったわけではないらしい。シートの下に隠されていたのは四輪駆動フル装備の真っ赤なブレイザーだ。

オリヴィアは息を詰めて、運転席のドアに手をかけた。ドアはロックされていなかった。しかもマットをめくると、アクセルの下にキーが隠してある。オリヴィアは足を忍ばせて格納庫の扉に引き返すと、明かり採りのために細く開けておいた扉のすきまから、外の様子をうかがった。いまがチャンスだ。

すぐに車に戻ると、オリヴィアは運転席に乗り込み、ぎゅっと目を閉じて祈るようにキーをまわした。

エンジンがかかった。

あまりの運のよさに驚きながら、目を開けて燃料計を確かめてみる。どうやらオリヴィアのつきもここまでのようだった。燃料計の針は、無情にもゼロを指している。エンジンを切ると、オリヴィアはハンドルにがくりと額を垂れて、失望と、漠然とした安堵《あんど》感の両方をかみしめた。ここから出ていける足を、メキシコの険しい荒野を駆け抜けることのできる四輪駆動を捜しあてたと思ったら、ガソリンが空っぽだとは。

「最低だけど……最高かしら」オリヴィアはつぶやいた。このふたつの言葉でなければ、千々に乱れたいまの自分の心を言い表すことはできなかった。

ここにはお湯を沸かしたりするための発電機があるんですもの、車があるということは、どこかにガソリンもあるはずだわ。ブレイザーの上に用心深く防水シートをかけ直しながら、オリヴィアは考えた。でも、ガソリンのありかを捜している時間はない。いつなんどき見つかってしまうかわからないのだから。

7

周囲に十分注意を払ってから、オリヴィアは格納庫から忍び出た。車を外に出せるようにと、目いっぱい開けてあった大きな扉を閉めると、彼女は深いため息をついて屋敷へと引き返した。

マリアがペピートと呼んでいた護衛の男は、頭にかぶったほこりまみれの大きなソンブレロを戸口の柱にくしゃくしゃに押しつけて、まだ眠りこけていた。だが、豪快な高いびきは短い寝息に変わっている。じきに目を覚ましそうだ。

オリヴィアはペピートの横をそっとすり抜けてキッチンに入ると、発電機の電力で動いている大きな冷蔵庫の中から缶入りのソーダを取り出した。そのあいだにペピートが、鼻を鳴らしながら目を覚ました。大儀そうにこちらへ首をまわしてうさん臭そうな目でにらむペピートに、オリヴィアは無邪気ににっこり笑いかけた。

ついでにソーダの缶を軽く掲げて、彼に乾杯してみせる。「アメリカ合衆国《ロス・エスタドス・ウニドス》に乾杯」ペピートはいかにも不服そうな咳払《せきばら》いをした。どうやら彼は、メキシコの北の隣人がお気に召さないらしい。それにたぶん、女のお守りをさせられるなんて男のメンツに関《かか》わる、と思っているのだろう。

オリヴィアは愛敬《あいきょう》たっぷりの笑みをペピートに投げかけてから、きびすを返してキッチンをあとにした。だが、いくら居心地がよくても、まだ自分の部屋には戻りたくない。オリヴィアは居間に行くと、窓辺に立って眺める外の景色にあらためて心を奪われた。太陽の光に金色に輝くターコイズブルーの海、この世のものとは思えないほど深く鮮やかに緑をたたえた木々、色とりどりに咲き乱れている熱帯の花々。ああ、もう一度あの泉のほとりの白い砂浜にこの身を横たえたい。そしてエステバンの手がわたしの体の上をすべり、彼の貪欲《どんよく》な唇がわたしの胸のつぼみを……。

まばゆいばかりの景色と自分の中で広がる妄想に陶酔しきってふと振り返ると、そこにはエステバンの姿があった。

「だからあなたは、レパードって呼ばれるのね」オリヴィアはおどけて聞こえるように言うつもりだったが、そうはできなかった。彼がすぐそばにいると思うと、自分が自分でなくなってしまう。オリヴィアの声はあまりにひそやかで弱々しかった。

エステバンは頭のてっぺんから爪先《つまさき》までほこりにまみれていたが、それでもいつもと変わらぬ堂々たる風格をたたえていた。自分がだれであるかをわきまえ、その自分というものに確固たる自信を持っている男にこそ備わっている風格だ。エステバンはますます心をかき乱すような目で、オリヴィアをじっと見つめている。

やめて、恥ずかしいわ。彼女の体はもうすでに、募る欲望にとろけそうだった。しかもラスベガスのカジノのネオンサインみたいに、だれが見てもその欲望が顔にはっきり表れてしまっている。

「きみに着られそうなものをマリアが探して、洗濯しておいてくれた」そう言って、エステバンはコットンやデニムの衣類を何枚か束ねたものをオリヴィアの手にのせた。彼がなにか持っていたことも、オリヴィアは気づかなかった。「これに着替えて、ダイニングルームに来てくれ。これから昼食をとって、昼寝《シエスタ》をしてから馬でここを出る」

オリヴィアは喜びに胸が躍ると同時に、悲しみにのどを締めつけられた。「つまり、わたしをアメリカに送り返してくれるつもりなの?」

エステバンはなにも言わずにじっとオリヴィアの顔に目をあてた。その貴族的な顔からは表情は読み取れない。やがて、彼は首を横に振った。「いや。この牧場《ランチョ》でも極上の名馬の一団が、群れからはぐれてしまった。たぶん南のほうへ向かっているんだろう。これからその馬たちを捜しに行くんだ」

オリヴィアは揺れ動く心のままに、彼に一歩身を近づけた。相反するふたつの感情がせめぎ合い、もつれ合っているこの気持ちを、自分でもどうしていいのかわからない。「それで、わたしも一緒に連れていこうというのね？　なぜ？」

「きみをここにひとりで置いては行けないからだ」

オリヴィアは思わずごくりと息をのみ込んだ。もしエステバンが自分を残していってくれるなら、そのあいだにガソリンを捜し出してブレイザーを満タンにすることができる。ここから逃げ出すチャンスだ。「だけど、この屋敷から一歩でも外に出るのは危険だって言ったのはあなたよ」

エステバンは黒豹《ひょう》のようにつややかな髪を後ろにかき上げた。「屋敷を離れているあいだじゅうきみの身を案じているようでは、気が散って馬捜しどころではなくなってしまう。お願いだ。ぼくの言うとおりにしてくれ」

この男性と出会ったときからずっと、オリヴィアの心は相反するふたつの感情のあいだを揺れ動いていた。ここからまんまと逃げ出して、尊大な〝レパード〟の鼻をあかしてやりたい。けれど、彼や牧場の男たちと一緒に馬で荒野を駆けめぐるなんて、まるでおじの小説の世界が現実になったみたいだ。

「わたし、馬に乗るのはあまりうまくないのよ」居間を出ていこうとするエステバンの背中に向かって、オリヴィアは本音を告げた。

彼は振り向こうとはしなかった。「ぼくがついている」それだけ言うと、これでもうなにも問題はないというそぶりで、さっさと部屋を出ていった。

オリヴィアは二階の自分の部屋に戻ると、エステバンがくれた衣類の束を広げてみた。着古されたコットンの長袖《ながそで》のシャツが二枚と、古びたジーンズが二本たたんである。

オリヴィアはブラウスとスラックスを脱いで、たぶんかつてこの牧場にいた労働者が置いていったものであろうシャツとジーンズに着替えた。小柄な男性だったらしく、シャツはぴったりサイズが合ったが、ジーンズのほうはヒップのあたりがきつくて、ウエストのベルトが前に折れ曲がってしまう。

それでも命じられたとおり一〇分後にオリヴィアがその姿でダイニングルームに現れると、エステバンの目は満足げに細められた。椅子から立ち上がり、オリヴィアの椅子を引いて座らせてくれる。

エステバンはあの泉で水浴びしてきたのだろう。全身のほこりをすっきり洗い流し、服も着替えている。オリヴィアはなんだかエステバンがねたましく思えてきた。彼はなにひとつ束縛されていないのだ。こちらが汗にまみれてうだっているあいだに、美しい泉を独占して水浴びを楽しんでいたなんて。オリヴィアの脳裏に、あのやわらかな白い砂浜の上で繰り広げられた官能的なシーンがよみがえってくる。

マリアがふたりの昼食に、よく冷えたフルーツの盛り合わせと焼きたてのパンを用意してくれた。そして、まるでふたりがまだなにも気づかずにいることが自分にはわかっていると言いたげな、意味ありげな笑みを浮かべてダイニングルームを出ていった。

「マリアはどうなの？」オリヴィアはたずねた。「彼女はここにひとりで残しておいても大丈夫なの？」

「マリアはひとりじゃない」エステバンはみごとな彫刻を施されたどっしりした椅子に余裕たっぷりに背中を預け、じっとオリヴィアの顔に見入った。「護衛をふたりばかり残していく。それに連中の狙《ねら》いは彼女じゃない」

エステバンがほとんど言葉もなく、食い入るようにオリヴィアを見つめたまま食事が終わると、マリアがテーブルを片づけにふたたびダイニングルームに現れた。エステバンは立ち上がってオリヴィアの椅子を引いてやると、そのまま彼女のウエストに軽く、だがしっかりと片手を置いた。

「あの……」

エステバンはオリヴィアを誘《いざな》って、中庭を抜け二階へと階段を上っていった。「シエスタの時間だ。メキシコでは、これからのいちばん暑くなる午後のあいだは、横になってゆっくり休むことになっている」

オリヴィアの心臓が早鐘を打った。シエスタという言葉が持つ、気だるく官能的なイメージが頭の中に流れ込んできて、エステバンの手が軽くウエストに置かれているだけで、体の芯《しん》が熱くなってきてしまう。「でも、わたし疲れていないけど」オリヴィアは彼の心を探りたくて、ためらってみせた。

「いまに疲れるさ」エステバンはにやりとまばゆい笑みを見せた。

オリヴィアの部屋の前を通り過ぎ、自分の部屋へと彼女を導き入れると、エステバンは彫刻が施されたアーチ形の優美な木のドアを閉めて鍵《かぎ》をかけた。

今度ばかりは日焼けのせいではなしに、オリヴィアの頰は真っ赤に燃えた。「わたしはあなたの慰みものじゃないわ」本当はもう彼のものでもかまわないと思っている自分が、それを見抜いている彼がうらめしくて、いらだたしげにつぶやく。

エステバンはオリヴィアのチェックのコットンシャツに手をかけて、ジーンズから引っ張り出した。「きみはまるで熟れた果実のようだ、甘くてとろけそうで。きみをダイニングルームのテーブルの上に横たえて、その場でこのかぐわしい果実を味わいたい衝動をやっと抑えてここまで来たんだ」

オリヴィアは彼を押しのけたいと願った。だが、体の奥から突き上げてくる原始的な欲求に理性をのみ込まれて、手脚が言うことを聞かない。切なくあえぐオリヴィア。そのときシャツを、エステバンが力を込めて両側に開いた。ボタンが左右にはじけ飛んだ。シャツを後ろに押し下げ、そのまま床に放《ほう》り出す。

ひどい日焼けとメキシコの強烈な暑さのために、オリヴィアはブラジャーをつけていなかった。ふっくらとみずみずしいバストを彼の目の前にむき出しにされて、ピンク色のつぼみがかたくうずいている。

「ああ、なんて《マドレ・デ・ディオス》」エステバンはあえいだ。まるで女性の体をはじめて目の当たりにするかのように呆然《ぼうぜん》と目をみはり、その声はかすれている。エステバンはオリヴィアのウエストのくびれにぐっと手をかけると、彼女が腕の中で背を弓なりにそらせて切ないうめき声をあげるまで、そのピンクに色づいた果実のつぼみを唇でじらしつづけた。オリヴィアが狂おしく身をもだえさせると、今度はそのつぼみを口の中でとろかしていく。

やがてエステバンはオリヴィアをベッドに横たえ、ジーンズとサンダルを脱がせた。彼にあられもなく翻弄《ほんろう》されてしまうであろう自分がこわくなって、オリヴィアは体を起こそうとした。だがエステバンにヒップを抱きかかえられて、その意志も意識の彼方《かなた》へ追い払われてしまった。彼の唇に熱くほてる肌をついばまれ、欲望に震える太腿《ふともも》の内側にくちづけられて、オリヴィアはめくるめく快感の波にすすり泣いた。その声に駆り立てられるように、エステバンが彼女の果実の芯を唇で奪っていく。

体の奥に熱い炎を吹き込まれて、オリヴィアは思わずシーツをわしづかみにし、頭を激しく振ってもだえた。「エステバン」かすれた声でむせび泣く。「ああ……エステバン！」

エステバンは両手をオリヴィアのヒップの下に差し入れて軽く持ち上げると、まさに熟れて甘くとろけるような果実を楽しむかのように、さらに彼女を味わい尽くした。その愛撫《あいぶ》に応《こた》えて、彼女の体がしだいに開かれていく。エステバンと結ばれたい。彼の手や唇よりもっと熱いものに埋め尽くされたい。

エステバンはオリヴィアの足首をつかんで押さえると、彼女の中へとさらに唇を埋《うず》めていった。とうとう絶頂まで昇りつめて、オリヴィアの体は悦《よろこ》びの波にのみ込まれた。官能の最後の波が引いていくまで、エステバンは彼女を愛撫しつづけた。やがて波が去り、オリヴィアは情熱の余韻にぼうっとしてぐったりとベッドに横たわった。

もうろうとした意識の隅で、エステバンが服を脱ぎ、隣に体を横たえたことに気がついた。手が彼女の胸の下に置かれ、まだほてっている肌の上にゆったりと円を描いている。

「お願い」オリヴィアはうわごとのようにささやいた。いまはこのひと言を口にするのがやっとだった。あとのすべてのエネルギーは、エステバンに奪い尽くされてしまったのだから。

だが、オリヴィアがなにを求めているのかを知りながら、エステバンは彼女を拒んだ。

「いいや、いまは眠るんだ」彼の声は眠そうで、じゃけんだった。「眠りなさい」

オリヴィアはまぶたを閉じるまいとした。が、残酷な現実が心の隅で声をあげていたとしても、その声がオリヴィアを目覚めの世界にとどめておくことはできなかった。オリヴィアは眠りに落ちた。エステバンに知らされた残酷な事実は鋭い棘《とげ》となって、彼女のやわらかな心のひだに刺さったままうずきつづけた。

結局エステバンにとっては、すべては戯れだったのだ。オリヴィアを思いのままに感じさせ、陥落はさせたくても、自分自身がオリヴィアに陥落させられることは断固として拒もうとする。オリヴィアは彼の気晴らしの慰みものだったのだ。

オリヴィアは途切れ途切れにまどろんだ。夢の中で失望と悲しみに泣きぬれながら。夕暮れが近づくころ、オリヴィアは目覚めた。海から吹き寄せるそよ風が生まれたままの姿の上を通り過ぎていく。まつげは涙にぬれていた。隣に眠っていたエステバンはもういなかったが、シーツにはまだ彼のにおいが残っている。部屋には彼のコロンの残り香が漂っていた。

オリヴィアはベッドに起き上がると、脚を胸に抱きかかえ、膝に額を押しつけてすすり泣いた。愛していながら〝レパード〟のもとを去らねばならないことはもちろん悲しい。だが、彼は自分の体を、そして心をもてあそんだだけなのだと思い知らされるなんて、もう心がずたずたに引き裂かれてしまいそうだ。

オリヴィアの悲しい思いに引き寄せられたかのように、エステバンが部屋に戻ってきた。なにも言わずにベッドに近づいてくる。オリヴィアは泣きはらした赤い目で彼をきっとにらみつけた。

「わたしに触らないでよ、この人でなし！」激しい言葉をぶつけながら、彼の手から体をかわそうとする。「もう十分楽しんだはずよ!」

彼の持つ名前のごとく、エステバンの動きはすばやかった。オリヴィアがベッドの向こう端に飛びのく間も与えずに、上掛けの中に彼女をからめ取って、自分のほうに引き寄せる。

「いったいなんなんだ?」エステバンは問いつめた。「なんのことを言っているんだ?」

オリヴィアは怒りにまかせてエステバンにつかみかかろうとした。だが上掛けにがんじがらめになって、まるで拘束衣でも着せられているみたいに身動きがとれない。「さぞおもしろおかしかったことでしょうよ。さんざんわたしを燃え上がらせて、もう耐えられないほど攻め立てておきながら、結局最後の一線はお預けで、さっさと眠ってしまうんですものね!」

エステバンの顔色がさっと変わった。一瞬驚いたような表情を見せたと思ったら、怒りに冷ややかに顔をこわばらせる。「ぼくがきみを悦ばせなかったというのか?」

「わたしを悦ばせた?」怒りと屈辱に、オリヴィアの神経がぷつんと音をたてて切れた。だが、体は相変わらずエステバンに抑えつけられたままだ。「あなたはわたしを満足させようなんて気はさらさらなかった。ただわたしの性能を試してみただけよ。まるでレンタカーを借りる前に試し乗りしてみるみたいにね!」

エステバンは黙りこくってぐっと歯を食いしばり、あごをかたくこわばらせた。自分の感情を懸命に抑えている様子が手にとるようにわかる。「つまり」とうとう彼が口を開いた。「ぼくがきみの貞節を尊重しようとしたのがいけなかったわけだ。きみはレディーらしく扱われるのがお気に召さないらしい」エステバンは片手で上掛けをつかんだまま、もう一方の手でシャツのボタンをはずしはじめた。「よかろう、きみの望みどおりにしてやる」

8

まるで魔術師がテーブルの上にのった皿やスプーンを微動だにさせずにテーブルクロスをさっとはずすように、エステバンはオリヴィアを巻き込んだ上掛けを勢いよく引っ張った。だが彼女のほうは、魔術師の皿のようにというわけにはいかなかった。ベッドの上でくるりと体が宙に舞ったと思ったら、生まれたままの姿で背中からやわらかなマットレスの上に、どさりと沈み込んだ。

エステバンがふたたび服を脱いでいくのを、オリヴィアはかたずをのんで見守った。心の底では、彼に屈することを望んでいる。だが女としてのプライドが、彼を拒めと叫んでいる。

「変な考えを起こすのはやめて」オリヴィアは力なくつぶやいた。

「そのせりふもいまのうちだ」エステバンの目がぎらりと光る。「じきにきみからせがんでくるさ」彼はベッドに上がるとオリヴィアの頭の下に片手を差し入れてぐっと押さえ、唇におおいかぶさった。オリヴィアは唇をきつく閉じようとした。だが彼の執拗《しつよう》な舌は、たくみにオリヴィアの欲望をかき立てていく。とうとう彼女は切ない声をあげて唇を開いた。

「あなたなんて最低よ！」彼が唇を離したすきに、オリヴィアはあえぎながら毒づいた。

「そうだ」エステバンはにやりとほくそえんだ。オリヴィアの言葉が口先だけのものだとわかっているのだ。「きみは処女じゃない、だろう？」執拗なくちづけでオリヴィアの体に火をつけたあとで、なに食わぬ顔で問いかける。

「そうよ」彼女はうめくようにひと言つぶやいた。

「だったら、なんの痛みもなくぼくを迎え入れられる。あとは悦《よろこ》びが待っているだけだ」エステバンは低い声でささやいた。そしてしなやかな身のこなしでベッドにひらりと仰向けになると、オリヴィアを自分のおなかの上にのせた。

彼の熱い欲望の証《あかし》が腹部に押しあてられて、オリヴィアは迫りくる情熱の波に恍惚《こうこつ》として目を閉じた。「ああ」エステバンがゆっくりと、だが猛々《たけだけ》しく自分の中へとすべり込んでくるのを感じて、オリヴィアは声にならない叫びをあげた。

「目を開けて、ぼくを見るんだ」エステバンが命じる。

体を突き抜ける衝撃に、オリヴィアは目を見開いた。唇が小刻みに震え、とても彼の言葉にまともな返事ができない。

エステバンはオリヴィアのヒップをつかむと、腕をいっぱいに伸ばしてゆっくりと彼女の体を持ち上げ、それから容赦なく引き下ろした。感情を抑えた声で問いかける。「ぼくがきみにいましていることはなんだ、オリヴィア?」

体じゅうを駆けめぐる快感の波に、オリヴィアは体を震わせていた。唇をかみしめて一瞬その波をせき止めてから、エステバンが望んでいる言葉を切れ切れにささやく。

エステバンはオリヴィアの中に自分を埋《うず》めたまま、今度はしなやかな指で、その情熱にうずく胸のつぼみをたくみに愛撫《あいぶ》した。「もしぼくがきみを慰みものにしているだけだとしたら、きみをこんなに感じさせられるかな?」

オリヴィアにはもう意味のある言葉を口にすることもできなかった。

エステバンはふたたびオリヴィアのヒップに手をかけると、彼女の体を二度、三度と貫いた。

「ああ、だめよ!」エステバンに翻弄《ほんろう》され、もうなにもかもわからなくなって、オリヴィアはすすり泣きながらそう叫んだ。

「どうして?」エステバンは動きを止めて、なめらかなおなかをてのひらでさすりながら、じらすようにオリヴィアの反応を待った。

この世にこれほど激しく荒々しいものが存在していたのかと思えるほどに、赤裸々な欲望が体の奥から尽きることなくあふれ上がってくる。オリヴィアは半ば気が狂いそうだった。「ああ……エステバン……わからないわ……もう、なにもわからない!」

エステバンは頭を持ち上げて、バラ色に染まっている彼女の胸のつぼみを口に含むと、ゆっくりととろかすように唇でもてあそんだ。「ぼくはきみを自分のものにする。きょうからきみはぼくの女だ」

「ええ」オリヴィアはあえいだ。そのひと言の中には、オリヴィアのさまざまな感情が込められていた——屈服と悦び、抵抗と怒りとが。

オリヴィアとひとつになったまま、エステバンはくるりと体を翻して彼女を自分の下に組み敷いた。そしてふたたび、激しいくちづけを繰り返す。やがて唇を離すと、表情のない目でオリヴィアの顔をじっとのぞき込んでから、なんのためらいもなく満身の力を込めて、自分自身を彼女の中に奥深く与えた。

オリヴィアの爪がエステバンのなめらかな背中に食い込んだ。〝レパード〟のベッドで午後を迎えたこの夢のような、そして悪夢のようなきょうの日までは、本の中でしか知らなかった体験だ。激しいリズムで自分を攻め立てる彼のヒップの動きが、彼のすべてが、オリヴィアを奔放な官能の世界へと駆り立てる。

やがて絶頂の時が訪れた。オリヴィアの体は何度も激しくそり返り、魂は解き放たれて高く自由に舞い上がっていく。まるでパラシュートもつけずに、飛行機から思いきりよく飛び降りたような感覚だ。けれど、少しも恐怖を感じない。オリヴィアの体はくるくると空を舞いながら、地上へと落ちていく。地面に衝突した瞬間に、ふたたび激しい衝撃が自分の中を駆けめぐる予感を抱きながら。

その時が——地上に衝突し、その衝撃に自分のすべてが解き放たれる時がついにやってきた。エステバンの腕の中で、オリヴィアの体が引きつけたように激しく震える。次の瞬間、部屋を満たす濃い夕闇《ゆうやみ》の中にオリヴィアの声がこだました。いま、この瞬間、オリヴィアは存在しない。自分の持てるすべてを、自分自身のすべてを、自分が愛した男性に与えてしまったのだから。

オリヴィアが自分自身を取り戻したちょうどそのとき、エステバンは最後の瞬間を迎えようとしていた。頭を後ろにのけぞらせ、歯を食いしばり、胸と肩の筋肉をかたく盛り上げて自分の体を支えながら。

オリヴィアの中に自分を解き放った瞬間、エステバンの唇から低いスペイン語のつぶやきがもれた。彼もまた果てしなく大きな悦びのうねりに身をゆだねているのを見て、オリヴィアは彼をそっと抱きしめずにはいられなかった。

その引きしまった筋肉質の体から、やがて緊張感が抜けていくと、エステバンは精根尽きたようなうめき声をあげながらオリヴィアの横にぐったりとくずれ落ちた。横たわったままオリヴィアを胸の中に引き寄せる。彼の腕は力強く、しっかりと守るようにオリヴィアを包み込んだ。

オリヴィアは静かに目を閉じた。〝レパード〟の腕の中にいるのがたとえ危険なことだとしても、唇には安らかな笑みを浮かべて。やわらかなそよ風がテラスに面したドアをおおうカーテンのすきまからそっと忍び込んできて、オリヴィアのむき出しの素肌にやさしく吹き寄せた。

おれはなんてばかなんだ。ベッドの上に片肘をついて体を起こし、オリヴィアの寝顔を見つめながら、エステバンは胸の中でつぶやいた。アメリカからやってきたこの魅惑的な女性を、決して自分のものにはするまいと心に誓ったはずなのに。彼女を快楽に翻弄しているうちに、自分の中に激しい欲望が目覚めて、もうあと戻りできなくなってしまったなんて。

オリヴィアの胸のつぼみはつんとふくらんで、まるで芳香を放つ甘い果実のように、エステバンを誘《いざな》っている。小柄だがみずみずしく肌が張ったオリヴィアの肢体に視線をあてて、エステバンは思わず息をのんだ。まろやかなヒップはことさら大きくはないが、子供を産むには、そして彼を深く受け入れるには十分の豊かさがある。白い太腿《ふともも》はかためのしっかり受け留めることができるだろう。そして、彼女の下腹は平らでなめらかだ。

彼女がこの体に自分の子供を宿し、しだいに女としてふっくらと熟していく姿を、エステバンは想像してみずにはいられなかった。

するとだんだん体が興奮してきてしまう。こんな状態ではとても馬にまたがれそうにない。日が暮れたらはぐれた馬を捜しに、牧場の南めざして出発しなければならないというのに。

それでも高価な馬たちのことはしばし頭から追い払って、エステバンはオリヴィアのやわらかな唇の輪郭を人差し指でそっとなぞった。オリヴィアのまつげが揺れて、美しいブルーグレーの瞳がそっと開かれる。エステバンを見上げながら、オリヴィアはにっこりほほえみかけた。

エステバンの心の奥でいままでかたく凍りついていたなにかが、そのほほえみにゆっくりと溶かされていく。エステバンはオリヴィアの唇をついばんだ。「きみが欲しい」それも永遠に。自分の言葉が秘めた真の意味を彼女に気づかれないことを願いながら、かすれた声でささやきかける。

「それなら、来てちょうだい」オリヴィアはうっとりとして答えた。「あなたを悦ばせたいの」甘く魅惑的な吐息をもらすと、彼女は灼熱《しゃくねつ》の砂漠の中のオアシスへと誘うように、上掛けの下で体をくねらせた。

オリヴィアの悩ましいささやきに、エステバンのすべてがかたく張りつめていった。ぴんと張りきったギターの弦のように、ちょっとでも触れられたらぷつんとはじけ飛んでしまいそうだ。低くうめき声をあげると、エステバンは彼女を引き寄せて、その欲望をそそる唇を荒々しくふさいだ。

オリヴィアの体はもう彼を待ち受けていた。目はうるみ、体の芯《しん》は赤く燃えている。悩ましくあえぎながら、オリヴィアは背を弓なりにそらせて彼を迎え入れた。エステバンの中に、長いあいだ放浪を重ねた末にやっと家に帰り着いたような、温かな感覚が広がっていった。

めくるめくような情熱のひとときが過ぎて、オリヴィアはようやく理性を取り戻しはじめた。これでいよいよもって、チャンスを見つけしだい、ここを出ていかなくてはならなくなってしまったわ。このままではどんどんエステバンの魅力の虜《とりこ》になってしまう。それにこのままここにとどまって、もしエステバンの子供を身ごもったりでもしたら、ますます彼のもとを離れられなくなってしまうだろう。それに、セニョール・エステバン・ラミレスは、恐ろしい危険と背中合わせの生活を送っている。ここにとどまるということは、すなわちその危険の中に自らを、そしておそらくは子供までをも巻き込んでしまうということなのだ。


夕闇の中でエステバンと牧場の男たちが、自分たちの馬に鞍《くら》をつけるのを見守りながら、オリヴィアはさまざまな思いに揺れていた。わたしはこれ以外のことならどんな試練でも耐えていける――世の中にはもっと悲惨な運命に耐えている女性がたくさんいるではないか。だがこれだけは、自分の夢を踏みにじるこの現実にだけは、どうしても耐えることができない。その現実とは、エステバンは決してわたしのような女とは結婚しないということだ。わたしは〝レパード〟の女でも、妻には決してなれない。エステバンのような男性は、自分と同じ裕福な身分で、自分と同じ宗教を持つ女性でなければ妻に迎えたりしないものだ。そして妻になれない女は、〝愛人〟と呼ばれることになるのだ。

オリヴィアはだれにも引けを取らないほど、多岐にわたる教育と経験を身につけていた。冒険好きなエロルに世界じゅう連れられて、アフリカに狩猟にも行ったし、エジプトのピラミッドもこの目で見た。チベットの峻嶺《しゅんれい》にも登った。それにおじの小説の舞台の現地調査に出かけて、いろいろと得がたい冒険もしてきた。それなのに、乗馬だけは習った経験がなかった。

不安と恐怖に顔をかたくこわばらせているところに、くたびれたような馬にまたがったペピートが近づいてきた。小柄だが威勢のよさそうな、栗毛《くりげ》の雌馬を引いている。スペイン語で何事かわめくと、ペピートは手綱をオリヴィアに放《ほう》ってよこした。

覚悟を決めて、オリヴィアは見よう見まねで鞍の角に手をかけると、あぶみに片足をかけて馬にまたがろうとした。するとその拍子に、手から手綱がすべり落ちてしまった。

馬は興奮してはねまわり、激しく体を揺さぶった。このままでは振り落とされてしまう。恐怖に身がすくんで、オリヴィアはこぶしが血の気をなくすほどしっかりと鞍の角にしがみついた。そこへエステバンが馬に乗って近寄ってきた。にやりと笑いながら、体をかがめてだらりとぶら下がった手綱をつかみ上げ、オリヴィアに手渡す。そのときエステバンが、舌先で彼女の唇をかすめた。そのしぐさについ先刻の情熱的なひとときを思い出してしまい、オリヴィアの頰は恥じらいに熱く燃え上がった。

エステバンのベッドでみだらに翻弄された記憶を振り捨て、ここから逃げ出せる可能性を考えることで、オリヴィアは恥じらう心を理性へと引き戻した。こうして馬を手に入れたということは、もしかしたらこっそりひとりで牧場に駆け戻って、ガソリンを見つけ出すチャンスがあるかもしれない。そうしたらブレイザーを満タンにして、フルスピードでこの地から脱出するのだ。

そのときふと、オリヴィアの胸にひとつの疑問が頭をもたげた。でもそうしたら、これから残りの人生を、わたしはどうやって、なにをして生きていけばいいの？

このゆゆしき難問にオリヴィアが思い悩んでいるうちに、エステバンが一行に命令を下す声が響き渡った。エステバンはオリヴィアの手綱を握り、自分の駿足《しゅんそく》で気の荒い雄馬と首を並べて栗毛を走らせた。なんとかついていこうと、オリヴィアはかたい鞍の上で懸命に歯を食いしばった。走りはじめてほどなくすると、行く手は荒涼とした砂漠へと変わっていった。エステバンとオリヴィアを先頭に、ソンブレロ姿の武装した一四人の男たちが、馬を駆ってその後ろに従った。

ときおり鞍の上で激しく体が弾み上がったりしたが、やがてオリヴィアは馬の走るリズムに体を合わせるこつをのみ込んだ。あしたは体じゅうが痛くなっていることだろう。そろそろ休憩するころではないかと、オリヴィアは目の隅でこっそりエステバンの様子をうかがった。だが、しだいに夕闇が濃くなっていっても、エステバンは疲労の色を見せない。月が夜空に高くかかり、コヨーテたちのもの悲しげな遠吠《ぼ》えが荒野にこだまするころになって、ようやく一行は切り立った崖《がけ》の縁に立つ丸太小屋の前で馬を止めた。小屋のまわりには、まばらに生えた草の合間に、背の低い頼りなげな木々がぽつりぽつりと並んでいた。取っ手のさびついたポンプの下には、細長いかいば桶《おけ》が置かれている。

馬に水を飲ませたがっている様子の男たちにスペイン語でなにか告げると、エステバンは片脚を振り上げて、ひらりと馬上から地面に下り立った。きっと彼はよちよち歩きのころから馬に乗っていたにちがいないわ。オリヴィアは胸の中でつぶやいた。そうよ。こんな鼻息が荒くて気まぐれで、乗り心地の悪い生き物の上にまたがって、あんな涼しい顔をしていられるなんて。

オリヴィアのウエストに手をかけると、エステバンは彼女を鞍から抱き下ろした。そしてそのままオリヴィアの体を自分の体にぴったり引き寄せて、ゆっくりと地面に下ろしていった。熱いてのひらが、ウエストから上へとオリヴィアの体のラインをなで上げていく。一瞬エステバンがキスしようとするかのようなそぶりを見せた。だが、それがそぶりだけで終わっても、オリヴィアは別にとまどわなかった。配下の男たちの面前で、女に対してそんなふうに愛情を示すなんて、メキシコの男の沽券《こけん》に関《かか》わるというものなのだろう。

「中に入るんだ」崖に向かってせり出すように傾いた小屋を指さして、エステバンは言った。「入って左側のテーブルの上に、ランプとマッチが置いてある」

まるで自分の言葉に従うのが当然と言いたげな彼の高圧的な口調が、オリヴィアにはかちんときた。「入れっていったって、中にクモやネズミがいたらどうしてくれるの？」思わず腕組みをして、高飛車に言い返す。

「ぼくが守ってあげるさ」エステバンは負けずに応酬した。明るい月の光の中で、愉快そうに目が躍っている。

「そうね、あなたは正義の味方ロビン・フッドですもの」腕組みをしたまま、オリヴィアは辛辣《しんらつ》に言葉を返した。「いまのところはだけど」そして、憤然と小屋に向かった。結局自分が彼の命令に従ったという事実が、いまの皮肉でエステバンの記憶にあいまいになることを願いながら。

9

小屋の中は漆黒の闇《やみ》だった。長いあいだ閉めきられていたのか、ほこりとネズミのにおいに空気がよどんでいる。オリヴィアはくるりときびすを返してぐらついているドアの外に飛び出し、エステバンにしがみつきたい衝動に襲われた。だが、意地でもそんなみっともないまねはするわけにいかない。

ゆっくり深呼吸をしてから、オリヴィアは手探りでテーブルの上にマッチの箱を見つけ、一本取り出して戸口のささくれた柱にすりつけた。硫黄のにおいを放ってちらちら揺れるマッチの炎の向こうに、小屋の中の光景が浮かび上がる。エステバンの言っていたランプとろうそくが真ん中に置かれているテーブル。ちゃちな椅子が二脚。それにスプリングもマットレスもなく、長方形の木の枠の中に縦横にロープを張っただけの、ハンモックのようなベッド。

口の中でぶつぶつつぶやきながら、オリヴィアはガラスの薄汚れた火屋《ほや》をランプ台からはずして中の灯心にマッチを近づけた。だが、火がつかないうちに、マッチはオリヴィアの指をジッと焦がして消えてしまった。背後の闇の中でこそこそと走りまわるネズミの足音と、エステバンの部下たちの耳ざわりなげびた笑い声を聞きながら、彼女はひとりおびえた。

わたしは本当にどれだけ、あの人の人となりをわかっているというの？　手探りでもう一本マッチをすって、なんとかランプに火をともしながら、オリヴィアは自分自身に問いかけた。ひょっとしてわたしはエステバン・ラミレスという男性を、まるっきり見誤っているんじゃないかしら？　これからここで乱ちきパーティーでも始まって、彼がわたしをあの男たちの好きにさせたりしたらどうしよう？

心細げに自分の体に腕をまわすと、オリヴィアはわびしい小屋の中を見まわした。とてもベッドとは呼びがたい代物に、じっと目を凝らす。まさかエステバンは、わたしにこれに寝ろというんじゃないわよね。でももしこれでないとしたら、いったいどこで寝ればいいの？

ぼろぼろの床板もきしませず、乗馬ブーツの拍車も鳴らさずに、エステバンが小屋の中に入ってきた。オリヴィアはすぐに背後の彼の存在に気づいた。まるで燃えさかる炎からはじける火の粉のように、彼の体から放たれる生気が肌を熱く刺したからだ。

エステバンは静かにドアを閉めた。「子供のころ」低い声でなつかしそうに語りかけてくる。「ここはぼくのお気に入りの隠れ家だった。腹が立ったり、悲しいことがあったりするとよくこっそりここに閉じこもったものだ。ぼくがふっといなくなっても、祖父はどこに行ったのか気づかないふりをしていてくれたよ」

その声に振り返ったオリヴィアは、エステバンが感情を閉じ込めていつもの顔に戻ろうとする刹那《せつな》、彼の表情に少年の輝きをかいま見た。「今夜はここで寝るわけではないわよね?」胸にあふれてくる彼へのいとしさを押し隠そうと、オリヴィアは即座に話をそらした。彼のことなんてどうだっていいわ。どうせわたしはじきにこの土地から出ていって、もう二度と戻らないんだもの。

エステバンはため息をつくと、手袋とつばが丸くめくれ上がった帽子を取った。「いいや」間を置いてから、重々しい声で答える。「今夜はここで寝る。ありがたく思ったほうがいい。あすの夜は、うるさいくらい蚊に悩まされるのを覚悟しておくんだな」

オリヴィアはぞっとした。エステバンの顔ににやりと笑みがこぼれた。ランプの明るさを調節してから、エステバンはふたたび外に出ていった。そして数分後に、筒状に巻いた毛布をふたつと、水筒と鞍袋《くら》を手に戻ってきた。

毛布がふたつということは、ひとりでこっそり牧場に戻ってガソリンを捜し出し、この土地を脱出しようという計画も、不可能になってしまったというわけだ。それでもオリヴィアは、エステバンがそばにいてくれることがうれしかった。

エステバンはロープのベッドに近づいていき、ガタガタ揺すって分厚く積もったほこりを払うと、毛布を一枚ベッドに広げた。もう一枚はたたんで、足もとのほうに置いておく。

「まさかあなた、その上で寝るつもりなの？」両手を腰にあてて、オリヴィアは問いただした。

エステバンはうなずいた。「そうだ。そしてきみもだよ。ネズミと一緒に寝るほうがいいというなら話は別だが」

オリヴィアは無言のまま、複雑な顔で片方の眉を上げた。エステバンは笑いながら、薄汚れた椅子をテーブルから引くと、ガタンと床に置いてほこりを払った。

「さあ、これに座って。食事にしよう」

食事といったって、こんなところでいったいどんなものが食べられるというの？　それでもオリヴィアは彼の言葉に従って椅子に座った。もうくたくたに疲れて、この場にばったり倒れてしまいそうだったし、それに猛烈に空腹だ。

エステバンは鞍袋の中からフルーツと、アメリカ製キャンディーバーを二本、それにマリアが焼いたふっくらしたビスケットが入ったプラスチックの入れ物と、缶詰めを何個か取り出した。

「外の人たちはどうするの？」オリヴィアはふと気がかりになった。エステバンの部下たちはみな、たしかにがさつでうさん臭そうな男たちかもしれないが、彼らだって人間だ。きっと外ですきっ腹を抱えているにちがいない。

エステバンは腰をかがめて、オリヴィアの額に軽くくちづけた。「連中は自分の食料は自分で持ってきているよ」

オリヴィアはほっとして、心ゆくまで食べ物を胃の中に詰め込んだ。あすはなにが待ち受けているかわからない。できるだけ体力をつけておかなくてはならないのだ。

おなかがすいていないらしく、彼女が食事をしているあいだにエステバンは外に出ていった。彼が小屋に戻ってみると、食事を終えたオリヴィアが、狭い小屋の中をそわそわと行ったり来たりしている。

中に入ってきたエステバンに、彼女は途方に暮れた必死の顔を向けた。エステバンはすぐにその表情を読み取ると、くすりと笑って彼女に手を差しのべた。彼に手を引かれて外に出ると、男たちは小さなたき火のまわりに寝袋を並べて横になっていた。馬たちは急ごしらえの囲いの中でいないている。

小屋からかなり離れたところまで来ると、エステバンは灌木《かんぼく》の茂みを指さした。「あそこでいい」

オリヴィアが茂みの中に姿を消して用をたしているあいだ、エステバンは腕組みをしてその場で待っていた。やがてふたりが小屋に戻ると、エステバンはすぐにまた外に消えていった。

オリヴィアは見捨てられたような気持ちになった。きっと彼は外でひと晩じゅう男たちとカードでもやるつもりなんだわ。だがそのうちに、エステバンが戻ってきた。手には湯をいっぱいに張った古い洗面器を抱えている。彼はロープのベッドの横に椅子をひとつ引き寄せると、その上に洗面器を置いた。

そしてテーブルまで行って、ランプをふっと吹き消した。

ちょうど月に雲がかかったらしく、小屋の中は突然完璧《かんぺき》な闇の中に沈んだ。テーブルのそばに立ちすくんで、オリヴィアは深い闇におびえた。まるで深海の底の、ひと筋の光も届かないまったくの無の世界に落ち込んでしまったような感覚だ。

ふいに、エステバンの腕がウエストにまわされるのを感じた。その名のとおり、彼には豹《ひょう》の目が備わっているにちがいない。そのまま彼女をなんなくベッドへ導き、やさしく服を脱がせていく。

オリヴィアが生まれたままの姿になると、エステバンは温かい湯にバンダナらしい布をひたして彼女の体を洗いはじめた。まず顔を洗い、手を洗い、しだいに彼女の敏感な部分へと洗い進めていく。

オリヴィアの体に震えが走った。

「冷たい？」漆黒の闇の中では、彼の声が体と切り離されたところから聞こえてくるような気がする。

オリヴィアはかぶりを振った。「いいえ。これからわたしと愛し合うつもりなの？」ためらうように問いかける。

「ああ。たっぷりと激しくね」

「でも……」オリヴィアは甲高くあえぎながら、切れ切れにささやいた。「わたし、声をあげてしまうわ……どうしても自分を抑えることができないの。そうしたら、外にいる男の人たちに聞こえてしまう！」

エステバンはくすりと笑った。「今夜ここでぼくたちがなにをするつもりか、連中はもう知っているさ」オリヴィアの体を洗いつづけながら答える。「たしかにあの泉のほとりでも、それにきょうの昼寝《シエスタ》のときも、きみは声をあげた。だが、きみが悦《よろこ》びを体いっぱいに感じられることは、別に恥ずかしいことでもなんでもない」

オリヴィアの頬がかっと燃え上がった。

エステバンはオリヴィアをベッドに横たえ、足もとの毛布を上にかけた。ロープのベッドはハンモックのような寝心地で、気持ちよくオリヴィアの体を揺らしてくれる。エステバンが自分の体を洗う静かな水音が聞こえてきたが、オリヴィアには彼がどこに立っているのかさえわからなかった。

「このためにわたしを一緒に連れてきたの？」

「言っただろう？」相変わらず静かな声で答えながら、エステバンがベッドに入ってきた。ベッドにひざまずいてオリヴィアのウエストに手をかけると、くるりとうつぶせにして腰を持ち上げる。「きみを敵から守るためだ」

炎のように燃える体の芯《しん》に彼の体が触れるのを感じて、オリヴィアは思わず目を閉じ、荒く息を震わせた。「それじゃ、わたしをあなたから守ってくれるのはだれなの、レパード？」

「だれもいないよ」エステバンはオリヴィアの熱い泉のほとりをじらしながら、両手を伸ばして豊かに揺れる胸のふくらみを下から包み込んだ。

オリヴィアは切なくあえいだ。狂おしいほどに欲望が突き上げてくる。

「なにが欲しい、オリヴィア？」彼女の答えはわかっていながら、エステバンが悩ましくじらす。

「あなたが……」オリヴィアは無我夢中で叫んだ。「あなたのすべてが欲しいの！」

エステバンはオリヴィアの胸の先を指でもてあそんでから、彼女の中へと入っていった。

オリヴィアはか細い声で甲高くすすり泣いた。体じゅうに悦びのうねりが駆けめぐっていく。エステバンはいったん体を引いてから、さらに深く激しくオリヴィアの中に自分自身を埋《うず》めた。

なにかに憑《つ》かれたように髪を振り乱しながら、オリヴィアは体を揺さぶって彼から逃れようとした。「ああ、お願い、エステバン。だめよ、我慢できないわ。わたし、声が出てしまう！」

「かまわない」エステバンはささやいた。「ぼくの女がぼくのベッドの中で最高に悦んでいることを、世界じゅうに教えてやればいい」

このまま体がベッドのロープを突き破って、ほこりだらけの床に落ちてしまうかもしれない――オリヴィアがそんな不安に駆られるほどエステバンは鋭く彼女を攻め立て、そのたびにオリヴィアの体は彼の下で激しく揺れ、弾んだ。

そしてとうとう、オリヴィアはクライマックスを迎えた。至福の悦びが稲妻のように体を駆けめぐった瞬間、ふたりの汗のにおいがまじり合って、オリヴィアの肌がうっすらとぬれていく。エステバンが声を殺してうめき、情熱のみなぎる熱い体をこわばらせて欲望を解き放つのを無我夢中で感じながら、オリヴィアは全身をのみ込む官能のうねりに背中をのけぞらせた。すべてを解き放った彼に胸のふくらみを包まれ、汗にぬれた背筋を唇でなぞられて、オリヴィアの体はまだ熱っぽく震えつづけた。

「やっぱり、声をあげてしまったわ」悦びの余韻も引いていき、口がきけるようになると、オリヴィアは恥ずかしそうな声でつぶやいた。

「ああ、困ったものだ」オリヴィアをぴたりと抱き寄せながら、エステバンは答えた。言葉とは裏腹に、その声は少しも困ったようには聞こえない。

オリヴィアは精根尽き果てた体にわずかに残っていた力を奮い起こして、エステバンの脚をつんとけとばした。「嘘《うそ》よ。男のプライドに賭《か》けて、わたしにそうさせたくせに」

エステバンは声高に笑いながら、オリヴィアの体を自分の上にのせた。「そんなことを言っていると、もう一度同じ目にあわせてやるぞ。今度はさっきより一オクターブ高い声をあげさせてやる」

彼なら必ず自分の言葉は実行に移すはずだ。オリヴィアはかんしゃくを起こしかけていた感情を無理やり静めた。彼の首筋に顔を埋め、やわらかな胸毛に人差し指をそっとからめる。「あしたは馬たちを見つけられると思う？」

エステバンは汗に湿った頬に張りついたオリヴィアの髪を後ろになでつけた。「あしたか、もしかしてあさってか。きっと見つけられる」

オリヴィアはため息をつくと、エステバンのうなじに頬をすり寄せた。もしわたしがあなたに恋してしまったみたいだと告げたら、この人はなんと答えるかしら？

そんなのどうせ、つまらないジョークになるわ。

「眠るんだ」まるでオリヴィアの心の葛藤《かっとう》を察したかのように、エステバンがささやきかけた。

オリヴィアは目を閉じた。そしてふたたび目を開けたときには、小屋の中には朝日がまぶしく差し込んでいた。エステバンはまだ彼女を胸の上に抱きしめていた。

「このままでちょうどいい」エステバンはにやりと笑った。

彼の目をのぞき込んでその笑みの意味に気がつくと、オリヴィアは彼から体を離そうともがいた。だが彼はオリヴィアのまろやかなヒップを両手でしっかりとつかまえて逃がさない。そしてふたたび、たくみにしなやかにオリヴィアを奪った。オリヴィアは彼の首筋に顔を埋め、絶頂の瞬間にのどの奥から絞り出された甲高いあえぎを懸命にこらえた。

洗面器の湯でふたたび体を洗い、ふたたび外の茂みを往復し、健康的とはいえない朝食をたっぷり詰め込んでから、オリヴィアはエステバンたちとともに、ふたたび馬上の人となった。牧場を発《た》つ前にマリアが持たせてくれた麦わら帽子が、けさはことさらありがたく感じられる。大きなつばの帽子は強烈な太陽からばかりでなく、一四人の荒くれ男たちの下品な好奇の目からもオリヴィアを守ってくれた。

恥ずかしいのを覚悟で、思いきってペピートにちらりと目を合わせる。ペピートはにっと歯を見せた。オリヴィアはいよいよ恥ずかしさにいたたまれなくなった。自分の女性としての名誉は地に堕《お》ちてしまったのだ。もっとも、そんなものがそもそも自分にあったとしたらの話だが。こうなったらもう絶対にここから逃げ出してみせるわ。

太陽が真上からまともに照りつける正午ごろ、一行は日干しれんがで造られた、美しい古い教会で休憩をとることになった。馬たちがかいば桶《おけ》から水を飲み、男たちが日陰になった中庭でめいめい休んでいるあいだ、エステバンとオリヴィアは礼拝堂で司祭と会っていた。エステバンは司祭となにやら話し込んでいる。会話の内容がほとんどわからないいま、オリヴィアは黙ってテーブルに座って、よく冷えたおいしい水が注《つ》がれた質素なコップを傾けた。

「司祭《パードレ》さまははぐれた馬たちのことをなにかご存じだった？」礼拝堂を出ると、オリヴィアはエステバンにたずねた。老司祭の話の中で、オリヴィアに意味のわかった言葉はただひとつ、〝シエスタ〟だけだ。きっと太陽の光がやわらぐ時刻まで、エステバンとここで休息することになるのだろう。

「馬のことをたずねていたんじゃない」エステバンはそう答えると、ドアを開けてキリストの十字架像と飾りけのない簡易ベッドがふたつ置かれただけの簡素な部屋に、オリヴィアを導いた。

「それじゃ、いったいなにをあんなに熱心に話し合っていたの？」簡易ベッドのひとつに腰を下ろして靴を脱ぎながら、オリヴィアはたずねた。

エステバンはいたずらっぽくオリヴィアのウエストに両手をまわして立ち上がらせると、一転してまじめな顔でオリヴィアを抱きしめた。「パードレさまはぼくたちが結婚するべきだとお考えだ」

10

長い年月のあいだにつるつるにすり減った石の床が、足の下でぐらりと揺れたような気がする。だが心は動揺していながらも、エステバンのたくましい胸にぴたりと抱き寄せられて、オリヴィアの体は敏感に欲望に反応していた。

「結婚?」まるでその言葉を生まれてはじめて耳にしたかのように、オリヴィアは頓狂《とんきょう》な声でき返した。いくら体を許し合う仲になったとはいえ、まさかエステバンの口からこんなせりふが出てこようとは、夢にも思っていなかったのだ。

エステバンはオリヴィアの鼻筋を指先でなぞった。「ぼくたちが婚前交渉というゆゆしき不徳をすぐにも改めなければ、未来永劫地獄に堕《お》ちると司祭《パードレ》さまはおっしゃっている」

「それはなかなか説得力のあるご意見ね」オリヴィアはできるだけなにげない声で言った。

エステバンはにっこりほほえむと、オリヴィアの肩に両手を置いた。親指がオリヴィアの鎖骨をいとおしげになでている。「たしかにプロポーズとしては、ロマンティックなせりふではなかったな」

オリヴィアはごくりと息をのんだ。「いまのはプロポーズだったの？」

「そうだ」エステバンは自分で自分の言葉が信じられないかのように、ため息まじりに答えた。「結婚してくれ、オリヴィア。ぼくのそばにいてほしい。ぼくとともに笑い、ともに眠ってくれ。そしてこの地の美しさをきみの芸術の中に生かしてくれ」

オリヴィアはもう一度大きく息をのんだ。ときとして、希望を抱きすぎると不幸を招くことになる。「エステバン、それにはいろいろと問題が……」

「そんなものはふたりで解決していける」エステバンの温かく悩ましい唇が語りかける。「それに、結婚する前にすべての問題を解決しなければならないなんて、いったいだれが決めたんだ？」彼はいったん言葉を切って、ため息をもらした。「ぼくたちのあいだに芽生えたこの思いはもう止まらないよ、オリヴィア。ぼくはもうきみを求めずにはいられない。ぼくは小さいころからこう教えられて育ったんだ――男は自分の人生を賭《か》けるただひとりの女を大切にいつくしみ、守らなければならないと」

オリヴィアの目に幸せの熱い涙がこみ上げてきた。なのに心の片隅では、その幸せがこわくてたまらない。だがそんな思いも、エステバンのやさしいくちづけに溶かされていく。

エステバンは両のてのひらで彼女の顔を包み込むと、頬を伝う涙を親指でそっとぬぐった。「ぼくにとってきみこそが、そのただひとりの女なんだよ」

突然オリヴィアの頭に、もろもろの現実的な問題が襲いかかってきた。「でも、わたしたち血液検査もすんでいないし、それに結婚許可証だって……」

エステバンの唇から白い歯がこぼれ、スミレ色の目がおかしそうに躍った。「いったい何度言わせるつもりなんだい、この意地っぱりのアメリカのお嬢さん？　ここはメキシコの離れ里、時の流れの違う土地だ。アメリカでは、そしてこの国のどこの場所でもありえないようなことだって、ここでは現実になるのさ」

オリヴィアの心臓はどきどきと鼓動した。エロルのことが、ふいに胸をよぎる。おじはきっとこの思いがけない展開を喜ぶことだろう。勇気を持ってチャンスに飛び込みなさい、自分の幸せは自分の手でしっかりつかまえるんだと、いつもおじが励ましてくれていたことを思い出す。オリヴィアは心を決めた。自分の望むものは自分の手でつかまえるのよ。わたしはこんなにもエステバンを愛している。彼の女のままではいや。彼の妻になりたいの。

「わかったわ」オリヴィアは答えた。「でも、ちょっぴりこわい」

エステバンは彼女のやわらかな耳たぶを軽くかんでから、そっとささやきかけた。「ぼくもさ」

ふたりはパードレのもとに引き返すと、ひっそりした中庭の、葉の生い茂る木の下で結婚式を挙げた。式を進めるパードレの言葉はほとんど理解できなかったが、オリヴィアはその言葉が伝える厳粛な意味を魂に感じ取った。この完璧《かんぺき》な結婚式に欠けたただひとつのものは、〝愛している〟というエステバンの愛の言葉だけだった。

だがさまざまな人生経験から、この世には完璧なものなどありえないということを、オリヴィアは学んでいた。それに、彼はわたしのことを〝人生を賭けるただひとりの女〟だと、大切にいつくしみ守らなければならない女だと言ってくれたではないか。彼の言葉の中に、オリヴィアは何世紀にもわたって受け継がれた伝統の重い響きを感じ取っていた。

「この結婚はアメリカでも認めてもらえるのかしら？」飾りけのない小さな部屋に戻って、ふたたびふたりきりになるとオリヴィアはたずねた。

エステバンは腕組みをすると、もちろんだと言いたげにぐっとあごを持ち上げた。「これは神に認められた結婚だ。もしきみが自分の国に戻って別な男と結婚すれば、当然きみは重婚者になる」

オリヴィアは顔が青ざめていくのを感じた。とくに信心深いというわけではなかったが、オリヴィアは神を信じているし、神の前での結婚の誓いの神聖さも重んじている。

エステバンはいま一度ため息をつくと、例のそっけない簡易ベッドに腰を下ろして乗馬靴に手をかけた。革のブーツを脱いでしまうと、長々とベッドに身を横たえる。どうやらこのまま昼寝《シエスタ》をするつもりらしい。かたいベッドの上で気持ちよさそうに体を波打たせて、オリヴィアの体をきゅんとうずかせたかと思うと、あくびをしながら帽子を顔の上にのせ、なにも言わずにひとり寝入ってしまった。

オリヴィアは彼をけとばしてやりたかった。

ともあれ、空いているほうのベッドに横たわる。自分は結婚したのだという事実を自覚しようとして、頭の中はもう混乱状態だ。

まったくなんてハネムーンなの。花婿はさっさと眠ってしまうし、初夜のベッドがこんな粗末でわびしい寝床だなんて。

だが、それでもオリヴィアは幸せだった。あんまり幸せすぎて、ちっとも眠くならない。結局ベッドから起き上がると、オリヴィアは部屋をそっと抜け出して建物の外に出た。日干しれんがの低い塀に近づいて、外に広がる砂漠を見晴らしてみる。少し離れた向こうに立っているサボテンが、ピンク色の小さな花をつけているのが目に留まった。ふいに彼女は、その花をこの目で間近に眺め、この手で触れ、香りがあるのならそれを確かめてみたい衝動に駆られた。あの微妙なピンクの色合いを脳裏にしっかり刻みつけて、陶芸にその色を再現してみたい。

オリヴィアはあたりを見まわしてみた。教会は中も外もひっそりと静まり返っている。レパードにならって、彼の部下たちもシエスタの最中なのだ。塀を乗り越えて、あのサボテンの花をこの目でしっかり見てこよう。だれにも気づかれないうちに戻ってくればかまわないわ。エステバンに知られれば、不愉快な顔をされることはわかっている。だが、オリヴィアがせかせかと足を急がせたのは、そのせいばかりではなかった。いつまでも砂漠をうろついていたら、灼熱《しゃくねつ》のメキシコの太陽に容赦なく焼きこがされてしまうからだ。

砂漠に咲いたその花は、はかないほどに美しかった。思わずのどに熱いものがこみ上げ、目に涙があふれてくるほどに。心の中にその美しさを焼きつけ、教会まで一〇〇メートルばかりの距離を駆け戻ろうとして顔を上げると、はるか彼方《かなた》に連なる岩山の山影が目に入った。見たことのない不思議な形の山影だ。あの形を陶器で表現してみたい。オリヴィアは引き寄せられるように、彼方の岩山に向かって歩きだした。

はるか遠くに横たわる地平線を背に、岩山は淡くやわらかな色にぼんやりとかすんでいる。オリヴィアはその微妙な色合いにすっかり魅入られてしまった。すばらしいアイデアが次々と頭の中にわいてきて、憑《つ》かれたように前へ前へと進んでいく。真昼の強烈な日差しを逃れ、砂漠の中にぽつんと現れた柱だけの傾きかけた古い小屋の屋根の下に涼を求めたときにはじめて、オリヴィアは自分がもう教会が見えないところにまで来てしまったことに気がついた。

四方に広がるごつごつとして険しい、それでいて美しい岩と砂漠の風景を見まわしながら、彼女は唇をかんだ。とにかく来た道を早く戻らなくては……。

でも、来た道っていったいどっちなの？

シエスタから目覚めて、エステバンはベッドの上でゆったりと伸びをした。夕暮れが近づいて涼しくなってくれば、はぐれた馬たちを追う道のりもはかどることだろう。エステバンは隣のベッドをちらりと見やった。そこにはオリヴィアが、暑さのためにおそらく生まれたままの悩ましい姿で、気持ちよさそうに眠り込んでいるはずだった。が、ベッドはもぬけの殻だった。

エステバンの背筋に戦慄《せんりつ》が走った。彼はすぐに、腹の底から突き上げてくる恐怖を抑えつけた。オリヴィアはぼくより先に目が覚めてしまったから、きっと退屈して教会の中を歩きまわっているんだ。さもなければ、パードレが人の魂の不思議についてひっそりと瞑《めい》想《そう》したいときによくそうするように、ひとり静かに庭に座り込んでいるのかもしれない。だれかが持ってきたのか、ドアの外には冷たい井戸水《アグア》をくんだ桶《おけ》と、端の欠けたほうろうのひしゃくが一緒に置かれてある。エステバンは桶を部屋の中に運び入れると、のどの渇きをいやし、首の後ろにパシャッと水をかけた。そしてすっかり体を目覚めさせてから、オリヴィアを捜しに部屋をあとにした。

廊下の途中で、パードレににこやかに呼び止められた。パードレは恵まれない子供たちを引き取って教育するための宿舎と学校を造る計画を、エステバンに聞いてもらいたかったらしい。すでにパードレはアメリカ合衆国《ロス・エスタドス・ウニドス》のさる慈善団体の代表に相談を持ちかけ、教科書や子供たちの生活に必要な日用品、それに教師もふたりほど確保してもらう約束を取りつけていたが、宿舎と学校を建てるには、まずは金が必要だった。それも巨額の金が。

パードレの話に耳を傾けてはいたが、エステバンの心はオリヴィアを捜し求めて、教会の敷地の中をさまよっていた。

「そうすればここに、四〇人から五〇人の子供たちを迎え入れることができるのです」パードレはスペイン語で続けた。「親に見捨てられ、希望を失い、その日の糧を求めて、ひとりぼっちですさんだ都会の街角をさまよっている子供たちを」

パードレの話に、エステバンはまるで自分の魂にひもをくくりつけられて、どこかに向かって引き寄せられていくような、妙に心を吸い込まれていく感覚を覚えて胸が騒いだ。

「わかりました」エステバンはうなずいた。「必ずお力になります。ところで、オリヴィアを見かけませんでしたか?」

「あなたの奥方を、ですかな?」パードレ・テハダはちゃかすようにきき返した。「わたしはてっきり、あなたとご一緒のはずと思っていましたが」

エステバンはもう不安を、いや、自分の中でふくれ上がっていく怒りを抑えることができなかった。オリヴィアはぼくを捨てて去っていったのだ。これからの人生をふたりで分かち合うと誓ったばかりだというのに。彼女のあの誓いは全部嘘《うそ》だった。この土地から逃れたいばかりに、ぼくを油断させるための方便だったのだ。

さらにまずいことに、エステバンから逃れることによって、オリヴィアは自ら危険の中に飛び込んでしまった。炎熱の砂漠にはそれこそ数えきれないほどの災いが、思いもよらない危険な罠《わな》がひそんでいる。果てしない砂漠の中で、人ひとり行方知れずになるのは造作もないことだ。砂漠をさまようちに、エステバンの敵の手に落ちてしまうかもしれないし、また山賊《バンディード》に出くわして誘拐されてしまうかもしれない。

エステバンは頭にのせた帽子をぐいと背中に押しやると、静寂に包まれた薄暗い礼拝堂の中へと進んでいった。祖父が死んでからというもの、なにかを祈るために礼拝堂に足を踏み入れたことなどなかったが、祈りの捧《ささ》げ方はいまも忘れてはいなかった。

小さな祭壇の脇《わき》に置かれた聖水盤の中に指をひたしてから、エステバンは手すりの前に片膝をついて十字を切った。祭壇には主の彫像は飾られていなかった。もっと富裕な教会にならあるはずだが。壁にかかる木を組み合わせただけの素朴な十字架は、いままでなら聞こえなかった神の言葉を語りかけてくる。

エステバンは十字架のもとにひざまずいて、大人になってからはじめて、心からの敬虔《けいけん》な祈りを神に捧げた。主よ、彼女をお守りください。首を深く垂れ、組み合わせた両手をきつく握りしめる。主よ、お願いです。どうぞオリヴィアをお守りください。

夕暮れが迫るころになっても、オリヴィアはまだどの方向に戻ればいいのか途方に暮れていた。あてもなく砂漠をさまよい歩くのは、かえって危険なことだとわかっている。のどの渇きと恐怖をこらえながら、オリヴィアは傾いた屋根の下にうずくまりつづけた。昼間はあれほど焼けつくように熱かった砂漠の空気が、どんどん冷え込んでいく。おそらく夜はもっと寒くなることだろう。

オリヴィアの思いは知らず知らずのうちにきのうの夜へ、いままで知らなかった男と女の情熱的な悦《よろこ》びをエステバンに次々と教えられ、ロープのベッドの上であえぎながら身をもだえさせたひとときへと舞い戻っていく。ああ、もう一度彼の腕に強く抱きしめられたい。

いまごろエステバンは、わたしがいなくなったことに気づいているでしょうね。きっとわたしが最初から、彼を見捨てて逃げるつもりだったと思い込んでいるにちがいないわ。猛烈に腹を立てているでしょうから、わたしのことなどもうすっぱり見切りをつけて、捜しに出ようともしないんじゃないかしら。

「エステバン」ぽつりと小さくつぶやいてみる。だがオリヴィアの心は、その名を全身全霊で叫んでいた。

夜の闇《やみ》はどんどん濃くなっていく。砂漠の冷たい夜気に震えながら、オリヴィアはうずくまったまま自分の体をきつく抱きしめた。このまま眠ってしまおう。頭上には無数の星がまたたいている。オリヴィアはその星をひとつずつ数えていった。だが、いつもならつらさや苦しさを紛らわすことのできるこのゲームも、今夜はなんの慰めにもならない。

オリヴィアはうとうととまどろみ、寒さに震えて目覚め、ふたたびまどろんだ。夢の中で馬のいななきが、拍車がカシャカシャ鳴る音が聞こえている。そのうちに、かたい鉄の棒かなにかで胸をつんとつつかれた。夢にしてはあまりに感覚がリアルだ。

オリヴィアはぱっと目を開けた。おそるおそる顔を上げると、ライフルの銃身が胸に突きつけられている。明るい月明かりの下、不気味に光っているその銃の引き金に指をかけているのは、オリヴィアには見覚えのない男だ。

男はにやりと笑った。だが、銃を引っ込めようとはしない。「ははあ、これがレパードの女か」ひどくなまってはいたが、聞き取りやすい英語だ。男は大仰にあたりに目を配った。「ラミレスはいないな」自分に納得させるようにそう言うと、男はため息をもらした。「やつの馬が逃げ出して、今度はやつの女が逃げ出した。情けない話だぜ。これはひょっとして、レパードは手ごわい切れ者だっていう世間の噂《うわさ》は大間違いだったたってわけか？」

そう言いながら、男は頭を後ろにのけぞらせて、しゃがれた声で高笑いした。

オリヴィアは恐怖にすくみ上がった。だが、いまはあたふたとおびえている場合ではない。胸にライフルを突きつけられたまま、オリヴィアはじりじりと、相手にわからないようにほんの少しずつあとずさった。もしこの男に仲間がいるのなら、どこかに巧妙に隠れているのだろう。オリヴィアの見るかぎり、あたりにはこの男の姿しかない。

「あなた、何者なの？」オリヴィアは強気に問いただした。

「パンチョっていうのさ」男は答えると、空いているほうの手を伸ばしてオリヴィアのシャツをつかみ、屈強な力でやすやすと立ち上がらせた。「おれたち、友だちになろうじゃないか」

あなたからの好意などまっぴらごめんだと言いたげに、オリヴィアはぎろりと男をにらみつけた。「いいわよ」冷ややかな声で言い返す。「〝ただの友だち〟ならね。わたしを友だちと思うなら、さっさと自分の馬に戻って、どこへなりと消えてちょうだい。わたしのことは放《ほう》っておいて」

パンチョは笑いながらかぶりを振った。「そんなもったいないことができるか。レパードがかわいがっている女を捕まえていけば、大金を弾んでくれるやつがいるんだぜ」彼は黒い目をぎらつかせながら、親指の腹でオリヴィアのあごをなでた。「あんたを手に入れたとなったら、そいつは大喜びさ。あんたのあれは最高だって、きっとラミレスに親切に教えてやることだろうよ」

オリヴィアは胃がむかむかしてきた。いっそパンチョの乗馬靴の上に、胃の中のものを全部吐き出してやろうか。だがパンチョの言葉を聞いて、オリヴィアは自分の中でももやもやと煙っていた霧が、一気に晴れていくような思いを感じていた。心にくすぶっていた謎《なぞ》の答えを見つけたのだ。自分にとってなにがいちばん大切なのかに気づいたのだ。

わたしにとっていちばん大切なものは、愛。そして、エステバン。それから、すでに自分の中に宿っていることをひそかに願っている彼の子供。それだけだ。

「レパードがかわいがっている女はたくさんいるのよ」オリヴィアは強気を装って言い返した。「ひとりくらいいなくなったって、なんとも思いやしないわ」

パンチョは首を横に振ると、のどの奥からまさかと言いたげなうなり声をあげた。「違うね。エステバン・ラミレスは、ただひとりの女に思いをかけている。それがあんただ。こっちにはお見通しさ。ずっとあんたたちを監視していたんだからな。さあ、来い。一緒に来るんだ」パンチョはオリヴィアの手首を後ろ手に縛り上げると、自分の馬の背に座らせた。そして夜の闇の中を、どことも知れぬ彼方に向かって駆け出していった。

オリヴィアはパニックに陥り、恐怖におののいた。まるで海賊のぶんどり品かなにかのように、自分がこれから引き渡されようとしているその男は、エステバンとは似ても似つかぬ残忍な人間にちがいないと、直感が騒ぎ立てている。

やがて夜が明けた。パンチョの馬は朝焼けの中、岩だらけのごつごつした坂道を上り、緑したたる丘陵の斜面を下っていく。やがて、さして大きくはないが、堂々たる構えのれんが造りの屋敷へとたどり着いた。広々とした敷地の中にはプールとテニスコートがあり、大きな柵《さく》囲いの中でなめらかな毛並みのみごとな馬たちが遊んでいるのが見えた。

あれはきっと、エステバンのところからいなくなってしまった馬たちだわ。オリヴィアの第六感が騒ぐ。

はっとするほど青い目をした、背の高いブロンドの髪の男がこちらに近づいてきた。まるでペットでも値踏みするかのように、オリヴィアの全身にじろじろと視線を這《は》わせている。

「こいつがレパードの女ですぜ」パンチョは得意げに告げた。

男のスカイブルーの瞳がきらりと光った。「そうか」男の英語はパンチョよりは洗練されていたが、それでもまだスペイン語なまりが強く残っていた。男はまだ馬上に縛られたままのオリヴィアの脚をてのひらでなでると、足首をつかんで爪が食い込むほどきつく握りしめた。「首尾は上々だな」男は言った。「あとは待つだけだ。レパードは必ずここに現れる」

11

冷静さを失うまいと、オリヴィアはありったけの意志の力を振りしぼっていた。だがこんな状況のもとでは、それは生やさしいことではなかった。「あなたは何者なの？」手のいましめを解いてくれようともせず、彼女を手荒く家の中に引きずり入れたこの新たな誘拐魔に向かって、オリヴィアは問いかけた。「麻薬の売人？　それとも白人奴隷商人？」男は涼しい風が入ってくる居間の、美しい彫刻が施された食器棚の横に立って、クリスタルのグラスにブランデーを注《つ》いでいた。男はにやりと笑うと、あざけるように軽くグラスを掲げてみせた。「そんなご大層なものじゃない。わたしは世界じゅうの政府を相手に武器を売ることを生業《なりわい》にしているのさ」

男の返事に、オリヴィアはかえって不安をかき立てられた。つまりわたしはお金がもうかりさえすれば、自分の国でさえ裏切りかねない男の手中に落ちてしまったんだわ。「どうしてあなたはエステバン・ラミレスを目の敵にするの？」男との会話を引きのばしたいのと、どうしてもその理由を知りたい気持ちが相まって、オリヴィアはたずねた。

謎《なぞ》の男はにやりとした。とても端整で美しい男なのに、堕落した性根の卑しさが表ににじみ出て、顔つきは妙にげびている。男から発散されるその卑しさが、まるで鼻をつく悪臭のように部屋じゅうに蔓延《まんえん》していた。「あいつは何百万ドルものもうけになるはずだった大きな武器取り引きを、めちゃくちゃにしてくれたのさ。おかげでわたしは、あわや破産寸前にまで追い込まれた。崩壊した財政基盤を立て直すまで、何年も辛酸をなめさせられたよ。わたしの狙《ねら》いはふたつだけ――なにもむずかしいことを要求しているわけじゃない。わたしがラミレスから被った苦しみを、やつにも味わわせてやること。そして、もう二度とよけいな手出しができないようにしてやること」

オリヴィアは顔から血の気が引いていくのを感じた。この男はエステバンを殺すつもりなんだわ。恐怖に頭がどうにかなりそうだ。だが、オリヴィアはあくまで涼しい顔を取り繕った。「とんだお笑い草だわ」一語一語を確かめるような、ゆったりした男の英語に調子を合わせてやり返す。「彼はわたしのことなんて、なんとも思っちゃいないのに」

邪悪な意志を秘めた男は、さも愉快そうに侮蔑《ぶべつ》の視線をオリヴィアの顔に這《は》わせた。「これはますますけっこう。おまえはレパードを救うためなら嘘《うそ》もつける。ということは、やつはたとえなにがあろうと、必ずおまえを助けに来るということだ、セニョリータ。おまえのためなら、やつは自分の命も喜んで投げ出すだろうよ」

オリヴィアはかたく目を閉じて、必死に心の動揺を抑えつけた。こんな不安と恐怖にはもう耐えられない。このまま泣き叫んでしまいたい。だが、冷静にかまえてこの男をあざむかなければ、すべてを失ってしまうことになりかねないのだ。エステバンの命も、そして自分自身の命も。「見当違いもいいところだわ」

「いまにわかるさ」男は余裕たっぷりに答えた。「いまのうちに好きなだけほざくがいい」

男は空になったブランデーグラスを置くと、いきなりパンパンと手をたたいてオリヴィアを驚かせた。「ホアナ！」大声で呼びつける。

するとほっそりとした体のメキシコ人の少女が、すぐに姿を現した。「はい《シ》、セニョール・レオネシオ」

心は恐怖に凍りついていたが、それでもオリヴィアには、男が自分の名前を知られてしまったことを不愉快に思っているらしい様子が見てとれた。おそらくレオネシオは、オリヴィアに名前を明かすつもりはなかったのだろう。

主人に激しい見幕のスペイン語で何事か矢継ぎ早に命じられて、ホアナは縮み上がった。この娘《こ》もきっとわたしと同じように、どこからかさらわれてきたにちがいないわ。オリヴィアはまだあどけなさの残る少女を哀れに思った。

レオネシオにさんざん怒鳴り散らされてから、ホアナは小さなソファに座っていたオリヴィアのほうに顔を向けて、ついてくるようにという意味のスペイン語をひと言かけてきた。そのつぶらな黒い瞳は、言うとおりにしてちょうだい、とすがりついているようだ。

レオネシオのそばにいるくらいなら、どこにだって行くわ。体じゅうの筋肉が痛むのをこらえて、オリヴィアはソファから立ち上がった。そしてホアナのあとに従って部屋を出て、山荘風の優雅な階段を上っていった。

「逃げ出そうなんて思っちゃいけない」二階のバスルームにふたりきりになると、ホアナはたどたどしい英語でオリヴィアにそっとささやいた。「どんなことでも、レオネシオにはすぐばれるよ」オリヴィアの手首の縄をほどきながらそう続ける。

オリヴィアは痛む手首をさすりながら、ホアナの顔をまじまじとのぞき込んだ。「あなた、英語が話せるのね」

ホアナは肩をすくめると、タイル張りの大きなバスタブにぬるめの湯を張りはじめた。

「ちょっとだけ。聞いてわかる言葉、何度も繰り返して覚える」

少女のけなげさに、オリヴィアは胸をつかれた。「あなたは……レオネシオを愛しているの？」

ホアナはふんと鼻を鳴らした。「あいつはあたしがもっと大きくなったら、自分の女にすると言ってる。あたし、あいつを悦《よろこ》ばせることを仕込まれる」

背筋にぞっと寒けが走る。オリヴィアは思わずかたく目を閉じた。「いまはだれが彼の女なの？」

「女はたくさんいる」ホアナは哀れむような目でオリヴィアを見つめている。「あなたもここ当分は、あいつのベッドの相手をさせられると思う」

オリヴィアは夢中でかぶりを振った。「それなら死んだほうがましよ」

「言うこと聞くしないと、あいつあなたを鞭《むち》で打つよ」ホアナは危なっかしい英語で続けた。

自分が鞭打たれる場面を想像して、オリヴィアはぞっとした。「冗談じゃないわ」

ホアナはジャスミンの香りのバスソルトを湯の中に溶かすと、オリヴィアに入れと身ぶりでうながした。たとえなんであろうとこの家の主人の命には従いたくなかったが、体はほこりと汗にまみれ、恐怖にこわばりきっている。風呂に入ってさっぱりすれば、心身ともに生き返って、新たな知恵も浮かんでくるはずだ。

靴を脱ぎ、シャツとジーンズを脱ぎ、下着も取ってしまうと、オリヴィアはバスタブの中に体を沈めた。オリヴィアが髪を洗い、ずきずき痛む体をこすっているあいだ、ホアナはバスタブから目をそらして隅のほうに控えていた。全身をさっぱり洗い終わると、オリヴィアはやわらかい大きなタオルを渡された。体をふき終わると、今度は薄く透けた生地の足首まである白いガウンと、まだ値札がついたままの高価なレースの下着を着せられ、ヒールの高いサンダルをはかされる。

オリヴィアの身づくろいが終わると、ホアナは贅《ぜい》をこらした調度類に囲まれた寝室へと彼女を導き入れた。そして大きな鏡台の前に座らせ、オリヴィアのぬれた髪にブラシをかけはじめる。髪が乾いてくると、ホアナは口を開いた。「食べる物を持ってくる。元気がつくよ」

こんなときにとても食べ物を口に入れる気分にはなれなかったが、オリヴィアはホアナの言うとおりだと納得した。いまは体力を蓄えておかなくては。体に力があれば、気力もわいてくる。恐怖に駆られて、弱気に取り乱すこともないわ。自分の命も、そしてエステバンの命も、わたしの気力と理性にかかっているのよ。

そうよ、たとえどんなにささいなチャンスでも、決して逃したりしないわ。ホアナがドアに鍵《かぎ》をかけて部屋を出ていくと、オリヴィアはすかさずフレンチドアに駆け寄ってテラスに飛び出した。

テラスの下には、れんがを敷きつめた大きな中庭《パティオ》が広がり、その向こうにプールが横たわっているだけだった。それに地面までは相当の高さがある。オリヴィアは唇をかみしめた。たとえこのテラスから飛び下りたとしても、体じゅうの骨が砕けてしまうのが落ちだろう。

テラスから引っ込むと、オリヴィアは部屋の中を歩きまわりながら、考えをめぐらし、策を講じ、計画を練った。だが、なにひとつ脱出の糸口は見つからない。結局オリヴィアは苦い結論に達した。もしエステバンが助けに来てくれなければ、自分には悲惨な運命が待っているのだと。

「レオネシオだ」エステバンはつぶやいた。オリヴィアの姿が消えて一夜明けた夕暮れになって、彼とペピートはオリヴィアが捕らえられたあの小屋を、ようやく捜しあてていた。エステバンは過去の経験から、危機に直面したときには決して事態を楽観視することはなかった。悪い予感は必ず当たるものなのだ。レオネシオ・デ・ルカ・サンタナは、エステバンの数ある敵たちの中でも最も彼から打撃を受けた、したがって最も執念深く復讐《ふくしゅう》のチャンスを狙っている危険人物だ。もしレオネシオの手の者が、自分のもとを逃れて砂漠をさまよっているオリヴィアを見つけでもしたら、それこそ最悪の事態を覚悟しなくてはならない。「あの噂《うわさ》は本当だったんだ、ペピート。やつは帰ってきた」

「ええ《シ》」ペピートはただひと言答えた。エステバンの命令で、この主従は過去のことも、自分たちがその野望を打ち砕いてきた敵たちのことも、めったに口にすることはなかった。「教会に戻って、残りの連中を集めるんだ」エステバンは言葉静かに命令を下した。「レオネシオのメキシコでのアジトはわかっているな?」

ペピートはうなずいた。「ええ《シ》。セント・トーマスの館《やかた》です」ペピートはいったん言葉を切ってから、確信を持って続けた。「こいつは一戦ありますぜ」

レオネシオと戦うことになる――。オリヴィアが双方の銃撃戦の砲弾に倒れる図が頭に浮かんできて、エステバンはかたく目を閉じた。「できれば戦わずにすませたい」エステバンの声はかすれていた。「妻を無事に取り戻すことさえできればいいんだ」

「ええ」ペピートは相づちを打ったが、その顔には危惧《きぐ》の念が浮かんでいた。レオネシオは戦いを好む男だ。そのことはふたりともわかっている。

ペピートに行けと身ぶりで命じると、エステバンはひらりと馬にまたがり、長い年月のあいだに幾度も主《あるじ》を代える運命をたどった、いまは敵のアジトとなっている壮麗な館へと馬を飛ばしていった。エステバンがまだ子供のころ、その人里離れた美しい館は、彼の幼友だちエンリケ・セント・トーマスの家だったのだ。

エステバンがセント・トーマスの館にたどり着いたころには、夜も深まりあたりはすっかり闇《やみ》に包まれていた。彼はなつかしい館のまわりをぐるりと囲む石塀に沿って茂っている、ヤシの木立のはずれに馬をつないで、館の表門をそっとうかがった。

当然ながら、門には見張りが立っていた。武装したレオネシオの手勢が近くにいる気配はない。三人の見張りが、ひとりは門柱に寄りかかってタバコを吸い、あとのふたりは門の外をのんびりと行ったり来たりしているだけだ。

だが、もちろんこれは罠《わな》にちがいない。レオネシオは遠い昔に破滅させられそうになった恨みをはらし、エステバンに復讐しようと虎視眈々《こしたんたん》とチャンスを狙っている。エステバンがオリヴィアを助けにここにやってくると見抜いているはずだ。彼はエステバンが網にかかるのを待っているのだ。

エステバンは重いため息をついた。もう二度とこんなことはするまいと誓ったはずなのに。だがそれは過去の話だ。あの赤毛のアメリカ娘が現れたときから、ぼくの人生はすっかり別なものに変わってしまったのだから。好むと好まざるとに関《かか》わらず、エステバン・ラミレスはいつもの自分の顔を捨て、ふたたび〝レパード〟に戻っていった。見張りの三人があまりにあっけなく片づいて、〝レパード〟にはもの足りないくらいだった。

パティオのプールの横にしつらえた、日よけの傘のついたテーブルにディナーが用意され、オリヴィアも部屋から下りてくるように命じられた。

オリヴィアは冷ややかなまでに落ち着き払い、不敵な余裕を装ってレオネシオのテーブルについた。だが、館を囲んで生い茂っているヤシの木立の葉陰で憩う小鳥やコオロギのかすかな鳴き声ひとつにも、全身の神経を集中させていた。もしかしてそうであってくれたらという思い込みかもしれない。でも、エステバンは必ずこのまわりのどこかにひそんでいるわ。オリヴィアは神にかけて誓ってもいいと思った。彼の心臓の鼓動が自分の心臓の鼓動と重なって、一緒に脈打っているような気がするのだ。

「おまえは今夜わたしとベッドをともにするんだ」ボルドーの赤ワイン、クラレットをひと口すすってから、レオネシオは告げた。

「ご冗談でしょう」オリヴィアはにべもなくはねつけた。「あなたと寝るくらいなら、トカゲと寝たほうがましだわ」

レオネシオは頭をのけぞらせて高笑いした。「たいした鼻っぱしらの強さだな。レパードがおまえにのぼせ上がるのもよくわかるというものだ」

オリヴィアはかっと高ぶる感情を必死に抑えつけ、なに食わぬ顔でワインをすすり、贅沢な料理を口に運んでみせた。「そうやって自分の都合のいいように思い込んでいると、いまに泣きを見るわよ。セニョール・ラミレスはもうとっくにわたしには飽きているんだから。いまごろはまた新しい女を買って楽しんでいるはずだわ」

「やつはおまえを買ったのか?」ワイングラスを置くと、レオネシオはおもしろがって身を乗り出してきた。

「そういう話になるとすぐ飛びつくのね」オリヴィアはそっけなく切り返した。「あなたの両親はきっと、いったいなんでわが子がこんな人間になってしまったのか、さぞ悩んだことでしょうよ」

ふたたびレオネシオの高笑いが響いた。「心配無用だ。わたしは両親の望んだとおりの人間になった」さもおかしそうに受け答える。「それよりわたしは、ラミレスがおまえを買ったという話を聞きたいね」

「レンタカーが故障して立ち往生しているところを、ふたり組の男に出くわして誘拐されたのよ」まるでそんなことは日常茶飯事だとでも言いたげな口調で、オリヴィアは淡々と答えた。「そいつらがわたしをセニョール・ラミレスに売りつけたの。だからチャンスを狙って彼のもとから逃げ出してきたのよ。そうしたら、今度はあなたに捕まってしまったってわけ」オリヴィアはいったん言葉を切ると、ため息をもらした。エステバンから逃げ出してきたというわたしの嘘を、この人が信じてくれるといいのだけれど。

そのときだった。突然エステバンが現れ、音もなくレオネシオの背後に伸びる垣根を跳び越えてきた。オリヴィアは自分の表情がなにも変わらずにいてくれることを祈った。

「白人奴隷の身も楽じゃないのよ、ミスター・レオネシオ。それともレオネシオって名前のほうなの？　ニックネームはあるのかしら？」

レオネシオがオリヴィアの質問に気をとられているすきに、エステバンは後ろからこの仇敵《きゅうてき》の首に片腕をまわして、椅子から腰が浮くまで締め上げた。

「ああ、あるさ」さらに腕をきつく食い込ませながらエステバンがすごみをきかせた。「こいつのニックネームは〝チキン《エル・ポヨ》〟――卑怯《ひきょう》者だ」

レオネシオは苦しそうにうなりながらもがいている。

エステバンはオリヴィアに視線を移し、流れるようなラインの白いドレス姿に気づいて目を細めた。「きみがこいつの手に落ちるはめになったいきさつについては、あとでゆっくり聞かせてもらうことにする。とりあえずは館に戻って、ぼくが行くまで中から動くんじゃない。いいな？」

レオネシオから救われたからといって、必ずしもすべてがバラ色になるというわけではなさそうだわ。オリヴィアは胸の中でつぶやいた。エステバンはこのとおり、かんかんに怒っている。レオネシオと手下たちを無事取り押さえたあとで、彼にこってり油をしぼられることになるのは目に見えていた。オリヴィアはこくりとうなずくと、エステバンが抱きしめてもくれず、無事でよかったのひと言も言ってくれないことに心を暗くして、無言のままきびすを返した。

館の中に戻ると、オリヴィアはホアナとふたり、レオネシオの書斎の革張りのソファにじっと座って、事が収まるのを待った。すると外から銃声が一発轟《とどろ》いた。ふたりはびくりとして飛び上がった。エステバンが撃たれたんだわ。オリヴィアはドアに向かって駆け出した。ああ、結局わたしは彼を失う運命にあったのね。

だがドアをばっと開けた瞬間、オリヴィアがぶつかったのはエステバンその人だった。さっきの銃声はおそらく、彼の部下たちへの合図だったのだ。

「まったく、よく命令を無視してくれるお嬢さんだ」エステバンの声はそっけなかった。オリヴィアは彼の腕の中に身を投げ出し、首に抱きついた。「命令嫌いの性分は、きっと一生直らないわ」彼の胸の中で、声がくぐもって聞こえる。「だけど、あなたを愛しているの、エステバン・ラミレス。信じてもらえないかもしれないけど、わたし、もう二度とあなたのそばを離れたくない！」

エステバンはオリヴィアの体を引き離し、涙が光る目をじっとのぞき込んだ。「ぼくのそばに？　でもきみはぼくから逃げ出して……」

「違うわ。逃げ出したんじゃないの。サボテンの花やら景色やらを眺めているうちに、道に迷ってしまっただけなのよ」オリヴィアは泣きじゃくった。やがて感情の高ぶりが収まると、オリヴィアは深く息をついて続けた。「このとんでもない国にやってきてあなたに出会うまで、わたしは自分の人生を生きてはいなかった。エロルおじさんの人生にくっついていただけだったんだわ。だけどあなたに出会って、わたしは生まれてはじめて本当の自分になることができたの。だから、いつまでも本当の自分のままでいたいのよ！」

オリヴィアの心を知って、エステバンはほほえんだ。そして返事の代わりに、そっとオリヴィアにくちづけた。

それから一カ月後……。

南国ムードにぴったりのアルマーニの白いスーツに身を包んで、エロルはまるで花嫁の母のようにうれしそうにしている。

オリヴィアがメキシコシティーから電話をかけて、自分とエステバンはもう結婚しているけれども、あらためて彼の牧場で結婚式を挙げるつもりだと告げると、エロルはすぐにオリヴィアの窯とろくろをメキシコに向けて送り出してくれたのだった。はしゃいだおじの様子を自分の部屋のテラスから見下ろして、オリヴィアは唇をほころばせた。テラスの下の中庭は、色とりどりの花とリボンで華やかに飾りつけられ、長いテーブルの上にはマリアが腕によりをかけた自慢の料理がずらりと並んでいた。世界じゅうから集まった招待客たちは、遅い午後のゆるやかな日差しの中で、シャンパンを片手にそこここで語らっている。

エステバンがオリヴィアの背中にすり寄ってきた。後ろから彼女のウエストに腕をまわし、うなじにそっとくちづける。オリヴィアは肩をあらわにした白いロングドレスに身を包んでいた。

「幸せかい?」エステバンが問いかける。

オリヴィアはエステバンの肩に頭をもたせかけた。「ええ、とても。わたし、幸せよ」

エステバンはオリヴィアをくるりとまわして自分のほうを向かせると、宴《うたげ》が終わってからのふたりだけの熱い夜を約束するような、情熱的なくちづけをした。そして熱っぽいキスの余韻に酔いしれているオリヴィアの腕を取り、テラスから部屋の中へと誘《いざな》った。これからふたりで中庭に下りていって、もう一度結婚の誓いを交わすのだ。

「わたしが夫に従いますと誓うなんて、期待しないでちょうだい」オリヴィアが念を押した。

エステバンはおかしそうに笑った。「たとえきみがそう誓ったとしたって、ぼくはこれっぽっちも信じないね」くったくなく言葉を返す。「愛しているよ、セニョーラ・ラミレス」

オリヴィアはその目に、唇に、そして体いっぱいに幸せを輝かせてエステバンにほほえみかけた。「わたしもよ。愛しているわ、わたしのレパード」

●本書は、小社より刊行された以下の作品を文庫化したものです。
『愛していると伝えたい』 2002年7月
『熱いふたり』 1999年7月
『恋人たちのシエスタ』 1993年6月

サマー・オブ・ラブ――恋人たちのシエスタ
2009年6月15日発行 第1刷

著　　者／リンダ・ハワード、ジェニファー・クルージー、リンダ・ラエル・ミラー
訳　　者／沢田由美子、高田映実、内海規子
発 行 人／立山昭彦
発 行 所／株式会社 ハーレクイン
東京都千代田区内神田 1-14-6
電話／03-3292-8091（営業）
03-3292-8457（読者サービス係）
印刷・製本／凸版印刷株式会社
装 幀 者／伊藤雅美

ISBN978-4-596-91362-3

カムフラージュ
リンダ・ハワード
中原聡美 訳

FBIの依頼で病院に向かったジェイを待っていたのは、全身を包帯で覆われた瀕死の男。元夫なのか確信をもてぬまま、本人確認に応じてしまうが…。

永遠を紡ぐ家
リンダ・ラエル・ミラー
佐野　晶 訳

マッケトリック家――憧れと憎しみを抱きシエラは帰ってきた。時を超え、2つの愛が交錯する〝我が家〟へ。爆発的人気シリーズの女たちの物語。

愛をつなぐ道
リンダ・ラエル・ミラー
佐野　晶 訳

最後の独身メグ・マッケトリックに訪れた心揺るがす再会。結婚を誓いながら彼女を捨てた元恋人は…。爆発的人気シリーズの女たちの物語、第2話。

ハッピーエンドのその先に
ジェニファー・クルージー
やまのまや 訳

自由を愛するテスと上昇志向の高い保守的なニック。価値観の違う二人に将来などなかったが、ニックの仕事上やむを得ず、婚約を偽装することになり…。

レディの願い
ジェニファー・クルージー
仁嶋いずる 訳

大おじの消えた日記を取り戻す作戦として、垢抜けない探偵事務所に偽りの依頼をしに行ったメイだったが、現れたのは、予想外に鋭く、魅力的な探偵で…。

トワイライト・レジェンド
暗闇のメモリー
マギー・シェイン
藤田由美 訳

古代エジプト王の娘リアノンはバンパイアとなり、二千年以上を生きている。中世の勇敢な騎士ローランに惹かれ、瀕死の彼に自分と同じ永遠の命を授けたが…。